「俺は自分を好きになりたい。
エロティカル・ウィザードとしての自分を」
AUTHOR
太陽ひかる
ILLUSTRATOR
真早(RED FLAGSHIP)
2
エロティカル・ウィザードと
12人の花嫁
Erotical Wizard
with Twelve Brides

Excel
Meryl
エクセルシア
Excelsior
アメリカで活躍する正義の魔法使い。
得意魔法は、魔力で具現化した
一対の拳を操る「コスモフィスト」。
彼女の活躍を収めた動画は
60億回再生を超えるなど大人気だが、
そんな彼女が突如隼平の前に姿を現す。
どうも、メリルが連れてきた
花嫁候補と関係があるらしく……。
メリル
Meryl
自称666歳の、世界を旅する魔法使い。
隷属の刻印を持つ少女たちを救うため、
隼平のハーレム計画を進めている。
服装によって使用できる魔法が変わるという、
特殊なスタイルをしている。
ちなみに、プリンセスドレスは
少しだけ幸運になるという
「運命干渉系の魔法効果」を持っている。

Kaede

土方《ひじかた》 楓《かえで》

隷属の刻印を刻まれた
隼平の先輩にして花嫁の一人。
空間すら断つことができる切断魔法を操る。
今は贖罪のため、
メリルと共に他の隷属魔法の
被害者を探している。

Sonia

ソニア・ライトフェロー

Sonia Lightfellow

魔王を討ち滅ぼした勇者の末裔。
基本的には完璧なお嬢様だが
恋愛関係だけは苦手なようで、
隼平相手に素直になれず
偽装カップルを提案する。

一ノ瀬隼平《いちのせ・じゅんぺい》

元は魔法を使えない落ちこぼれだった少年。
メリルと出会ったことで自らが
魔王の転生体であると知り、エロ魔法に開花する。
今はソニアと共に修行に励み、
エロ魔法を正しい事のために使おうと努力している。
今回、ソニアと偽装カップルになった途端
メリルが新たな花嫁候補を連れてくるなど、
順調にハーレム化が進んでいる。

エロティカル・ウィザードと12人の花嫁 2

太陽ひかる

HJ文庫
897

口絵・本文イラスト　真早（RED FLAGSHIP）

CONTENTS

Erotical Wizard with Twelve Brides

第一話　アメリカのスーパーヒロイン

九月になっても降り注ぐ陽射《ひざ》しは夏のそれである。

イギリスを筆頭に多くの国では九月一日を学校年度の初日としているが、魔法《まほう》学校は万《ばん》国《こく》共通で四月を年度始めとしていた。これは世界最初の魔法学校であるロンドン校に倣《なら》ってのことだが、ではなぜロンドン校がそうしたのかと云《い》うと、黄道十二宮の一番目である白羊宮に関係していると云われている。天文学や占星術《せんせいじゅつ》が重んじられていた学校創立時の制度を、伝統を尊ぶロンドン校は千年間、変えていないのだ。

そういうわけで西暦《せいれき》二〇X X年九月一日、世界中の魔法学校と同じく、魔法学校東京校でも二学期が始まった。本日は始業式のみで授業がなく、昼前に学生寮《がくせいりょう》の部屋に帰ってきた隼平《じゅんぺい》は、鞄《かばん》を置いて一息つくと、軽く髪型《かみがた》を整えてから制服のまま学校に戻ってきた。

今ごろレッドルームでは、この魔法学校の生徒会であり風紀委員会であり社会奉仕《ほうし》団体でもあるレッドハート・ブレイブが、メンバー全員を集めての会議を行っているはずだ。議題の第一は、先日の事件で学校を去った楓《かえで》の後釜《あとがま》を決めることである。

学校を去るにあたって、楓はレッドハート・ブレイブのメンバーとも別れの挨拶《あいさつ》を済ませていた。だがその場で後継者《こうけいしゃ》指名はなかったらしく、残されたメンバーは、楓もいない、主任顧問《こもん》の近藤教諭《こんどうきょうゆ》は先日の傷が癒《い》えずに入院中、副顧問の奥村《おくむら》教諭も長期休職届を出して不在というなかで、今後のことを決めていかねばならなかった。

今から三十分ほど前、その会議に向かうソニアは隼平に云った。

——長くなりそうですので、隼平さんは先に帰っていただいて構いませんわ。

——そうだな、一度部屋に戻って鞄を置いてくる。でも昼飯は一緒《いっしょ》に食べたいな。

——あら、そうですの。では、ここで待っていなさい。

そう云ってソニアが手渡《てわた》してくれた鍵《かぎ》を握《にぎ》りしめ、隼平がやってきたのは敷地《しきち》の片隅《かたすみ》にひっそりと建つ、カトリック教会堂のような佇《たたず》まいをした建物の前だった。

——久しぶりに来たけど、ここでメリルと初めて会ったんだよな。

あれから二ヶ月《かげつ》になる。隼平はなんとなく懐《なつ》かしさに駆《か》られて、建物の裏手に回った。

「ここだ、ここだ」

建物の壁《かべ》と塀《へい》の細い隙間《すきま》に座《すわ》り込んでいじけていたのが、遠い昔のことのように思える。だがもう自分はあのころとは違《ちが》うのだ。メリルと出会って、運命が変わった。

「メリル……」

隼平は感慨深《かんがいぶか》そうに、あのときメリルがいた屋根のあたりを仰《あお》ぎ見《み》た。そのとき、まるで運命が新たな一手を仕掛《しか》けてきたかのように、虚空《こくう》の一点に光りが生じ、その光りはたちまち人一人が通《とお》り抜《ぬ》けられるくらいの輝《かがや》く輪っかとなった。

なんだあれ、と思っていると、その輪っかのなかから声がする。

「イエイ、下向きだけど繋《つな》がった！　メリルってば天才！」

「えっ？　この声は──」

果たせるかな、輪を潜《もぐ》って飛び降りるように姿を現し、屋根に着地を決めたのはメリルだった。それが青い水着のような衣装を着ており、頭には猫耳《ねこみみ》のヘッドバンドをつけている。手足も猫の手袋《てぶくろ》とブーツで、首には金の鈴《すず》、お尻《しり》には猫の尻尾《しっぽ》がついていた。

「メ、メリル！　メリルじゃないか！」

「あ、隼平だ。一日ぶりメリル」

メリルは屋根の上から隼平を見下ろすと、唇《くちびる》に指をあててウインクした。

驚《おどろ》き、慌《あわ》てたのは隼平である。

「な、なんでいるんだよ、おまえ！　昨日、飛行機に乗って出国したばかりだろ！」

「うん、あのね。とりあえずニューヨークに着いたんだけど、いつでも日本に戻れる通路を作っておこうと思って、この青い猫耳衣装を着てるときに使える『どこでもゲート』っていう魔法でゲートを作ったの。ここは隼平と出会った思い出の場所だったから……でもこうしていきなり再会できるなんて、メリルたちってば、やっぱり運命？」

「いや、それ犯罪だから。空間転移魔法で国境を越《こ》えるのはマジで犯罪」

「知ってるけど、メリルそんなの気にしないもん」

まったく悪びれた様子のないその言葉に眩暈《めまい》を覚えている隼平を、メリルが笑う。

「ふふふ。それじゃあメリル一回向こうに戻るけど、ゲートもできたし、これからはいつでも好きなときに会えるね。じゃあね、隼平。バイバイ、メリル！」

「犯罪だ、つってんだろ！」

隼平の叫《さけ》びをよそに、メリルは人間離《ばな》れしたジャンプで真上に開いたゲートの向こうへ飛び込んでいった。かと思うと逆さに顔を出して云う。

「そうそう、ついでに訊《き》いておくけど、隼平ってエクセルシアのことは知ってる？」

突然《とつぜん》の問い、だが胸の琴線《きんせん》に触《ふ》れる問いに、隼平は目を丸くした。

エクセルシアだって？

「知ってるもなにも……大ファンだよ」

「へえ、そうなんだ。よかった。じゃあニューヨークで会えたらサインもらってきてあげる。楽しみにしててね。バイバーイ！」

メリルはそう云うと天地逆さまのもぐらたたきのように頭を引っ込めた。そしてゲートは、開いたときとは逆に小さくなっていき、輪が点となって消失した。あっという間の出来事に隼平はまるで夏の幻《まぼろし》を見たかのような思いだったが、今のは決して夢ではない。

「……なんなんだ。意味がわからねえ。とにかくトラブルの予感がする」

とはいえ、ここで茫然《ぼうぜん》と立《た》ち尽《つ》くしていても熱中症《ねっちゅうしょう》になるだけだ。やがて隼平は気を取り直すと、建物の正面に回った。

先日、メリルがパンチで破壊《はかい》したとき鉄製だった扉《とびら》は、修理の際、木製のものに交換《こうかん》されていた。木目がまだ綺麗《きれい》なその扉を、隼平はソニアから預かった鍵で開けた。

内部は、以前とは一変していた。メリル侵入《しんにゅう》事件がきっかけで、このがらくたを詰《つ》め込んでいるだけの半ば忘れ去られていた建物に手が入ったのだ。夏休み中、レッドハート・ブレイブのメンバー総出で倉庫に収められていたすべての品を検《あらた》め、再利用できるものは再利用し、そうでないものは廃棄《はいき》し、内部は綺麗に清掃《せいそう》した上で女子たちがテーブルセットなどを持ち込んだと云う。

「レッドルームの分室にしたってことだけど、完全に女子が私物化してるだろ……」

ソニアがここの鍵を管理しているのがその証拠《しょうこ》だ。ともあれ、隼平は壁際《かべぎわ》に置かれていた三人掛《が》けのアンティークなソファに腰《こし》かけ、一息ついた。壁が分厚いせいか、空気はひんやりとしている。本当ならここでソニアを待つあいだ、一人静かに魔力《まりょく》を高める訓練でもしようかと思っていたが、もうそんな気分ではない。

「エクセルシアだと？　知ってるよ。好きだ。大好きだ。誰《だれ》にも話したことないけど」

隼平は憧《あこが》れのスーパーヒロインの動画でも見ようかと思って、携帯《けいたい》デバイスを取り出した。そのとき夏休み中に作ったコミュニケーション・アプリのグループに通知が来ているのに気づいて、先にそちらをチェックした。楓からだった。

『隼平、元気か？　今、メリル殿《どの》とニューヨークのホテルに入ったところだ。こちらは夜だが、そちらはちょうど正午ごろだろうか。明日、刻印持ちの一人に会いにいくことになった。私がそうだったように、かつての被験者《ひけんしゃ》の周りに指輪にまつわる事件が起きているかもしれないので、指輪探しも兼《か》ねて、念のため全員確認《かくにん》に行くそうだ』

これを読んで、隼平はたちまち神妙《しんみょう》な顔をした。

十年前、マスター・トリクシーが企《くわだ》てた支配の魔法の実験により、肉体に奴隷《どれい》の印を刻まれてしまった十人の少女たち。彼女《かのじょ》たちの体からいつかその刻印を消してやるのが、隼平の目標の一つだった。それは絶対にやらねばならぬ。無条件でそう思う。だから残り九人の少女を見つけ出してくれるのは大いに結構だと思いながら、隼平は返信の文章を入力し始めた。メッセージのタイムスタンプは数分前、楓はまだ起きているだろう。

『実はメリルがさっきこっちに顔を出したんですけど。空間転移の魔法で』

『犯罪だな』

『はい。で、あいつ楓さんのこともほぼ忘れてたくらいなんですけど、残りの被験者の女の子の居場所、わかってるんですか？』

『それは大丈夫《だいじょうぶ》だ。日本を発《た》つ前にどこかで情報を仕入れてきたらしい』

『それなら安心しました。楓さんの目的も、叶《かな》うといいですね』

『ああ、ありがとう』

楓はメリルのサポートをしながら、自分がメイプルとして操《あやつ》られていたあいだに意識不明にしてしまった人々を救う手立てを探しているのだ。それまでは隼平にも会わないと云っている。償《つぐな》いが終わるまでは、メールなど文面でのやりとりだけということだ。

『それじゃあもう寝《ね》るよ。時差ボケをどうにかしないと、明日に差《さ》し支《つか》えるからな』

『おやすみなさい』

そうメッセージを打って会話を終えると、隼平はしばらくぼんやりして楓のことを考えていた。いつの間にか、メッセージの既読《きどく》の数字が1から2に増えている。このグループにはソニアも参加しているから、彼女だろう。会議中に携帯デバイスを手に取るようなソニアではないから、どうやらレッドハート・ブレイブの会議は終わったようだ。

「ごきげんよう、隼平さん」

噂《うわさ》をすればなんとやら。扉の方を見ると、金髪《きんぱつ》にサファイアブルーの瞳《ひとみ》をした美少女が立っていた。魔法学校の制服を着ており、胸元《むなもと》には赤いリボンが結ばれている。その美しい顔や迫力《はくりょく》のある胸元を見ると、未《いま》だにちょっとくらくらする。

「……ソニア」

「参りましたわ」

そう云って微笑《ほほえ》んだのはソニア・ライトフェロー。隼平の一つ上の先輩《せんぱい》であり、師匠《ししょう》であり、恋人《こいびと》と云ってよいのかどうか曖昧《あいまい》なところにいる、イギリス人の美少女である。

「よう。アプリに既読がついてたからわかってたけど、会議は終わったのか？」

「ええ。だいぶ揉《も》めましたが、どうにか。そちらこそ、楓さんとのやりとりでメリルさんが姿を現したと発言してましたが、本当ですの？」

「本当だよ。いつでも日本に戻ってこられるようにゲートを繋いだってさ。そのときエクセルシアのサインをもらってきてあげるとか云ってたから、ちょっとユニチューブで彼女の動画でも見ようと思ってたところ」

「エクセルシア？」

ソニアは眉根《まゆね》を寄せながら、隼平の座っているソファまで蓮歩《れんぽ》を運んでくると、優雅《ゆうが》な所作で左隣《ひだりどなり》に腰掛《こしか》け、身を寄せてきた。視線は隼平が手にしていた携帯デバイスに注がれている。ソニアの香気《こうき》に隼平はちょっと力みながら、世界最大手の動画共有サービス『ユニバーサル・チューブ』ことユニチューブにアクセスし、エクセルシアと検索《けんさく》した。

無数の動画のサムネイル表示を見て、ソニアが目を細める。

「Excelsior……『優《すぐ》れた』『気品のある』といった意味を持つラテン語ですわね。日本語の発音だとエクセルシアと聞こえますが、本当はエクセルシオールですのよ」

「いや、そうじゃなくて……エクセルシアはアメリカのスーパーヒロインだよ」

「スーパーヒロイン？」

ソニアは目をぱちくりさせた。その反応で、隼平はどうやらソニアがエクセルシアのことをなにも知らないと察し、携帯デバイスの画面をソニアの方に傾《かたむ》けて続けた。

「じゃあ、とりあえず、こいつを見てくれ。エクセルシア・ファンのチャンネルだ」

そのチャンネルのホーム画面に大きく表示されているのは、ピンクのセミロングヘアを風に靡《なび》かせ、スカイブルーの瞳をし、白・赤・青というトリコロールカラーのバトルレオタードに身を包んだ美少女である。

「彼女がエクセルシアだよ。世界的に有名な、アメリカのジャスウィズさ」

「ジャスウィズ！　なるほど、云われてみれば、なんとなく見覚えがありますわ。テレビのニュースなどで、しばしば取り上げられていたような……」

「アメリカのジャスウィズたちの活躍《かつやく》は、世界中で報道されてるからな。彼《かれ》らは要するに変身ヒーローだから、男の子はみんな好きになる。俺《おれ》も夢中になった。小さいころ好きだったジャスウィズはもう引退しちゃったけど、今はエクセルシアが出てきた。彼女は三年前にデビューしたんだ。そのエクセルシアが、今の俺の推《お》しだよ」

　そんな隼平の熱量とは裏腹に、ソニアはどことなく冷ややかだった。

「ジャスティス・ウィザード、通称《つうしょう》ジャスウィズ。一部の魔《ま》法使《ほうつか》いが自主的に犯罪者を捕《ほ》縛《ばく》したり、事故や災害時にレスキュー活動をするのはどこの国でもあることですが、アメリカの場合はなぜか奇妙《きみょう》な文化が生まれてしまって……」

「最初のジャスウィズは今からおよそ百年前に現れた。ビビッドカラーの派手なコスチュームを身にまとい、覆面《ふくめん》で顔を隠《かく》した正体不明の魔法使い。その名もずばり、ジャスティス・ウィザード！　アメリカで活躍した、魔法使いのヒーローさ。そんな彼の死後、あとに続く者たちが現れた。今では彼らみんながジャスウィズと呼ばれている」

「そしてそんな彼らを、アメリカ人たちは拍手喝采《はくしゅかっさい》して受《う》け容《い》れてしまいました。今ではまるでムービースター扱《あつか》い！　でも、わたくしはあまり好きではありません。ヨーロッパの魔法使いたちは法や伝統を厳格に守っていますのに、アメリカのジャスウィズときたら自由に振《ふ》る舞《ま》いすぎですわ。世界魔法連盟……『スターリングシルバー』の支援《しえん》を受けておきながら、魔法に関する法律を無視してヒーロー活動とは、まったくもう……」

「それがけしからんって？　まあ、わかるよ。でも俺は好きなんだよな……」

隼平はそう云いながら、とある動画の再生を始めた。ロックンロールが鳴《な》り響《ひび》き、エクセルシアが登場する。まるで映画のトレーラーのような雰囲気《ふんいき》だ。

「隼平さん、これは……」

「これは事件や事故でエクセルシアが駆けつけてきたとき、その場に居合わせた人が撮影《さつえい》した動画をつぎはぎし、音楽や演出をつけてそれっぽくしたものなんだよ。いわゆるマッドムービーってやつだな」

「そうですの……それにしても派手で破廉恥《はれんち》な衣装ですわね。白と赤と青、トリコロールカラーのレオタードにグローブにロングブーツ。胸元に大きな星があるということは、星条旗をモチーフにしていらっしゃるのかしら。あら、でも、マスクはしてませんわね」

「陽射しの強い日には、かっこいいバイザーをつけてることもあるよ。おまえもそうだけど、青い瞳は黒い瞳に比べてものが眩《まぶ》しく見えるし、紫外線《しがいせん》にも弱いって云うからな。でも、基本的には、エクセルシアは素顔《すがお》を見せ続けてる」

マスクで素顔を隠さない。これはジャスウィズとしては異例のことだった。ジャスウィズのなかでエクセルシアだけが唯一《ゆいいつ》、その美しい顔を満天下に晒《さら》している。

「それはなぜですの？」

「エクセルシアは髪色《かみ》がピンクだから、それを逆手に取ってると云われてる。魔力がなんらかの属性を帯びているとき、それが体の色素に出てきて髪や目の色が自然界ではありえないものになることがあるって話は、もちろん知ってると思うが……」

「その場合、一目で魔法使いとわかってしまいますから、それを偽装《ぎそう》するための魔法や魔道具は、早い段階で発達しました」

そう、魔法使いがひどい迫害《はくがい》を受けていた時代には、そうした魔道具で髪や目の色を装わねば命に関《かか》わる。ゆえに外見を装う魔道具は古今東西あらゆる場所で生まれ、現代でも毛色違いの魔法使いたちは目立つのを避《さ》けてよく使っていると云う。

「なるほど、ピンクの髪を逆手に取って、普段《ふだん》は地味なブラウンやブルネットの髪にでも偽装しているのでしょう。髪は人の印象を決める上で非常に大きな効果を持ちますから、それだけで正体を隠せるのかもしれませんわ」

ソニアがそう頷《うなず》いたとき、スピーカーからわっと歓声《かんせい》が聞こえた。そして「エクセルシア！　エクセルシア！」と熱狂的《ねっきょうてき》に叫ぶ人々の顔を見て、ソニアが唇を尖《とが》らせる。

「凄《すご》い人気ですのね。よく見たら、動画の再生数も六十四億って……」

「アメリカじゃジャスウィズはみんなスター扱いだし、世界中でも人気があるからな。なかでもエクセルシアは唯一素顔《ゆいいつすがお》を見せてるし、めちゃくちゃ可愛《かわい》いから……」

——おっぱいも大きいし。衣装も結構きわどいし。

と、隼平が心のなかでそう付け加えたとき、ソニアが至近距離《きより》から睨《にら》みつけてきた。

「……エロ太郎《たろう》」

「その徒名《あだな》やめろって。ていうか、人の心を読むなよ」

隼平が困り顔をしたそのとき、再生されている動画に男の声でナレーションが入った。

二〇XX年X月X日、二人組の男が銀行に押《お》し入《い》ったらしい。

そこへ颯爽《さっそう》と現れたエクセルシアが、強盗《ごうとう》二人に対してファイティングポーズを取った。

そんな彼女の肩《かた》の上に、もう二つの青い拳《こぶし》が浮《う》かんでいる。拳だけである。手首や腕《うで》はない。一対《いっつい》のボクシンググローブが宙に浮かんでいるようでも、古いロボットアニメにあったロケットパンチが静止しているようでもあった。

「これは魔力で一対の拳を具現化しているのですわね」

「ああ。コスモフィストって云うらしい。自前の拳に魔法の拳、四つの拳で戦うクアドラプル・フィストが彼女の戦闘《せんとう》スタイルだ。魔法分析者《アナリスト》によると、エクセルシアはコスモフィストと簡単な自己強化魔法しか使えないらしい。でもそれで十分すぎるくらい、めちゃくちゃ汎用性《はんようせい》が高いのがコスモフィストって魔法なんだよ。次のシーンでわかる」

動画で、強盗Aがエクセルシアに向かっていきなり発砲《はっぽう》した。が、左のコスモフィストが巨大化《きょだいか》して盾《たて》となり、銃弾《じゅうだん》を弾《はじ》き返《かえ》す。同時に右のコスモフィストがロケットパンチよろしく飛翔《ひしょう》して強盗Aの腹部に突《つ》き刺《さ》さり、相手を一撃《いちげき》でひっくり返した。

それを見てソニアは「まあ！」と声をあげた。

「魔力で具現化された拳の大きさが変わった！　これは魔力をつぎ込むことで拳を巨大化できるのですわね。ということは、恐《おそ》らく、強化もできる」

「そういうことだ。硬《かた》さや大きさ、破壊力《はかいりょく》といったものをコントロールできるらしい」

隼平が頷いたとき、動画のなかでは慌てた強盗Bがショットガンを構えたが、すぐさま向かっていった魔法の両手がショットガンを取り上げ、銃身《じゅうしん》を軽々と捻《ね》じ曲《ま》げてちょうちょ結びにすると、それを玩具《おもちゃ》に飽《あ》きた子供のように投げ捨ててしまった。

強盗Bはめげずに懐《ふところ》から拳銃《けんじゅう》を取り出すと、それを牽制《けんせい》目的ででたらめに発砲しながら近くに駐《と》めてあった車に乗り込んだ。それを見たエクセルシアが「逃《に》がすもんですか！」と叫ぶや、左のコスモフィストが飛んでいってバンパーを掴《つか》み、車を軽々とひっくり返す。そして窓からほうほうの体《てい》で這《は》い出《だ》してきた強盗Bの胸倉《むなぐら》を、右のコスモフィストが掴んで投げ飛ばした。強盗Bは地面に叩《たた》きつけられ、その手から拳銃が転がった。

　そのとき強盗Aが立ち上がり、エクセルシアに銃《じゅう》を向けた。発砲音《はっぽうおん》がし、強盗Aの手から拳銃が弾き飛《と》ばされる。カメラが捉《とら》えたのはコスモフィストだった。それが銃を構えている。エクセルシアはコスモフィストを使い、強盗Bが落とした拳銃を拾って撃《う》ったのだ。

「もういい加減にしなさい！」

　エクセルシアがそう声をあげるや、二メートルほどのサイズになったコスモフィストの両手が、二人の強盗に覆《おお》いかぶさり、鷲掴《わしづか》みにした。ちょうど人間が人形を持つように、巨大化した魔法の手が強盗二人をワイルドに捕《つか》まえてしまう。

　そこへやっとパトカーが到着《とうちゃく》して二人の警察官が降りてきた。エクセルシアはその二人に、コスモフィストでコーヒーカップよろしく強盗たちを引《ひ》き渡《わた》した。そしてパトカーに押し込められる二人の強盗に向かって晴れやかに云う。

「じゃあね、強盗さん。もう悪いことしちゃ駄目《だめ》よ？　刑務所《けいむしょ》でしっかり反省して、真面目《まじめ》に働きなさい！」

　そんな彼女の両腰に、元のサイズに戻ったコスモフィストの両手がそっと添《そ》えられたかと思うと、彼女の体が持ち上げられた。そのままビルの谷間から青空へ飛び出していくエクセルシアに大勢の市民が手を振り、歓声をあげる。エクセルシアがそれに手を振って応えていると、野球帽《やきゅうぼう》をかぶったアフリカ系の子供が母親の手を振り切《き》って走ってきた。

「エクセルシア！　これからもニューヨークの平和を守ってくれるかい？」

「ええ、もちろん。ニューヨークを、アメリカを、そして世界の平和を、守ってみせる！」

エクセルシアはそう云って子供に親指を立てると、いずこかへ飛び去っていった。

そこで動画が終わり、ソニアは一息つくとソファにもたれかかった。

「なるほど、これは非常に厄介《やっかい》ですわ。今の映像で全部わかりました。コスモフィスト……拳《フィスト》とは名ばかりで、実際は手《ハンド》ですわね。リモートコントロールできる魔法の両手。それもサイズチェンジが自由自在。少なくとも銃弾を防ぐくらいの硬度《こうど》、車をひっくり返す力、銃身を捻じ曲げる握力《あくりょく》、殴《なぐ》る・掴む・引っ張るが全部できる応用力。そして一番厄介なのが、道具を使えるということですわ。見ました、隼平さん？　あの魔法の手、強盗が落とした拳銃を拾って撃ちましたわよ？」

「ああ、人間の手でできることは全部できる。しかもそれがエクセルシアの周りを自由自在に飛び回るんだ。超高速《ちょうこうそく》でね」

「飛び交《か》う速さ、込められたパワー、そして大きさは、注ぎ込む魔力の量に比例して増していくのでしょう。攻撃《こうげき》、防御《ぼうぎょ》、捕縛、さらには自分自身を持ち上げさせることで飛行まで可能とは……恐らく触《さわ》ったときの感覚もある。いえ、コスモフィストにビデオカメラを持たせて飛ばせせば、偵察機《ていさつき》としても使えるのでは……」

「……ちなみにコスモフィストを使ったジャスウィズは、エクセルシアが最初じゃないんだ。昔、グランディアっていう名前のジャスウィズがいて、彼もエクセルシアと同じコスモフィストの使い手だった。けど、とある犯罪魔法使いが起こした銀行強盗事件でさ、幼い女の子を人質《ひとじち》に取られて殺されてしまったんだ。それから十年くらいして、エクセルシアが現れた。だから彼女はグランディアの妹か娘《むすめ》じゃないかと云われている」

「なるほど、たしかに魔法は遺伝するもの。血縁者《けつえんしゃ》なら同じ魔法を使えて当然ですわね」

ソニアは納得《なっとく》したように頷くと、隼平から身を離《はな》して一息ついた。

「大変勉強になりましたわ。ところで隼平さん、あなた、エクセルシアさんのことはヒーローとして好きですの？　それともアイドルとして夢中になってしまったんですの？」

「……両方かな。強くてかっこいいし、可愛いし」

隼平が素直《すなお》にそう答えると、ソニアの瞳が鋭《するど》さを帯びた。

「そうですの……」

その声の微妙《びみょう》な抑揚《よくよう》のなかに、隼平はなんとなくソニアの不機嫌《ふきげん》を感じ取った。

「……どうした、ソニア？　俺がエクセルシアのファンだと不愉快《ふゆかい》か？」

「いいえ、まさか。そんなわけありませんわ。勇者の末裔《まつえい》たるこのわたくしが、そんな些《さ》末事《まつごと》でいちいち苛々《いらいら》するわけないでしょう。でもちょっと手を出してくださいまし」

隼平が云われた通りに左手を出すと、ソニアはその手を左手で包み持ち、右手の指でそっとつねった。いや、つねったと云うよりは、手の甲《こう》の皮膚《ひふ》を摘《つま》んだ。

「……全然痛くないけど？」

「痛くしてほしいんですの？」

「いやいや、そのままでいいよ」

隼平はソニアの手の滑《なめ》らかさと冷たさに心地《ここち》よさを覚え、いつまでもそうしていたかった。傍目《はため》には、ソファに座っているカップルがいちゃついているようにしか見えないだろう。ソニアは隼平の手を包み持ったまま、表情を真面目なものに切り替《か》えた。

「エクセルシアのことはもういいですわ。別の話をいたしましょう」

「ああ、そうだそうだ。レッドハート・ブレイブの会議ってどうなったんだ？　楓さんの後釜は？　どのみち十月になれば今の三年は引退する予定だったと思うけど……」

「二年生の女子二人が立候補して互《たが》いに譲《ゆず》らず、決まりませんでしたわ。それでひとまず三年の山南《やまなみ》さんが団長代行するということで纏《まと》まりました。でも、そんなことはどうでもよろしいんですの。わたくしがしたい話は別にあります」

「それは？」

どうやら真剣《しんけん》に聞かねばならぬと思い、隼平は右手に持ったままだった携帯デバイスをズボンのポケットにねじ込んだ。それを待ってソニアが云う。

「今はこうして人目を忍《しの》んで会っていますが、二学期が始まった以上、わたくしたちがともに行動しているところは第三者に目撃《もくげき》されると思っていいですわ。そこでまず決めておきたいのは、わたくしとあなたの関係を周囲にどう説明するかということです」

「ああ、それは俺も、決めておかないと駄目なことだと思ってた」

夏休みの時点で、隼平とソニアのことは噂になっていた。この噂になんらかの回答を出しておかねば、のちのち面倒《めんどう》なことになりそうである。

「でもどうする？　まさか馬鹿正直《ばかしょうじき》に全部話すわけにはいかないよな？」

「ええ。ですからもうこの際、彼らが望む答えを突きつけて差し上げようと思いますの」

「と云うと？」

目をぱちくりさせた隼平の左手を、今度は両手でそっと包み持ったソニアは、隼平を下から掬《すく》い上《あ》げるように見た。上目遣《うわめづか》いで、また頬《ほお》が少し赤く、緊張《きんちょう》しているらしかった。

「つ、つまりですわね……もういっそのこと、わたくしたちは恋人同士と云うことにしてしまった方が、いいのではないかと！　そういうことですわ！」

「……マジで？」

自分の左手を包み持っているソニアの手が急に熱く感じられ、隼平が顔を赤くすると、ソニアは溺《おぼ》れていた者がやっと水面に顔を出せたような慌てぶりで捲《まく》し立てる。

「か、勘違《かんちが》いしないでくださいまし！　これはあくまで偽装！　決して、決して本当の恋人になるわけではありませんわ！　でもわたくしたちの関係に興味を持つような人は、どうせ自分の聞きたい答えを聞くまで満足しないに決まっています。ですからもういっそ恋人と認めてしまった方が、二人きりでいてもおかしくありませんし、エロ魔法の特訓中に邪魔《じゃま》も入らず秘密も守れるのではないかと……そう思いましたの！」

「な、なるほど。合理的だな。恋人同士を装って、すべてを欺《あざむ》き通すってことか」

「そ、そうですわ。これもまた勇者の使命ですもの」

「いい案だと思う」

——でも、おまえの本心はどうなんだ？

隼平は、ソニアの心の扉を蹴破《けやぶ》ってそう問いただしたかった。だが以前に一度、それをやってしまったことがある。あれは忘れもしない、隼平が魔導更生院《まどうこうせい》送りになる前夜、あの公園でソニアと二人きりになったときに、『俺のこと好き？』と訊いてしまったのだ。今にして思えば、あれは自分が性急すぎた。ソニアの乙女心《おとめごころ》を刺してしまった。

——女の子ってやつがよくわからない。でも、待った方がいいんだろうな。

ソニアがいつか勇者の使命という建前を下ろして、裸《はだか》の心で隼平に向き合ってくれるぞの日を待つ。隼平はそう決心すると、一つ頷いて云った。

「……わかった。じゃあ、俺たちは今日から偽装カップルだな」

するとソニアは驚きに息を止めたあとで、咲《さ》き出すように笑った。

「ふ、ふふふふふっ。決まりですわね。それではさっそく試《ため》したいエロ魔法がありますので、隼平さんのお部屋に参りますわよ」

ソニアはそう云って隼平の手を取って立ち上がると、踊《おど》りに行くような足取りで建物の外に出た。青空の下、強い陽射しを浴びて、ソニアは夏の女神《めがみ》のように爽《さわ》やかに笑っている。そんなソニアを見ていると、偽装カップルのはずなのに本当の恋人と手を繋いでいるような気持ちになって、道を歩く足が宙に浮かんできそうな気がする隼平であった。

◇

隼平の部屋は学生寮《タワーマンション》の十九階にある。元はミニマルで殺風景な印象だったが、ソニアが出入りするようになってからは色々と物が増えていた。

「その辺、適当に座って待っててくれよ」

隼平はラグの敷《し》かれたローテーブルの辺りを指差すと、台所の小さな冷蔵庫を開けて緑茶のペットボトルを取り出し、それをコップに注いで戻ってきた。片方のコップをソニアに出し、テーブルを挟《はさ》んでソニアの反対側に腰を落ち着けると、ソニアが口を切った。

「隼平さんは、レッドハート・ブレイブの顧問が全部で何人いるか御存《ごぞん》じかしら？」

「いや、複数いるってことしか知らないけど」

試したいエロ魔法があるという話だったはずだが、まったく別の話が始まったことにちょっと戸惑《とまど》いながらも隼平が答えると、ソニアは相槌《あいづち》を打って続けた。

「全部で三人ですわ。しかし主任顧問の近藤先生は先日の事件の怪我《けが》が癒えずに入院中。副顧問の一人である奥村先生は長期休職届を出して、お休み中ですの」

「……奥村先生か。記憶《きおく》が失われても、魔法使いを危険視するアンチウィズな思想が変わるわけじゃないって、メリルが云ってたよな」

「ええ。奥村先生は魔法使いが怖《こわ》い。だから魔法使いを管理するための企てをしていた。その企てに関する記憶がすっぽり抜けたまま、魔法使いへの恐怖《きょうふ》だけは残っている。ですからもしかしたら、もう戻ってこないかもしれませんわね」

実際のところ、支配の魔法に関する記憶を失った奥村の精神状態がどうなるのかは、隼平たちにもわからない。仕事を休んでいるというのが、その答えの一端《いったん》なのだろうか。

「……もう一人の副顧問の先生は？　今日の会議には、その人が立ち会ったのか？」

「ええ、生活指導で体育教師の勝海《かつみ》先生。でも勝海先生は剣道部《けんどうぶ》の顧問も兼任《けんにん》なさっているので、あまりこちらには時間を割《さ》いてもらえません。やはり近藤先生に至急復帰していただくのが一番ですわ。幸い、本人も早く現場に戻りたいと希望しておられましたので、わたくしが術者として近藤先生に回復魔法をかけることになりました」

隼平は驚きのあまり、思わず腰を浮かせた。

「マジ？　回復魔法の使い手は極稀《レア》だって話だけど、おまえできるのか？」

「ふふん、もちろんですわ。我《わ》がライトフェロー家は多くの魔法使いの血を積極的に取り入れてきた家系ですもの。当然、先祖のなかには回復魔法に長《た》けた者もおりました。ところで一口に回復魔法と云っても色々ありまして、それこそ大儀式《ぎしき》を行って奇跡《きせき》のように傷や病を癒《いや》してしまうものから、己の生命エネルギーを分《わ》け与《あた》えるもの、人間に本来具《そな》わっている自然治癒力《ちゆりょく》を活性化させて傷の回復を早めるといったものなど、様々ですわ。なかには裸で抱《だ》き合《あ》うことで体力や魔力の回復を図《はか》るものもありますの」

「おいおい、ソニア……」

まさか近藤教諭を相手にそんなことをするとは思わなかったが、それでも表情を陰《かげ》らせた隼平をくすりと笑って、ソニアは云う。

「安心なさい。今回、近藤先生に施《ほどこ》すのは、本人の自然治癒力を高めて傷を癒す魔法ですの。使う魔道具は癒しの杖《つえ》で、相手にこれをかざして念じるだけ。回復魔法のなかではもっともメジャーなものですわ」

「ああ、それなら知ってる」

隼平はほっとして、軽《かろ》やかに続けた。

「要は傷の治りを早くするってだけだよな。知識として、授業で軽く習ったよ」

「ええ。ですからこのタイプの回復魔法は、傷を癒すのと引き換《か》えに本人の体力を消耗《しょうもう》させます。焦《あせ》って回復の程度を誤れば相手の体力を大きく削《けず》ってしまう危険もありますの。したがって術者は相手の怪我の程度や体調を見ながら、高度な集中力をもって万全《ばんぜん》の態勢で繊細《せんさい》に取り組む必要がありますわ。点滴《てんてき》しながら、休憩《きゅうけい》を挟みながらの長丁場になるでしょう。スーパーエリートの精神力を持つ、このわたくしにしかできないことですわ」

「ふうん、それは大変だなあ」

と、暢気《のんき》な感想を懐《いだ》いた隼平に、ソニアが氷の礫《つぶて》を放つように云う。

「そういうわけで、精神集中を維持《いじ》するために第三者には遠慮《えんりょ》していただき、二人きりで行うつもりですわ」

それを聞いた隼平の胸には速《すみ》やかに雷雲《らいうん》が広がっていった。治療《ちりょう》なのだとわかっている。しかしそれでも心が暗く覆われ、穏《おだ》やかでない雷鳴《らいめい》が轟《とどろ》くのをどうしようもない。

「……それって、病室で長時間二人きりってこと？」

「そうなりますわね」

「そうか。治療だし、仕方ないよな。うん、仕方ない。でも……」

隼平はこれを云うべきかどうか迷ったが、何事もやらずに後悔《こうかい》するよりやって後悔した方がよいのだと思って切り出した。

「……ソニア。近藤先生のことは俺も知ってる。楓さんと一緒にいるときに、何度か声をかけてもらった。感じはよかったよ。仏像顔の福耳で、見た目もなんかありがたいしな。魔法学校の中等部に娘さんが通ってて、その子の話をするときの顔の優《やさ》しそうなことと云ったらなかったさ。でも、一応、男だぞ？」

病室という名の密室で長時間二人きりなど、許せないと思った。しかしこれが救命行為《こうい》の一種なら、そんな悋気《りんき》を起こす自分が悪いのかとも思う。果たして。

「不愉快ですの？」

「不愉快だよ」

隼平がそう吐《は》き捨《す》てると、ソニアが唇を綻《ほころ》ばせた。

「……よかった」

「えっ？」

囁《ささや》くような呟《つぶや》きに、隼平は思わずそう聞き返していた。だがソニアはすぐに唇を引き結ぶと、つんと澄《す》まし顔《がお》になった。

「結構《よろしい》。わたくしの想定通りの反応ですわ。ええ、もちろん、わたくしもそこまで無防備ではありません。近藤先生のことは信頼《しんらい》していますが、それでも今回の治療にあたっては、隼平さん、あなたにとあるエロ魔法《まほう》をかけてもらおうと思っていました」

「とあるエロ魔法……？」

隼平はそう繰《く》り返したが、しかしそもそも試したいエロ魔法があるという話だったのだ。それがなぜか近藤教諭の話になってしまっていたが、ここでやっと話が繋がったわけである。果たしてソニアは、満を持してこう云《い》った。

「ずばり、ヴァージン・プロテクトですわ」

「えっ！　それって……」

奥村教諭事件が解決を見たあの日、あの海岸で、ソニアにいつかヴァージン・プロテクトをかけるという話は出ていた。だがそれきり一度も俎上《そじょう》に出なかったので、実際にいつやるかはわからなかったのだ。それがいきなりここで出ようとは。

「え……えーっ！　マジで？」

隼平が大声を出すと、ソニアもまた動揺《どうよう》したのか、顔を赤らめながら早口で云った。

「ち、近いうちに、挑戦《ちょうせん》してみましょうと云ったでしょう。この魔法は相手の女性が自分以外の男性と、えっと、その、とにかくそういうことをできなくする魔法ですから、嫉妬《しっと》や独占欲《どくせんよく》といった感情を駆《か》り立てた方が上手《うま》くいくのではないかと思いまして……」

そこでソニアは思い切ったように、いつもの強気な笑《え》みを浮かべてみせた。

「わたくしのようなエリートは、一つの行動に複数の意味を持たせるものです。近藤先生の治療を引き受けたのは、隼平さんにこの魔法を成功させてもらうためですわ。それにいくつもの魔法を使いこなせるようになっていく過程で、自らの魔力を大きく育て、支配の魔法に到達《とうたつ》しなければ、楓さんたちに刻まれた奴隷の印を消すことができませんもの」

「お、おう。そうだよな。でもでもヴァージン・プロテクトってさ……」

隼平がそこで言葉を濁《にご》すと、ソニアは顔を羞恥《しゅうち》に灼《や》かれながら目を伏《ふ》せた。

「この魔法の効果については、メリルさんから一通り聞いているのでしょう？」

「聞いてるけどメリルだぞ？　あいつの説明は絶対に適当だから、改めておまえの口から詳《くわ》しく聞きたい」

「セクハラですわ！」

ソニアが右の拳をテーブルに叩きつけた。凄い音がして、隼平はソニアが右手を傷《いた》めなかったか心配になった。果たしてソニアは何食わぬ顔をして右手をさすりながら云う。

「この魔法について説明させるのは、それ自体がセクハラ。でも魔法をかける上できちんと効果を把握《はあく》しておくことは必須《ひっす》ですし……いいですわ。一度しか云いませんわよ？」

「おう、どんとこい」

隼平がそう云って自分の胸を叩くと、ソニアは覚悟《かくご》を決めたように大きく息を吸った。

「ヴァージン・プロテクトの効果は二つ！　一つ、この魔法がかかっている女性に触れた男性は、そのあいだ男性としての機能を喪失《そうしつ》します。ただしこれは男性を直接狙《ねら》った去勢魔法と違《ちが》って間接的なものですから、効果に不確実性がありますの。そこで二つ目の効果として、異物の侵入を物理的に防ぐというものがありますわ。こちらは絶対無敵のプロテクトです。この二段構えによって乙女《おとめ》の操《みさお》をパーフェクト・ガードするのがヴァージン・プロテクト！　でも一人だけこの魔法を無視できる人がおりまして……」

「そ、それが、俺か……」

隼平がそう後を引き取ると、ソニアは恥《は》じらうように顔を伏せてしまった。

「だから云いたくなかったんですのよ！　もう、なんなんですの、この魔法！　神話のユニコーンが蹄《ひづめ》を鳴らして大喜びしそうですわ！」

「うん。俺もこの魔法についてはコメントを差し控《ひか》えたいな……」

隼平がうろたえた声をあげると、ソニアは顔をあげてきっと隼平を睨んできた。

「ちなみにこの魔法、名前の通り純潔の乙女にしか、かかりませんわ。それでいて一度魔法をかけてしまえば、その後に純潔を失っても魔法の効果は永久に残り続けるという……」

「とことん都合がいいな！」

「エロ魔法ってそういうものですもの！」

二人がそう威勢《いせい》よく云い合っているのは、恥ずかしさを紛《まぎ》らわすためもあったろう。

「……この魔法、おまえの一生に関わることだと思うけど、本当にいいのか？」

「遠慮は無用ですわ。これもまた、わたくしに課せられた勇者としての使命ですもの」

「また使命か。本当に好きだよな、その言葉。気長に待とうと思っていたけど、こういう魔法を使うなら、もうちょっと素直な言葉を聞かせてほしいんだが……」

「あら、それなら、隼平さんはどうですの？　わたくしにヴァージン・プロテクトをかけたいと、心から思うんですの？」

「思うよ」

このとき隼平は心の剣《けん》を抜《ぬ》いて、なにかに戦いを挑《いど》むような目をしてソニアを見た。

「思うに決まってるだろ。俺はそうしたい、だからそうする。おまえは？」

居直り、開き直った隼平がそう強く踏《ふ》み込んで訊《たず》ねると、ソニアはちょっとうろたえ、目を泳がせ、それからやっと、咲き出すような目をして隼平をじっと見つめてきた。

「……かけて、ほしいですわ。だってわたくしたちは、恋人同士ではないですか。だから、もう、あなたの好きになさいませ！」

偽《いつわ》りの恋人のはずだった。周囲から二人の関係の説明を求められたときに一言で黙《だま》らせるための、建前として自分たちは恋人になったのである。しかしこのときのソニアはその建前を忘れていたと思うし、隼平もまた炎《ほのお》に胸を焦《こ》がして立ち上がった。

「じゃあ、そうする。おまえの気が変わる前に済ませよう。どうすればいい？」

するとソニアはちょっと怯《ひる》んだような顔をしたが、すぐに勇気を取《と》り繕《つくろ》うと澄まし顔をして卓《たく》に手をつき、立ち上がり、隼平のベッドを指差した。

「あそこに腰《こし》かけてくださいまし」

「……わかった」

隼平は自分のベッドまで行くと、その端《はし》に腰かけた。そこへソニアがやってきて、隼平の股《また》のあいだに反対向きに座《すわ》る。ちょうど隼平が後ろからソニアを抱くような恰好《かっこう》になり、鼻先にソニアの頭がある。隼平はその香気とぬくもりにうっとりするやら戸惑うやらだ。

「えっと……この体勢は、どういう意図だ？」

「さ、触ってくださいまし」

「えっ？　いいの？」

隼平は嬉《うれ》しかったが、飛びつくようにソニアの体には触《ふ》れなかった。優しく、そっとソニアの胸を下から支えるように触れると、その重さと柔《やわ》らかさに心が圧倒《あっとう》される。

──おお。やっぱりこいつ、すごいな。

服地越《ご》しだったが、経験の少ない隼平にとって、これはこれで新鮮《しんせん》な手触《てざわ》りだ。いっそこのままソニアを押し倒《たお》してしまいたい。だがそこまでしたらさすがに殴られるだろう。

隼平が理性の剣で欲望の獣《けもの》と戦っていると、ソニアがか細い声で云った。

「あ、あの……」

「うん？」

「そこでは、ありません？」

「そこでは、って？」

「お、お胸ではなくて……下ですわ、下！」

「えっ、下？」

驚《おどろ》き、弾《はじ》かれたように手を離した隼平は、下と云われてソニアのお腹《なか》に手を回した。

「……お腹ではなくて、もっと下ですわ」

「これより下って云うと、スカートになっちゃうんだが……」

隼平の手はそれを恐れるかのように、制服の上からソニアのお腹をぴったりと押さえていた。彼女《かのじょ》のよく鍛《きた》えられた腹筋の感触が指に伝わってくる。

と、ソニアが大きく息を吸い、隼平の右手を自ら脚《あし》のあいだに導いていった。

「いや、待て待て待て待て！」

指先がソニアのスカートにかかったところで、隼平は手をソニアのお腹に戻《もど》した。ソニアは真っ赤な顔をして肩越《かたご》しに隼平を振り返り、軽く咎《とが》めるような目で見てくる。

「ここに鍵《かぎ》をかけるイメージでやると、書物に書いてありましたの……」

「ここって……」

「下着の上からでいいので。いえ、むしろ下着のなかに手を入れたら殺します」

「ええっ！　そこ？」

隼平は頭に落雷《らくらい》のあったような衝撃《しょうげき》に打たれた。自分が今からどこに手を持っていかねばならないのか、ただちに完全に理解した。そしてそれを許してくれるソニアは、いったいなんという女なのか。下着の上からとはいえ、そこに触っていいと云うのだ！

「……ソニア、おまえは天使か女神だな」

「ふっ。と、と、と……当然ですわ」

上擦《うわず》った声でそう云い放ったソニアは、肩で大きく息を吸って両脚《りょうあし》をちょっと開いた。

「じゃあ、はい、どうぞ」

そう招かれても、隼平の右手は動かなかった。顔を赤くしているのはソニアばかりではない。隼平も大概《たいがい》真っ赤で、心臓の鼓動《こどう》はソニアにも伝わっているだろう。

——マジか。俺の人生でこんな瞬間《しゅんかん》が来るのか。って、触るだけだけどさ。

場所が場所なだけに隼平が完全に固まっていると、ソニアが云う。

「隼平さん。云っておきますけれど、わたくしにここまでさせて怖気《おじけ》づき、ヴァージン・プロテクトに失敗するようなら、この魔法はもう今後一切《いっさい》、永久にお断りいたします」

それを聞いて、隼平の目の色が変わった。

「……まあ、そうだよな。そりゃそうだ。当然だ」

自分たちは相思相愛の恋人《こいびと》同士というわけではない。ソニアにしたところで、軽く暴走しているところがある。それなのに、女にここまでさせて尻込《しりご》みしているようでは、考え直されてもまったく不思議ではない。

——俺とソニアの運命の歯車は、今はたまたま噛《か》み合ってるけど、いつ離れてもおかしくないんだ。それをずっと続けていこうと思ったら、こういうときは決めないとな。

ソニアを失いたくない。愛《いと》おしくてならない。永遠に自分だけのものにしたい。いつからこんな気持ちになったのか、不思議に思いながら隼平は云った。

こに触れると魔法を込めて、まだ見ぬ秘密の扉《とびら》にそっと鍵をかけた。

「……そっとですわよ」

祈《いの》るようなその声に頷いた隼平は、自分の右手をソニアのスカートのなかに忍ばせ、そ

「じゃあ、行くぞ」

◇

週末となった土曜日の朝、ソニアは近藤教諭《きょうゆ》の入院している病院へ向かうことになった。私服姿で、手ぶらである。癒しの杖を包んだ荷物などは、収納魔法で亜空間《あくうかん》にしまってあるらしい。そんなソニアの隣《となり》を歩きながら、隼平は青空を見上げて訊ねた。

「そういえば近藤先生って、どこの病院に入院してるんだ？」

「魔法使いのことを積極的に受け容れてくれる病院が、魔法学校の近くにありますの。魔法使いのお医者様もいて、魔法を使った医療行為《いりょうこうい》も認められていますのよ」

「魔法を使った医療行為ねえ……それなら、回復魔法を使える医者はいないのか？」

「回復魔法を使える魔法使《まほうつか》いは極《きわ》めて稀《まれ》ですわ。わたくしは例外ですのよ？」

ソニアがそう云ったところで、行く手の信号が赤になり、二人は横断歩道の前で立ち止

まった。ソニアが隼平を見上げてくる。

「それで隼平さん、どこまでついてくるおつもりですの？」

「いや、心配で……」

隼平が情けない顔をして云うと、ソニアはちょっと微笑《ほほえ》んだ。

「ふふっ。昨日はわたくしもあなたを煽《あお》るためにあんな云い方《かた》をしましたが、実際のところ近藤先生に失礼な話ですわ。あんないい先生は滅多《めった》にいませんのよ？」

「知ってるよ……」

近藤教諭の人柄《ひとがら》は隼平も知っていた。その上、ヴァージン・プロテクトまでかけておきながら器《うつわ》の小さいことだと自分でも思う。

「でも、ちょっと嬉しいかも……」

「えっ？」

目を瞠《みは》った隼平に、ソニアはいたずらっぽい笑顔《えがお》を向けて云う。

「なんて、冗談《じょうだん》ですわ。わたくしを見張っている暇《ひま》があるなら、トレーニングでもしていなさい。レッドハート・ブレイブになるなら、腕っぷしの強さも必要ですから」

「……ちぇっ。わかった。そうするよ」

実際、ソニアの尻を追いかけるより、自分を鍛えた方が男らしいというものだ。そう、体も心も鍛えて、一日も早く一人前の魔法使いになりたい。

「俺《おれ》を選んでくれた、おまえを後悔させたくないからな」

「結構《よろしい》」

ソニアはそう云って、青信号になった横断歩道を一人で渡り、振《ふ》り返らずに歩いていった。隼平がその後ろ姿をしんみりと見送っていると、傍《そば》から可愛らしい声が問うてくる。

「行かせちゃっていいの？」

「ああ。ただの治療にいちいち嫉妬する俺がどうかしてるのさ。体を動かせば、こんな気持ちも晴れるだろうよ。それになにより、たった今、重大な問題が発生した」

「重大な問題って？」

「おまえのことだよ、メリル！」

隼平がそう名を叫《さけ》びながら勢いよく振り返ると、街着姿のメリルと目が合った。メリルは着る服によってスタイルが変わるタイプの魔法使いだ。だがその能力は特定のコーディネートを決めたときに発揮されるものであり、コンセプトのない寄せ集めのカジュアルスタイルにした場合は、光輪をくぐる着替《きが》えの魔法以外は使えなくなってしまうという。

今まさにそのカジュアルスタイルをしているメリルが、にっこりと笑っている。

「やほー、隼平。また来たよ」

「あのなんちゃらゲートで密入国してきたのか？」

「うん、そう。でも猫耳《ねこみみ》衣装だと目立って周囲にメリルがメリルだって気づかれちゃうから、ゲートをぐったあとで私服にお着替えしたの。どう？」

メリルはそう云ってその場でくるりと踊るように回ってみせた。可憐《かれん》だった。

「……可愛いよ」

素直に敗北を認めた隼平の賛辞に、メリルが嬉しそうに咲《わら》う。隼平もまた相好《そうごう》を崩《くず》したが、いくつか訊《き》かねばならないことがあると思って口元を引き締《し》めた。

「で、エクセルシアのサインはどうなった？」

「貰《もら》えなかったメリル」

会えたのかよ、と突っ込みたかったが、メリルのことだから万事《ばんじ》が適当な可能性もある。

隼平は短くため息をつくと辺りを軽く見回した。見たところ、メリルは一人だ。

「楓さんは、やっぱりいないな。償《つぐな》いが終わるまではと云ってたから、わかってたけど」

「うん、アメリカに置いてきたメリル。で、代わりに連れてきたのがこの子」

メリルがそう云って顔を向《む》けた先にいたのは、通りすがりのおばちゃんであった。そのおばちゃんが去ってから、隼平はメリルに冷たい視線を向ける。

「誰《だれ》もいないんだけど？」

「あれれ、おかしいよね。どこ行っちゃったんだろう？　迷子かな？」

メリルはそう云いながら説明もなく歩き出した。そうしてあちこちに視線を向ける彼女の隣に並びながら、隼平は問いかける。

「いったい、誰を俺に会わせようとしたんだ？」

「察しはついてるでしょ。マスター・トリクシーによって奴隷《どれい》の印を刻まれた、被験者《ひけんしゃ》の二人目だよ。ブラウンヘアに眼鏡の可愛《かわい》い女の子。ニューヨークで見つけたの」

「……また指輪がらみの事件が起きていたのか？」

「ううん。特になにも」

のほほんとした答えに、真剣な顔をしていた隼平は肩透《かたす》かしを食った思いだ。

「えっ、じゃあなんで日本に連れてきた？　目的はなんだよ？」

「みんなと結婚《けっこん》してほしいって、メリル云ったよね？」

あっさり云われたその言葉に、隼平は足が凍《こお》りついたように止まった。

「おまえ、あれは本気だったのかよ！」

「当たり前だよ、なに云ってるの？　全員妊娠《にんしん》させるまでが隼平のミッションだよ？」

「いや、おまえがなに云ってるんだよ」

隼平はさすがにメリルの頬をつねり、よく伸《の》びると思いながら引っ張った。それを微笑んで受け流したメリルが云う。

「だってメリルもう決めたもーん。やると云ったらやるからね！」

得意そうな顔をしてそう宣言するメリルに、隼平は自分の前途《ぜんと》が避《さ》けようもなく波乱万丈《はらんばんじょう》であることを悟《さと》って絶句していた。そんな隼平にメリルが突然《とつぜん》こんなことを云う。

「そうだ隼平、あれやって。エンブレイシング・ラブストーリー」

「えっ？」

「運命に干渉《かんしょう》して、女の子との新しい出会いをもたらす魔法なんでしょ？　はぐれちゃったみたいだけど、その魔法を使えばすぐに見つかっちゃうかもしれないメリル」

「……いや、運命ってのは人間の目には見えないんだ。エンブレイシング・ラブストーリーを使ったところで、それが成功しているかどうかわからないし、使える気がしない」

「じゃあ隼平とメリルはどうして出会ったの？　あのとき、隼平は無意識のうちにエンブレイシング・ラブストーリーを成功させていたと、メリルは思ってるメリル」

きらきら光る紫《むらさき》の瞳《ひとみ》にまっすぐ見つめられて、この目を裏切りたくないと隼平は思ってしまった。メリルには振り回《まわ》されることも多いが、どんづまりだった自分の運命の扉を蹴り破ってくれたのは彼女だ。メリルと出会わなければソニアとの縁《えん》もなく、楓も救えず、今もただの落ちこぼれとして俯《うつむ》いて生きていただろう。魔法が成功していたかどうかはわからないけれど、あれはたしかに運命の出会いだった。

「……わかった。おまえがそこまで云うなら、仕方ないな。やるだけやってみるか」

「うんうん」

嬉しそうに頷《うなず》くメリルに苦笑《くしょう》した隼平は、辺りを軽く見回した。まだ朝の八時にもなっていないが、それでもそれなりに人や車は通っている。すぐ近くの横断歩道の手前では、赤いリボンをした小学一年生くらいの女の子が信号待ちをしていた。

「人目が気になるが……」

「どうせわかんないメリルよ」

「だな」

炎や雷《かみなり》を呼ぶわけではあるまいし、運命に干渉する魔法など余人は想像もつくまい。信号が青に変わって、赤いリボンの女の子が横断歩道を渡《わた》り出す。そして隼平が、いざ運命の扉を開けようとした、まさにそのときだ。

突然、遠くでドカンと雷が落ちたような音がして、隼平は「うおっ！」と声をあげた。

「な、なんだ？　俺まだなにもしてないぞ！　してないよな？」

「うん、してないね。ただの事故だよ。あの車が交差点で別の車にぶつかったメリル」

メリルがそう云って指差す車は銀色のセダンだ。たしかに車の左前部にぶつかったような痕跡《こんせき》がある。しかし、停車していない。交差点でほかの車とぶつかってなお、勢いを緩《ゆる》めることなく走り続けていて、しかもこちらに迫《せま》ってくる。運転席で、なにが起こっているのかわからないという顔の高齢《こうれい》ドライバーの姿が見えた。

「おい、おい、おい！　これは、暴走か！」

車は唸《うな》りをあげ、異常な速度で先行車を追《お》い抜き、ときにボディをこすりながらも、さらに速度をあげていた。ブレーキが壊《こわ》れたのか、それともアクセルが戻らないのか。そして車は目の前の横断歩道に差《さ》し掛《か》かった。そこに折悪《おりあ》しく、さっき横断歩道を渡り始めた赤いリボンの女の子が居合わせてしまった。彼女は車に気づいて硬直《こうちょく》している。

「嘘《うそ》だろ！」

隼平は咄嗟《とっさ》に地を蹴《け》り、横断歩道に飛び出していた。アクションスターのように、女の子を横から抱きかかえて地面に転がり、暴走車を躱《かわ》せればよかったのだが、現実はそうはいかない。車の方が先に来る。せめて女の子だけでも助けられればよいのだが、二人とも車に撥《は》ねられるという最低の未来が見えて、隼平は目の前が真っ暗になった。

──ああ、駄目《だめ》だ。間に合わねえ！

だが本当にそうなのか。自分にできることはなにもないのか。生きるか死ぬかのその一《いっ》瞬《しゅん》、隼平はデッドエンドの運命に魔法をかけた。なんでもいいから、奇跡よ起これ。

「エンブレイシング・ラブストーリー！」

そして次の瞬間、車が宙を飛んだ。いや、正確には、魔力《まりょく》によって具現化した青く輝《かがや》く両手が、車の下に入り込んで持ち上げて、隼平と女の子の頭上を通過させたところで、車を逆さまにしてゆっくりと音すら立てずに地面に下ろしたのだった。

遅《おく》れて女の子に駆け寄《よ》った隼平に、女の子がしがみついてくる。それを無意識に抱きしめ返しながらも、隼平は自分たちを助けてくれた不思議な手に目が釘付《くぎづ》けになっていた。手首から先だけが具現化した魔法の両手。

「あれは……」

隼平はその手がなんなのか知っていた。だが信じられない。この手を日本で見られるはずがない。そう思ったとき、隼平の後ろに誰かが立った。

「危ない車ね」

その声に勢いよく振り返《かえ》った隼平は、そこにピンクの髪《かみ》をした青い瞳の美少女を見た。身に着けているホルターネックのバトルレオタード、そしてグローブとロングブーツは白・赤・青のトリコロールカラー。レオタードの胸元《むなもと》には大きな星が輝いている。画面のなかでしか見たことのないアメリカのスーパーヒロインが、今、隼平の目の前にいた。

「エクセルシア……！」

「あら、私のこと知ってるんだ。私も有名になったものね」

エクセルシアはそう云って髪を掻《か》き上げ、笑っている。周囲には野次馬《やじうま》が集まり始めていた。彼《かれ》らを一瞥《いちべつ》したエクセルシアのところに、暴走車を優しくひっくり返して停車させた魔法の両手、すなわちコスモフィストが舞《ま》い戻ってきた。

ふわふわと浮《う》かぶ魔法の両手を従えながら、エクセルシアは隼平の前までやってきたかと思うと、小腰《こごし》を屈《かが》めて隼平にしがみついている女の子の目を覗《のぞ》き込んだ。

「大丈夫《だいじょうぶ》だった？」

すると女の子はやっと我に返ったのか、隼平から身を離《はな》すとエクセルシアに向かって何度も何度も頷いてみせた。それを見てエクセルシアがにっと笑う。白い歯が見えた。

「怪我がなくてなによりよ」

「お姉ちゃんが助けてくれたの？」

「まあね。日本じゃあまり目立ちたくなかったけど、見過ごすわけにもいかないから」

エクセルシアはそう云って少女の頭を撫《な》でると、次に隼平を見てきた。

「あの状況《じょうきょう》で咄嗟に体が動くなんて大したものだわ。でも一歩間違《まちが》えばあなたまで死んでいた。英雄的《えいゆうてき》な行為がしたいのなら、それに見合うだけの力を身につけることね」

そう御高説《ごこうせつ》を述べるエクセルシアの背後に、このときそっとメリルが近づいていた。エクセルシアはそれに気づかずクールに云う。

「それじゃあ人も集まってきちゃったし、私はもう行くわ。さよなら、サムライボーイ」

そう別れを切り出され、隼平は慌《あわ》てた。なぜ日本にいるのか知りたかったが、それよりも自分がエクセルシアのファンで応援《おうえん》しているという気持ちを伝えたかった。

「待ってくれ、エクセルシア。俺は――」

隼平はエクセルシアに向かってずいと身を乗り出した。そのとき、後ろからエクセルシアに忍《しの》び寄っていたメリルが、「せーの、どーん！」と彼女の背中を突《つ》き飛《と》ばした。

「えっ？」

完全に不意打ちを喰《く》らい、目を白黒させたエクセルシアが隼平の方へ倒れ込んできた。

「危ない！」

咄嗟に体が動いて、隼平は倒れ込んでくるエクセルシアを受け止めようとした。だが伸ばした手が、あろうことかエクセルシアの両の乳房《ちぶさ》を鷲掴《わしづか》みにしてしまう。そしてエクセルシアの美しい顔が目の前に迫ってきて、二人の唇《くちびる》が嘘みたいにぴったり合わさってしまった。それを目の前で目撃《もくげき》した女の子が、このときやっと笑みを見せた。

「あー、チューしてる」

そう、これはキスだった。今や視界いっぱいにエクセルシアの青い瞳があり、柔らかい感触《かんしょく》が唇にある。エクセルシアの方が隼平に傾《かたむ》いているので、どうにもできない。

と、エクセルシアが隼平の肩《かた》に手をついて身を離すや、顔を真っ赤にして叫んだ。

「わ、私の大事なファーストキスがあああっ！」

次の瞬間、拳《こぶし》が一閃《いっせん》し、綺麗《きれい》に殴《なぐ》られた隼平は地面に転がった。そこへコスモフィストで空中に持ち上げられたエクセルシアが耳まで真っ赤にしながら叫ぶ。

「馬鹿《ばか》！　エッチ！　変態！　猥褻《わいせつ》の極悪《ごくあく》の、けだものエロ魔法使い！」

それだけ叫ぶと、エクセルシアは空中で身を翻《ひるがえ》し、涙《なみだ》を見せながら空の彼方《かなた》へ飛び去っていった。それを赤いリボンの女の子が手を振りながら見送っている。

「お姉ちゃん、ばいばーい。ありがとー」

一方、隼平はアスファルトに手をついて立ち上がり、殴られた頬《ほお》の痛みに泣きそうになりながら、小さくなっていくエクセルシアを見つめていた。そこへメリルがするすると寄ってきて、嬉しそうに隼平の肩を叩《たた》く。

「やったね、隼平。キスできたね」

「おまえのせいで殴られたじゃないか。アホアホアホアホ。ずっと応援してました、これからも頑張《がんば》ってくださいって云おうとしたのに、印象最悪になっただろ！」

「でもおっぱいも揉《も》めて嬉しかったでしょ？」

その言葉に隼平はしゃがみこんで頭を抱《かか》えた。混乱していた。いったいなぜアメリカにいるはずのエクセルシアが日本に現れたのか。暴走車から救ってくれたこの出会いは偶然《ぐうぜん》か、それともエンブレイシング・ラブストーリーの力なのか。そしてエクセルシアが別《わか》れ際《ぎわ》に『エロ魔法使い』と吐き捨てていったのは、たまたま言葉がそうなったのか。

「なあ、メリル――」

メリルが連れてきた二人目の被験者はブラウンヘアに眼鏡の少女ということだが、エクセルシアが現れたのはメリルと関係があるのだろうか。隼平はそれを訊ねようとして顔をあげたが、メリルはもういなかった。代わりに赤いリボンの女の子が云う。

「さっきのお姉ちゃんなら、どっか行っちゃったよ？」

「えー……」

隼平は困惑《こんわく》しながら辺りを見回したがメリルの姿はない。代わりに野次馬たちが携帯《けいたい》デバイスで事故の現場の写真を撮影《さつえい》しているのが目についた。エクセルシアが横転させていった車には人が何人か駆け寄って、窓からドライバーの老人を救出している。あの車は交差点でほかの車にぶつかっているから、辺りは全体的に騒然《そうぜん》としていた。

「ああ、これは警察も来るな……」

隼平はそうぼやくと、女の子の手を引いてひとまず歩道に避難《ひなん》した。

……。

警察の現場検証も終わり、隼平が一通りの話を聞かれて解放されたときには一時間が経《た》とうとしていた。既《すで》にインターネット上のSNSやユニチューブには現場の写真や動画がアップされており、日本にエクセルシアが現れたと世界中で騒動《そうどう》になっている。だが幸い、隼平とエクセルシアがキスをしてしまったシーンを捉《とら》えたものはなかった。

例の赤いリボンの女の子は母親が迎《むか》えに来ていたし、事故を未然に防いだのはエクセルシアで、隼平はたまたま居合わせただけの通行人という立場だったが、それでも一応連絡《れんらく》先《さき》などは訊かれた。そして警察官にもう行っていいと云われ、ぶらりと歩き出したところで、やっとメリルが戻ってきた。

「隼平！」

「メリル！　おまえ、どこ行ってたんだよ？　いなくなるなら、せめて一言——」

「ちょっとパウダールームでバニースーツにお着替えして、電脳世界にアップされた画像や動画のなかから隼平の姿が映ってるものを片《かた》っ端《ぱし》から削除《さくじょ》してきたよ。個別の携帯デバイスのなかのデータも消しておいたから安心だね！」

それで隼平は目を丸くした。自分とエクセルシアのキスを捉えた映像がインターネット上に見当たらないのは、偶然や幸運ではなく、メリルの働きによるものだったのだ。

「バニースーツのときの魔法って、電波ジャックだけじゃなかったのか？」

「そうだよ。あらゆる電波やインターネットを介《かい》して、モノのインターネットみたいなものを全部メリルの好きにできる、メリルのスペシャルな魔法メリル」

「さらっとやばいこと云いやがって……」

魔法学校に忍び込んだこと、電波ジャックをしたこと、空間転移の魔法で密入国してきたことなど、メリルは悪人ではないが順法精神というものがまったくない。

「なあ、メリル。一応、念のため訊いておくけどさ、おまえって法律を守る気ある？」

「ないよ。だって法律って細かいし、いちいち守ってたら、いざってときに素早《すばや》く動けないじゃん。でも法律なんか守らなくても、メリルは悪いことしないから大丈夫！」

「法律を破ること自体が悪いことって認識《にんしき》はないんだな……」

隼平は片手で顔半分を覆《おお》って呻《うめ》いた。だが、わかっていたことだ。出会ったあの日から、メリルは自分のルールで動いていた。そしてそんなメリルをすっかり好きになってしまったのが、この自分なのである。

「……手加減してくれよ？」

隼平のその言葉の意味がわかっているのかいないのか、メリルは不思議そうに小首を傾《かし》げた。そのとき、こほん、とわざとらしい咳《せき》がして、隼平はそちらに顔を振り向けた。

ブラウンヘアに眼鏡の美少女がそこに立っていた。瞳の色はスカイブルーで、身長は一六〇センチ台半ばといったところだろうか。シャツにジーンズというなんてことのない服装だが肉づきがよい。胸乳《むなち》の張りもかなりのものがある。

「君は……？」

「あ、そうそう。この子が例の子。さっきやっと見つけて合流したの。隼平にいきなり会うのが恥ずかしいから、隠《かく》れて様子を窺《うかが》ってたんだって。ねえ、エイミーちゃん？」

メリルの言葉に軽く相槌《あいづち》を打った眼鏡の少女は、自分の身を守るように豊かな胸の前で腕組《うでぐ》みをすると、隼平に鋭《するど》い視線を向けてきた。

「初めまして、エイミー・マックイーンよ。十六歳《さい》のアメリカ人。あ、翻訳魔法《ほんやくまほう》がかかってるアクセサリをつけてるから、言葉は通じてるわよね？　あなたのことはメリルさんから一通り聞いてるわ。そしてあなたも私が楓と同じく刻印持ちだってことは、わかってるわよね？　よろしく、変態エロスケベ猥褻エロ魔法使い！」

「一ノ瀬《いちのせ》隼平だ。初対面でボロクソに云わないでくれよ……あとエロが二回入ってる」

「実際、エロエロなんでしょ？　既に恋人が二人いるのに、まだまだ増やそうとしてるって聞いてるわよ？」

「それはメリルが……」

隼平がそう云い訳しようとしたときだった。

「せーの、どーん！」

いきなりメリルが隼平の背中を突き飛ばし、次の瞬間、隼平はエイミーとキスをしていた。そのとき隼平が味わったのは、驚きでも喜びでも感動でもない。

——この唇の、感触は。

さっきも味わったキスだと思ったところで、エイミーが隼平を押《お》しのけ、顔を真っ赤にして叫ぶ。

「私のセカンドキスがあああっ！」

次の瞬間、渾身《こんしん》のボディブローが炸裂《さくれつ》し、隼平はその場でひっくり返った。逆さまになった視界でエイミーがどこかへ駆け去っていくのを見ていると、メリルが隼平の頭のところまでやってきてしゃがみこんだ。

「大丈夫、隼平？」

「全然大丈夫じゃない。すげえパンチだ。超痛《ちょういた》い。なにもかも、おまえのせいだぞ……」

「だって二人をカップルにするのがメリルの目的だし。この方が手っ取り早いと思って」

メリルがそう云《い》いながら隼平を起こしてくれる。隼平がなかなか立ち上がれないでいると、走って区画を一周してきたらしいエイミーが向こうからやってきた。

立ち上がった隼平に、立ち止まったエイミーが目を伏せながら云う。

「馬鹿、エッチ、変態。いったい、どうしてくれるのよ……」

「ご、ごめん……」

先ほどまでの強気な態度が一転、泣き出しそうなその声に、隼平はメリルのせいにするのをやめて、心の底から謝《あやま》った。それから東天の太陽を一瞥して、恐《おそ》る恐る云う。

「えっと、その……とりあえず暑いし、どこかの店に入らない？　俺がおごるよ」

果たしてエイミーは、こっくりと頷いた。

……。

冷房《れいぼう》の効いた喫茶店《きっさてん》に入った隼平たちは、生き返ったような心地《ここち》で奥《おく》の席に案内してもらった。四人掛けの席で、隼平の目の前にエイミー、右斜《なな》め前にメリルという席次だ。全員が飲み物を注文すると、隼平はメリルに眼差《まなざ》しを据《す》えて云った。

「メリル、ちょっと話を整理しよう。指輪を探して破壊《はかい》することを目的としているおまえは、楓さんのこともあって、残り九人の刻印持ちの女の子たちの現状を確認《かくにん》しようとした。もしかしたら楓さん同様、彼女たちの周りに指輪の影《かげ》があるかもしれないからだ。そしてニューヨークで出会った二人目の刻印持ちがエイミー。ここまではいいか？」

「うん、それで色々とお話ししたよ。隼平のこと、エロ魔法《まほう》のこと、メリルたちのこと、エイミーちゃんのこと……エイミーちゃんが指輪で誰かに支配されてるってことはなかったけど、隼平のお嫁《よめ》さんにしようと思ったからこうして日本に連れてきちゃった」

その言葉に卓に突っ伏《ぶ》しかけた隼平に、エイミーが真っ赤になりながら慌てて云う。

「わ、私は別に、そんなの了承《りょうしょう》したわけじゃないから！　でもたまたま日本に行かなくちゃならない用事があって、それにメリルさんが協力してくれるのと引《ひ》き換《か》えに、あなたに会えって……云っておくけど、私も色々忙《いそが》しいのよ？　だからアメリカでやらなきゃいけないことを楓に代わってもらったの」

「楓さんに？」

そう訊ねた隼平に、メリルが横から答えてくれる。

「うん、あのね。実はエイミーちゃんはニューヨークでとある活動をしてたんだけど、わけあってそれを放《ほう》り出《だ》してきちゃったから、代わりに楓ちんにお願いしたの。楓ちんも今はまだけじめがついてないから隼平に会えないって云ってたし、ちょうどいいかなって」

「なるほど……で、メリルの魔法で日本にやってきて、いきなり迷子になったわけか？」

隼平がエイミーを見て云うと、エイミーは軽く肩をすくめた。

「迷子になったんじゃなくて隠れてたのよ。だってメリルさんがあなたを私の恋人に推《お》すから、どんな人なのか、気になるじゃない？　だから物陰《ものかげ》からしばらく様子を窺おうと思って。でも、そうしたらあの事故が起こって……」

「エクセルシアが助けてくれた」

そうあとを引き取った隼平は、もう我慢《がまん》できなくなり、水が溢《あふ》れるように訊ねていた。

「なあ、エイミー。もしかして君がエクセルシアなのか？」

たちまちエイミーが無表情になり、眼鏡越しにきつい視線を寄越《よこ》してきた。その瞳の色はエクセルシアと同じスカイブルーだ。顔立ちも、驚くほどよく似ている。

「なんですって？」

「だって君は似てるんだ。顔も声も、唇の感触も……」

するとエイミーの顔が火のついたように赤くなる。

「へ、変態！」

「いや、だって……よければ眼鏡を外してくれないか？」

「絶対に厭《いや》！」

エイミーは眼鏡を横から両手でそっと押さえながら、こう云った。

「それにエクセルシアってピンクヘアじゃない。私はブラウンヘアよ？」

「そんなの否定材料にならない。毛色違《ちが》いの魔法使いは、魔法使いとばれないために魔法や魔道具で髪の色を変える。これは常識だ」

隼平が強い調子でそう云うと、エイミーの眼差しも鋭さを増した。そんな二人の様子を、水をこくこくと飲みながら眺《なが》めていたメリルが、少し不思議そうに訊ねた。

「ねえエイミーちゃん、どうしてさっきから怒《おこ》ってばっかりなの？」

「初対面でいきなり唇を奪《うば》われて、にこにこしてられるわけないでしょう！　ああ、もう、恥《は》ずかしい……」

耳まで真っ赤にして両手で顔を覆ってしまったエイミーを前にして、隼平は大いに焦《あせ》った。泣き出すのではないかと思ったのだ。

「あれは全部メリルのせい……」

すると、そんな云い訳は許さないというように、エイミーが勢いよく顔をあげた。涙はない。眼鏡の奥の青い瞳は強気に光っている。

「どうせお得意のエロ魔法でそうなるように仕向けたんでしょう！」

「いや、それは……」

それは違うと云いかけて、隼平は口ごもった。エンブレイシング・ラブストーリーを使ったことで、死ぬはずだった自分の運命が変わり、結果として今こうなっているのではないか。だとすると二つのキスはエロ魔法のせいなのか。隼平がその可能性を真剣《しんけん》に考えていると、エイミーは目を大きく見開いた。

「あー！　やっぱりそうなんだ！」

「ち、違う！」

違わないのかもしれないがとにかく違うと云い張って、隼平は急いで話題を変えた。

「それより別の話をしよう」

苦しまぎれにそう云ったところで、頼《たの》んでいた飲み物が届き、隼平は救われたように思ってアイスコーヒーを一口飲んだ。

「……ま、エクセルシア云々《うんぬん》はもういいよ。ジャスウィズって正体を隠すのが基本だし、無理強《むりじ》いしてまで知りたいことじゃない。知りたいのは、そうだな、君はどうして日本にやってきたんだ？　用事があるって云ってたけど……」

すると、エイミーはレモンスカッシュのストローから口を離して云う。

「人探しよ。どうしても放っておけないやつがいるの。そいつが日本にやってきたって云うから、追いかけてきたのよ」

「へえ、どんなやつ？」

「私のパパとママを殺した男」

いきなり鉄の塊《かたまり》を背負わされたような衝撃があり、隼平は思わず固まってしまった。咄嗟に言葉が出てこず、エイミーと見つめ合うことしばし、隼平はやっと声を起こした。

「それは、いわゆる、仇討《あだう》ちってやつ？」

「どうかしらね……復讐《ふくしゅう》はよくないことよ。頭ではわかってるわ。でも、やつの顔を見ると、やつの名前を聞くと、私の血がどうしても熱くざわめき、逆流するの」

眼鏡をかけたエイミーは、一見して地味な少女である。だがこのとき隼平は彼女からただならぬ迫力《はくりょく》を感じて息を呑《の》んだ。気魄《きはく》が炎《ほのお》となって迫ってくるかのようだ。

「……仇《かたき》は、どんなやつなんだ？」

「名前はギャリック。魔法を犯罪に用いることを厭《いと》わない、クリミナル・ウィザードよ」

「ギャ、ギャリック？　ギャリックだって？　知ってるぞ！　アメリカの有名な犯罪魔法使い《クリミナル・ウイザード》じゃないか！　エクセルシアやアメリカのジャスウィズたちを何度も退けてるって云う……昔、ジャスウィズ・グランディアを殺したやつだ」

その瞬間、エイミーの瞳が冷気を放って隼平を突き刺《さ》した。隼平はその眼光のあまりの鋭さに思わず顔を引きつらせたが、それでも言葉は止まらない。

「そういえば、グランディアとエクセルシアは同じコスモフィストって魔法を使うから、親子だっていう説が、あるんだけど……」

「だから？」

「いや、悪い。なんでもない。で、そんなやつが日本に来てるって？」

「そう聞いてるわ。でも私一人じゃ探せない。だから……」

エイミーはそこで言葉を切るとメリルを見た。果たしてメリルは、にっこり笑って云う。

「メリルに任せて！　きっと見つけ出してあげる。でもその代わりエイミーちゃんは？」

「彼と一緒《いっしょ》に過ごせばいいのね？」

エイミーは諦《あきら》めたようにため息をつくと、眼鏡越《ご》しの視線を隼平に寄越した。

「そういうわけよ。メリルさんは、私とあなたが仲良くするのがお望みみたい」

「いや、君が迷惑《めいわく》なら俺が――」

俺がメリルに話をつける。隼平はそう云おうとしたが、エイミーはかぶりを振った。

「別に迷惑じゃないわ。それを云うなら、あなたの方こそ、どうなのよ？　急に私の都合に巻き込まれて、面倒《めんどう》だったりしない？」

「いや、そんな風には思わない。事情が事情だし、俺にできることなら協力するよ」

「はい、それじゃあ決まりメリル」

メリルは満足そうに笑ってホットミルクを一気に飲み干し、口のまわりを手の甲《こう》で拭《ふ》きながら立ち上がった。

「じゃあメリル、ギャリックおじさんを探しに行ってきますから、隼平たちは仲良くしててね。それじゃあね、バイバーイ！」

「待て、おまえと連絡《れんらく》を取りたいときは、どうすれば——」

隼平がそう訊《たず》ねたときには、メリルはもう店を飛び出していた。呆《あき》れるほど行動が早い。

隼平が茫然《ぼうぜん》としていると、エイミーが椅子《いす》にもたれながら苦笑した。

「お互《たが》い、あの人には振り回されてるみたいね」

「あいつのやることは、いつも滅茶苦茶《めちゃくちゃ》だからな。まるでブレーキのない車みたいだ」

その軽口にエイミーはふふっと笑ったが、すぐに真顔になって隼平を見つめてきた。

「ねえ、ところで……隼平って呼んでいい？」

「ああ、いいよ。俺もエイミーって呼んでるし」

するとエイミーは白い歯を見せて嬉《うれ》しそうに笑った。

「オーケー。それじゃあ隼平、ちょっと動かないでくれる？」

戸惑《とまど》いながらも頷いて、椅子に座《すわ》ったまま固まった隼平の見ている前で、エイミーは立ち上がって卓《たく》に身を乗り出すと腕《うで》を伸ばし、隼平の額に手をやった。そして中指で二回、隼平の額を弾《はじ》くと笑った。驚《おどろ》いて目を丸くしたのは隼平である。

「今のって……デコピン？」

「そ。さっきのお返し」

「お返しって、もしかしてキスのことか？」

「云わないの。とにかく私の唇を奪ったことはこれで許してあげる。それじゃあ、これを飲んだら行きましょうか。せっかくだから東京案内でもしてちょうだいよ」

「それはいいけど、でもギャリックのことをメリルに任せっぱなしでいいのか？　クリミナル・ウィザードが日本にやってきたって云うなら、まず警察だと思うんだが」

「いえ、それは駄目よ。ギャリックはとても特殊《とくしゅ》な魔法使いでね、怒《いか》りや憎《にく》しみ、敵意や侮蔑《ぶべつ》といった負の感情を向けられることで、自分の魔力や身体能力を強化できるの。嫌《きら》われるほど強くなる魔法使いってこと」

「き、嫌われるほど強くなる？　そんなの、聞いたことがないぞ」

「ええ、その通り。世界でたった一人、彼だけが使える異端《いたん》の魔法よ。十年前、マスター・トリクシーに被験者として選ばれた私たち十人は、みんな規格外かつ例外的な魔法使いだったけど、ギャリックもそうだわ。彼が女性だったら間違いなくトリクシーに選ばれていたでしょう。私はあいつの力を、『この世の悪を司《つかさど》る魔法』だと思ってる」

「この世の悪って……」

　隼平は言葉もなかった。そんな魔法使いがいるなどとは、信じられない。だがエイミーはレモンスカッシュを一口飲んで、さらに恐るべき事実を明かした。

「たとえば彼に恨《うら》みのない人間でも、戦って傷つけられたら怒りの矛先《ほこさき》が向くでしょう？

それでもうアウトなの。他者の憎悪《ヘイト》を受け取った時点で強くなる。大勢の敵に包囲され、四面楚歌《しめんそか》の状況に置かれたら、普通《ふつう》は絶体絶命なんだけど、ギャリックの場合は逆に最強化するのよ。だから警察はだめ。少人数で戦うしかないの」

だとしたら、それはもう並の魔法使《まほうつか》いではない。あれほどの悪名を轟《とどろ》かせながら逮捕《たいほ》も討伐《とうばつ》もされずに生き残っている理由はそれなのか。凍りついている隼平に、エイミーは話しているうちに強張《こわば》っていた顔をどうにかほぐして笑《え》みを作った。

「でも安心して。ギャリックは私が倒《たお》すから」

「ああ……」

隼平はそう返事をしたものの、内心は不安でいっぱいだった。

——怒りや憎しみを向けられるほど強くなるだって？　だったらそれは君にとって天敵じゃないのか、エイミー。

親の仇を前にして、怒りも憎しみもなく戦える人がどこにいるというのだろう。そしてそもそも、そんなギャリックを倒そうとしているエイミーとは、いったい何者なのか。

隼平は訊ねたいこと全部に蓋《ふた》をすると、テーブルにあったメニューを手に取った。

「エイミー、ちょっと早いけど昼飯にしよう」

「えっ？」

「今から深刻になっても仕方ないし、とりあえず食えるときに食っておこう。おごるよ」

「あら、いいの？」

「もちろんさ」

女の子に一食おごるくらい、わけはない。そう高を括《くく》って頷いた隼平は、しかし三十分後、エイミーの恐るべき食欲を目の当《ま》たり《あ》にして悲鳴をあげることになる。

◇

腹を満たして店を出たとき、エイミーは意気揚々《いきようよう》としていたが、隼平は無表情だった。

「すごい食べっぷりだった。あんなに食べる女の子は初めて見た。って顔をしてるわ」

「心を読まないでくれ……」

がっくりと項垂《うなだ》れた隼平の横で、エイミーが満面に笑みを浮かべた。

「私ってやたらとお腹《なか》がすくのよね。トレーニングが趣味《しゅみ》だから太らないけど、燃費が悪いのかしら？」

エイミーは弾《はず》むような足取りで歩き出したが、隼平がついてこないのに気づくと振《ふ》り返って大きく腕を振った。

「どうしたの、隼平。私に東京案内してくれるんでしょ?」

「あ、ああ。もちろん……」

隼平はどうにか気を取り直すと、エイミーを連れて東京観光に繰《く》り出した。

時間が二人を打ち解けさせてくれた。観光中、特別な出来事があったわけではないが、心を開いてさえいれば、自然と肌合《はだあ》いが馴染《なじ》んでくるというものだ。

そして夕方の五時を過ぎたとき、隼平たちは魔法学校の近くまでやってきた。隼平が普《ふ》段《だん》暮らしている街を見たいというエイミーの希望に応《こた》えてのことだ。

エイミーはあちらこちらに視線を巡《めぐ》らしながらうきうきと云う。

「日本は二度目だけど、十年前にトリクシーに連れてこられたときは観光なんてできなかったから、なにもかもが新鮮《しんせん》だわ。それであなたの家はどこ?」

「家って云うか……俺《おれ》は学生寮《がくせいりょう》に入ってるんだけど、そこでよければ案内するよ」

隼平はそう云って、行く先を学生寮に向けた。やがて遠目にダークグレーの外壁《がいへき》をしたタワーマンションが見えてくる。

「あそこが学生寮。日本には全国に魔法学校が七つあって、魔法使いは十八歳まで魔法学校に通うことが義務付けられてるから、実家が遠い人は寮に入るんだ」

「ふうん。じゃあ隼平の家も遠いんだ?」

「遠いってわけじゃないんだが……」

隼平は言葉を濁《にご》しかけたが、心の扉《とびら》は開けようと思って、云うことにした。

「生まれは東京じゃない。親が離婚《りこん》して、俺は母さんに引き取られて東京に来たんだ。それから母さんはこっちで再婚《さいこん》したんだが、なんていうか、今の家は居心地《いごこち》が悪くてさ」

「オーケー、云わなくていいわ。それにしても日本は大変ね。魔法学校が義務なんて」

「えっ、アメリカは違うのか？」

「ええ。アメリカにも魔法学校はあるけど、世界魔法連盟《スターリングシルバー》に認められている魔法使いの監督《かんとく》下にある子供は、魔法学校に通わなくてもいいの。私もいつもは普通のハイスクールに通ってるわ。周りには、魔法使いだってことは内緒《ないしょ》にしてね」

「アメリカはそれでいいんだ……」

国が違えば制度も違う。日本で当たり前の義務がアメリカにはないと知って、隼平は驚くやら羨《うらや》ましいやらだった。もしアメリカに生まれていたら、ソニアと一緒にロンドンへ行くことがあったら、あるいはずっと日本にいたら、自分の人生はどうなるだろうか。

「ねえ、寮の入り口の前に誰《だれ》か立ってるわ。凄《すご》い目でこっちを睨《にら》んでるんだけど」

その声で我に返った隼平は、はてなと思って寮の入り口のところを見た。ソニアが仁王《におう》立ちしてこちらを見ていた。それが火でもつきそうな視線である。

「うおお……」

そんな呻き声《ごえ》とともに隼平が立ち止まってしまうと、逆にソニアが勢いよく歩き出し、足音も高くこちらに近づいてきた。

「ごきげんよう、隼平さん」

「おい、近藤先生の治療《ちりょう》はどうした？　もっと遅《おそ》くなるかと思ったが……」

「その予定でしたが、お昼に独り寂《さび》しくご飯を食べていたら、急にメリルさんが訪ねてきましたの。エイミーさんのこと、ギャリックのこと、話は全部聞きましたわ」

「お、おう。そうか。メリルのやつ、おまえに説明に行ってくれたのか……」

それは自分がソニアに説明する手間を省いてくれて助かるのだが、ソニアが心中、穏《おだ》やかでなさそうなのが気にかかる。果たしてソニアは稲妻《いなずま》を含《ふく》んだ声で続けた。

「わたくし、隼平さんがエイミーさんなる女性と一緒にいるのかと思うと、気になって気になって、治療に集中できなくなりましたの。それで切り上げることにしましたわ」

「な、なるほど。賢明《けんめい》な判断だ」

そう褒《ほ》めた隼平を尻目《しりめ》にかけて、ソニアはいよいよ本題とばかりにエイミーに剣呑《けんのん》な視線を向ける。それに対し、エイミーは友好的な笑顔《えがお》とともに握手《あくしゅ》を求めて手を出した。

「ハーイ、あなたがソニアね。メリルさんから聞いてるわ。私はエイミー、よろしくね」

「……よろしくですわ、エイミーさん」

ソニアはぎこちなくもそう挨拶《あいさつ》をし、エイミーとの握手にも応じた。どうあれ、握手は友好のしるしである。隼平はほっと胸を撫で下《お》ろすと、辺りを軽く見回した。

「ところでメリルの姿がないんだけど……」

「メリルさんはわたくしに一通りの話をしますと、ギャリックなる不届き者を探すと云って姿を消されましたわ。あの方のことですから、そのうちふらりと戻《もど》ってくるでしょう」

そう聞いてエイミーの顔に安堵《あんど》の笑みが浮かんだ。

「よかった。ちゃんと仕事はしてくれてるんだ」

「その仕事の対価が、隼平さんと仲良くすることですの？」

ソニアにそう問われ、エイミーは軽く肩をすくめると学生寮を指差した。

「込み入った話になりそうだし、場所を変えない？」

「……。」

かくして隼平の部屋である。キッチンに立ってお茶の準備を始めた隼平をよそに、ソニアとエイミーはローテーブルを挟《はさ》んで向かい合い、話をしている。

「……なるほど。それでギャリックなるクリミナル・ウィザードをメリルさんに探させて、単独で戦いを挑《いど》むおつもりですのね。目的は復讐ですの？」

訊《き》きにくいことをはっきり訊く。隼平はその胆力《たんりょく》にひやひやしながらも、三人分のグラスをお盆《ぼん》に乗せて運んでくると、ソニアとエイミーにお茶を出し、自分もラグの上に胡坐《あぐら》を掻いてテーブルを囲んだ。隼平から見てソニアが右手、エイミーが左手である。

「復讐なんて、不毛なことだと思ってるわよ」

それは復讐を明確に否定する言葉ではない。だがそれが返答のすべてだと云わんばかりに、エイミーは出されたお茶を飲んだ。そこへソニアが目に角を立てて云う。

「あなたの境遇《きょうぐう》には同情します。応援もします。ギャリックが、たとえ正義に基《もと》づく怒りであっても自分の力に換えてしまう恐るべき魔法使いであるというのなら、大勢であたるのは悪手でしょう。しかしそれでも、アメリカのジャスウィズすら何度も退けている凶悪《きょうあく》犯罪者を相手に自分一人で挑むだなんて、いささか傲慢《ごうまん》ではありませんかしら？」

「……うるさいわね。私は勝つわよ」

眼鏡越しにソニアを睨むエイミーの瞳《ひとみ》には、有無《うむ》を云わせぬ力があった。隼平は二人が激しく云い合いになるのではないかと気が気でない。果たしてソニアは鋭く息を吸い、しかし反駁《はんばく》の言葉の代わりにゆるゆると長い息を吐《は》いた。

「……まあいいですわ。ギャリックへの対処は、メリルさんが戻ってから改めて考えましょう。わたくしとしても、魔法を犯罪に用いるクリミナル・ウィザードのことは許せません。わたくしにできることならなんでもします。しかし今、わたくしが問題にしたいのは、メリルさんがギャリックを探す代わりにあなたに突きつけた条件のことですわ！」

そこでソニアの視線の矛先は隼平に向いた。

「隼平さん。わたくしが近藤先生の治療に汗《あせ》を流しているあいだ、あなたはメリルさんの一夫多妻計画に乗って、エイミーさんとデートを楽しんでいたわけですわね？」

「いや、観光案内をしただけだって」

「それをデートと云うのですわ！」

ソニアがそう声を荒《あら》らげると、エイミーが慌てて云い訳を始めた。

「ま、待ってよ。私たち、なにも別にそんな……ただ一緒に行動してるだけで……」

「それ自体、わたくしは許していませんわ」

それはちょっと度が過ぎた発言だと、隼平は思った。果たせるかな、エイミーも頭に来たのか、目つきと口調が攻撃的《こうげきてき》になっていく。

「なによ、隼平と一緒にいるのにあなたの許可がいるわけ？　私にはメリルさんの協力が必要で、メリルさんはその条件として隼平と一緒に過ごせと云う。それがすべてよ。あなたに邪魔《じゃま》されたくないわ。そんなに好きなら首輪でもして繋《つな》いでおけば？」

そんなのは、冗談《じょうだん》ではない。思わず自分の首元を押さえた隼平の見ている前で、ソニアは頬を赤くしてそっぽを向いた。

「いえ、わたくしは別に、隼平さんのことが好きというわけでは……」

「はああっ？　なによ、あなた。自分の気持ちを明確にしてないのにその態度なわけ？」

エイミーの怒りが波立つのを感じて、隼平は急いで云った。

「やめろやめろ、ヒートアップするな」

「だって隼平！」

「俺は待つと決めたんだ。だからいいんだ」

「待つ？」

エイミーはそう繰り返《かえ》したが、やがて彼女《かのじょ》のなかで理解が及《およ》んだのか、その表情がみるみる柔《やわ》らかくなっていった。眼鏡の奥の瞳が、からかうような光りを帯びる。

「……ふうん。大事にしてるんだ」

もちろんだ、とは恥ずかしくて云えなかった。だがエイミーは笑いを含んだ声で云う。

「オーケー。二人の関係については、私が口を出すことじゃなかったわ。でもね」

エイミーはそこでソニアを挑戦的《ちょうせんてき》に睨みつけた。

「私は私の目的のために隼平と行動をともにする。あなたの指図は受けない。どうしても私を排除《はいじょ》したいなら、『彼《かれ》を愛してるから近づかないで』と云ってみなさいよ」

「あ、愛して？　ぐぬぬ……」

ソニアは顔を赤くするやら歯ぎしりするやらだ。今日までエロ魔法の特訓できわどいことも色々とあったのに、勇者の使命という建前を崩《くず》そうとはしない。それが彼女の乙女心《おとめごころ》であり、隼平はそのために待つと決めたが、エイミーの方は不可解そうに眉根《まゆね》を寄せた。

「どうして、たった一言が云えないのよ？」

するとソニアは隼平をちらりと見たあと、目を逸《そ》らして唇《くちびる》を尖《とが》らせた。

「だ、だって……愛していると認めてしまったら、一線を越《こ》えてしまいますわ……」

「え、えええっ！」

仰《あお》のいて驚きの声をあげたエイミーが、四《よ》つん這《ば》いになってローテーブルを回り込み、ソニアに身を寄せ、ひそひそ声で話し始めた。

「そんなに思いつめなくても……」

「だってエロ魔法が……」

そんなやりとりが、いっそまったく聞こえなければよかったのに、中途半端《ちゅうとはんぱ》に耳に入ってくるので、隼平はどうにか落ち着こうと冷たいお茶を口にした。

やがてエイミーが元の場所に戻ってくると、ソニアは気を取り直したように云った。

「……わかりましたわ、エイミーさん。ここはわたくしが譲《ゆず》りましょう。ただし一つ条件があります。わたくし、怪我《けが》をしている先生に回復魔法を施《ほどこ》すため、明日も一日留守ですの。そこでそのあいだ、わたくしに代わって隼平さんとエロ魔法の訓練をしてください」

「ええっ！　ちょ、ちょっと待って！　エロ魔法って、エッチなことばかり起きる魔法のことでしょ！　厭よ！」

その激しい拒絶《きょぜつ》に、ソニアは我《わ》が意を得たりとにんまり笑う。

「あら、そうですの。隼平さんはあなたのために自分の修行《しゅぎょう》時間を犠牲《ぎせい》にしますのに、あなたは隼平さんの成長のために一肌脱《ひとはだぬ》いでくださらないなんて、不公平ですわ。そんなこと、わたくしは隼平さんの魔法の師として到底《とうてい》認められません。ですから――」

おいおい、ソニア。と隼平が取り成そうとしたときである。

「……オーケー。そういうことなら、わかったわ」

エイミーの言葉に隼平は息を呑み、ソニアは目を見開いた。

「……今、なんとおっしゃいましたの？」

「隼平とエロ魔法の訓練をすればいいんでしょ。いいわよ、やるわよ、やってやるわよ」

「ほ、本当にいいんですの？　エロ魔法ですわよ？　エッチなことばかり起きる魔法ですわ。あんなことやこんなことをされてしまうかもしれませんわよ？」

「そうね。でもソニアさん、あなた私が彼と凄くエッチなことをしてもいいの？」

「えっ？　い、いえ、それはいけません！　そんなふしだらな……」

そこまで云ってから、ソニアははっとして自分の口を手で覆った。一方、エイミーは勝《か》ち誇《ほこ》るように白い歯を見せて笑っている。

「そうよね。してほしくないわよね。じゃあエロ魔法のなかでも比較的《ひかくてき》軽くて健全なものを、選んでくれるわよね、ソニアさん？」

その論法に、ソニアは返す言葉もないようだった。エイミーを追《お》い詰《つ》めたはずが、妬心《としん》を逆手に取られて反撃《はんげき》されているのだ。さらにエイミーは気魄の踏《ふ》み込みを見せた。

「いい、ソニア。私は生半可な覚悟《かくご》で来ているわけじゃないのよ。復讐するかはわからないけど、あいつを追い詰めるためなら、なんでもやるわ。エロ魔法でも、なんでもよ！」

くっ、とソニアが悔《くや》しそうに唇を歪《ゆが》めるのを見て、隼平はしみじみと思った。

——ああ、これはエイミーの勝ちだな。

果たしてソニアは破れかぶれのように叫《さけ》ぶ。

「わかりましたわ！　あなたにはロード・オブ・ハートに挑戦《ちょうせん》していただきます！」

初めて聞く名前のエロ魔法に、隼平は目を丸くした。

「ロード・オブ・ハート？　知らない魔法だけど……」

するとソニアは手つかずだったお茶を一口飲み、ほうと一息ついて話し始めた。

「ロード・オブ・ハートとは、男女間で魔力《まりょく》を融通《ゆうずう》し合う魔法のことです。相手に魔力を注いだり、逆に奪ったりするのですわ」

「つまり注入《インジェクション》と吸収《ドレイン》ね。東洋の房中術《ぼうちゅう》のように、エッチなことをして魔力を融通する儀《ぎ》式《しき》は珍《めずら》しくもないけど、エロ魔法にも当然あるってわけか」

要点を捉《とら》えたエイミーの言葉に、ソニアはちょっと嬉しそうに口許《くちもと》を綻《ほころ》ばせた。

「ええ。これにより魔法の使い過ぎによって枯渇《こかつ》した魔力を補ったり、普段は使えない強力な魔法を使うために魔力を集めたりができるのですわ。その魔力循環《まりょくじゅんかん》の経路は、体と心の繋がりが深ければ深いほど強くなり、効率よく魔力を渡《わた》すことができるのです」

「か、体と心の繋がりって……」

エイミーが顔を赤らめると、ソニアもまた恥ずかしそうに隼平を一瞥《いちべつ》した。

「一番、手っ取り早いのは、裸《はだか》で愛し合うことですが……」

「ごほっ！」

ちょうどお茶を飲んでいた隼平は激しく咳《せ》き込んでしまった。そんな隼平の傍《そば》にいざり寄ってきたソニアが、隼平の背中を優《やさ》しく撫《な》でながら続けた。

「まあそこまでしなくとも、手を繋いだり、接吻《せっぷん》したりするだけでも、ロード・オブ・ハートは成功しますわ。なにより大切なのは心が通じ合っていることです。お互いに信頼《しんらい》なり愛情なりがあれば、身体的接触《せっしょく》は軽いものでも大丈夫《だいじょうぶ》ですわ」

　やっと呼吸の整ってきた隼平は、それを聞いて心の底から安堵した。エイミーもまたほっとしたらしく、たちまち顔を輝《かがや》かせていきいきと云う。

「じゃあ手を繋ぐだけでいいのね？」

「ええ、まあ。ただしその分、魔力の循環効率は落ちますし、手を繋いだだけでロード・オブ・ハートを成功させるには、かなり親密でないと――」

「なんだ、楽勝じゃない！　心なんて一緒にいたら自然と繋がるものよ。ねえ隼平？」

「えっ？　まあ、たしかにそんなものかもしれないな」

　隼平が楽観的にそう云うと、ソニアは眩暈《めまい》でも覚えたように片手で額を押さえた。

「くっ、おかしいですわね。わたくしのシナリオではエイミーさんが『エロ魔法の相手なんてお断り！』と隼平さんの前から去ってめでたしめでたしでしたのに……」

　ソニアはそう敗者の弁を述べたあとで、不意に真顔になって云った。

「ちなみにこの魔法には、一つ注意事項《じこう》がありますわ。魔力をやり取りする際、稀《まれ》にですが、はずみでお互いの記憶《きおく》や思考、感情が流れ込む場合がありますの。気をつけないと、頭のなかを見られてしまうということもありますわよ？」

「マジかよ」

隼平は思わず身構えたが、エイミーの方は気楽そうに笑っている。

「滅多《めった》に起きない、たまの事故ってことでしょ。いいわよ、そのくらいのリスクは取るわ。隼平も、文句ないわね？」

「……エイミーがそれでいいなら、俺もいいよ」

「オーケー！　じゃあ難しい話はこれでおしまい！　みんなでご飯でも食べに行きましょ。私、あなたたちとは友達になりたいわ」

エイミーはそう云ってお茶を豪快《ごうかい》に飲み干すと立ち上がり、呆気《あっけ》に取られているソニアを見下ろして晴れやかに笑った。

「ちょっと喧嘩腰《けんかごし》になったりもしたけど、別に嫌いじゃないわよ、あなたのこと」

「わ、わたくしも別に、嫌いというわけでは……」

まっすぐな好意を向けられて満更《まんざら》でもないのか、ソニアは頰《ほお》を赤らめながらも、ちらちらとエイミーを見てどこか嬉しげである。それを見て隼平は膝《ひざ》を打った。

「そりゃいいや。エイミー、是非《ぜひ》ともソニアと友達になってくれ。こいつ意外と友達が少ないから、臆《おく》せず行けばすぐ仲良くなれるぜ」

「わ、わたくしを、簡単に篭絡《ろうらく》できるみたいに云わないでくださいまし。それに友達だって、レッドハート・ブレイブのみなさんとは、ちゃんと交流がありますわ！」

だがレッドハート・ブレイブの仲間と打ち解けるまでには時間がかかったと楓から聞いたことがあった。さもあらん、ソニアはまず見た目が美しすぎて近寄りがたい雰囲気《ふんいき》がある。家柄《いえがら》がよく、立ち居振る舞《ま》いも完璧《かんぺき》となればなおさらだ。しかしその実、ソニアはとても優しい。その優しさの恩恵《おんけい》に誰より浴《よく》してきたのが、隼平であった。

「……ありがとうよ」

「な、なんですの、急に」

「いや、別に。おまえがとても優しいから、俺は助かっているってことさ」

「……ふ、ふん。だいたい友達というなら、隼平さんこそどうですの？」

その言葉に胸を突《つ》き刺され、隼平は思わず固まってしまった。エイミーが目を瞠《みは》る。

「あれ？　隼平、友達いないの？」

隼平は答えたくなかった。だが元は自分が軽口を叩《たた》いたせいでこの話になったのだ。ブーメランが返ってきたのだから仕方がないと、隼平はちょっと笑って云った。

「昔はいたよ。でもみんな成長していくのに、俺だけずっと落ちこぼれだったから……」

「落ちこぼれって……」

「メリルから聞いてないのか？　俺がエロ魔法使いだってわかったのは最近のことだから、それまでずっと、ろくに魔法が使えない落ちこぼれだったのさ。今でもエロ魔法のことを話すわけにはいかないから、表向きは落ちこぼれで通してるけどな」

「それで、いじめられたの？」

「いや、大丈夫。そんなことはない。馬鹿《ばか》にしてくるやつもいたけど、ほとんどのクラスメイトは優しかったよ。でもその優しさが逆につらくて、引け目に感じて、俺の方から距離《きょり》を取ったんだ。昔よく遊んだ友達とも、疎遠《そえん》になってしまった……」

要は自分の殻《から》に引きこもったのである。そしてどんどん落ちていく隼平に、手を差《さ》し伸《の》べてくれたのが楓だった。メリルと出会い、ソニアに巡り合った。

「でも今は、エロ魔法を極《きわ》めて、レッドハート・ブレイブの一員になって、楓さんたちの刻印を消して、自分の力を試《ため》してみたいっていう目標ができたから、幸せだよ」

「隼平……」

エイミーはちょっとしんみりしていたが、自分でらしくないと思ったのか、すぐに人を励《はげ》ます元気な笑顔を見せてくれた。

「それならよかったわ。でも刻印を消すだなんて、あなた、そんなこと考えてたの？」

「それもメリルから聞いてないのか。あいつの説明は本当に適当だな……」

隼平はそう呆《あき》れながら、エイミーの右手小指に嵌《は》められている金の指輪を見た。さりげない装身具のように見えるそれは、その実、支配の指輪である。下位の指輪からの命令を無効化するためにつけている、お守りのようなものだ。しかし完璧ではない。

「もしプラチナやミスリルの指輪を持ってるやつが君の刻印に気づいた場合、君はそいつに支配されてしまう。楓さんや、まだ名前も知らない他の八人だってそうだ。みんないつ誰に支配されるかわからない。だからこの世界の指輪をすべて完全に破壊《はかい》するか、君たちの刻印を消すか、どちらかは必ずやり遂《と》げる。できれば両方やってみせる」

「そうなんだ……」

色か、温度か、それとも光りか、ともかくエイミーの隼平を見る目が変わった。見る目が変わって、いたずらを仕掛《しか》けてきた。

「……ま、そうしないと楓と子作りできないもんね」

「ごほっ！」

泡《あわ》を食《く》った隼平をきゃらきゃらと笑って、エイミーはなおも云《い》う。

「メリルさんから聞いてるわよ。あなた、ソニアと楓の両方と結婚《けっこん》する気なんでしょう。それでソニアに会ったら訊いてみようと思ってたんだけど、あなたはそれでいいの？」

「べ、別にわたくしは隼平さんと結婚するとは云っていませんわ。もし仮に、万が一、結婚するとしても？　それは勇者の使命を果たすためであって、恋愛《れんあい》感情では……」

「はいはい、めんどくさい。それで楓のことはどう思ってるの？」

するとソニアは言葉に詰まり、それから隼平に感情の読めぬ視線を注いできた。

「隼平さん」

「はい」

「わたくしは優しいと十回云いなさい」

「ソニアは優しい、ソニアは優しい――」

隼平は指を折り折り数えながらきっちり十回繰り返した。十回唱えるころには、ソニアは柔らかな笑みを湛《たた》えてエイミーに顔を向ける。

「というわけで、楓さんのことは認めます」

「なるほど……くっくっく。隼平、あなたも大変ね」

「うるさいな。ていうか、その含み笑《わら》いはなんだよ？」

「だって……」

そこでエイミーはこらえきれなくなったように、腹を抱《かか》えて大笑いした。

そのあと本当に夕食に行こうというとき、ソニアがふとしたことをエイミーに訊ねた。

「ところであなた、今夜はどうするおつもりですの？　メリルさんの魔法《まほう》で不法入国したと聞きましたが……まさか、ここに泊《と》まる気ではないでしょうね？」

「そんなわけないでしょ！　不法入国の件はごめんなさいだけど、男の子と一緒の部屋で寝《ね》るなんてありえない！　泊まるところはここに行けって、メリルさんが……」

そう云いながらエイミーがポケットから取り出したのは、一枚のメモ用紙である。それを受け取ったソニアは、一目見るなりメモを握《にぎ》りつぶした。

「このメモに書かれてある住所、この部屋ですわ」

「えっ？」

エイミーは目を丸くして絶句し、隼平はソニアが握りつぶしてしまったメモを取り上げて、そこに書いてある住所を自分の目でも確認《かくにん》し、笑ってしまった。

「……まあメリルだし、そういうことするよな」

「えーっ！」

そう叫んだエイミーに、ソニアがため息をついて云う。

「……仕方ありません。エイミーさん、今夜はわたくしの部屋にお泊まりなさい。明日になったら、わたくしがどうにかホテルを手配してさしあげますわ」

「ワオ、ソニア。ありがとう、助かるわ。これで私たち、共犯ね」

エイミーが嬉しそうに笑ってウインクすると、ソニアは軽い眩暈を覚えたようだった。

「ああ、もう。本当にどうしてこんなことに……」

◇

明けて日曜日の朝、学生寮の前に隼平とソニアとエイミーの姿があった。

「今日こそはなんとしても近藤先生の治療を完了《かんりょう》してみせますわ。わたくしが留守のあいだ、隼平さんはエイミーさんとロード・オブ・ハートの訓練をしておくように」

そう云ったソニアが微笑《ほほえ》みさえ浮《う》かべていたので、隼平は困惑《こんわく》して眉根を寄せた。

「本当にいいのか？　怒《おこ》らない？」

「わたくしは優しいですし、昨夜のうちにエイミーさんとは話がついておりますので」

「と云うと？」

そう訊ねた隼平に見せつけるようにして、エイミーがソニアに恭《うやうや》しく一礼した。

「あなたが一号、楓が二号、そして私は三号です」

そのへりくだった様子に驚き声もない隼平に向かって、ソニアは得意げに云う。

「御覧《ごらん》になりましたか、隼平さん？　彼女が礼を尽《つ》くすのであれば、わたくしも仁を施しましょう。孟子《もうし》の書にも、仁と礼は互いに交《か》わすものと書いてありましたもの」

「聖書じゃなくて孟子かよ……」

「わたくし、西洋の書物はあらゆる分野のものを十五歳《さい》までに一通り読破してしまったので、今は東洋の書物に夢中ですの。ほほほほほ」

ソニアは絵に描《か》いたような高笑いをすると、いきなり隼平の頬に手をあててきた。

「それでは御機嫌《ごきげん》よう」

「あ、ああ。気をつけてな」

そうしてソニアは、意気揚々と病院に向かって歩き出した。その後ろ姿をエイミーと並んで見送っていた隼平は、横目を遣《つか》ってエイミーの様子を盗《ぬす》み見《み》た。果たして彼女はあっかんベーをし、それからいたずらが成功した子供のように隼平に笑いかけてくる。

「日本人って、ちょろい相手にはこういうジェスチャーするんでしょ？　べー、って」

「エイミー……」

隼平は文句を云いたかったが、それよりも気になることがあり、遠慮《えんりょ》がちに訊ねた。

「……三号でいいのか？」

「勘違《かんちが》いしないで。私は、あなたのお嫁《よめ》さんになるなんて一言も云ってないわ。メリルさんが、勝手にそうしようとしてるだけ。それで今日はどうするの？　日曜日だから学校はないけど、あなたは毎朝この時間に起きてロードワークに行ってるんですって？」

「うん。なんていうか、俺はもともと体を鍛《きた》えるのは男の嗜《たしな》みと思って、ファッション感覚でトレーニングしてたんだけど、今はそれだけじゃない。文武両道じゃないとレッドハート・ブレイブになれないらしいからな。もっと鍛えて、今より一回りでかくなりたい」

「ふうん。レッドハート・ブレイブって、東京の魔法学校のエリートクラブだっけ。自分の社会的な階級を上げたいわけ？」

「そりゃ上げたいよ。いつまでも落ちこぼれのままじゃな……もうソニアにヴァージン・プロテクトかけちゃったし、ソニアのパートナーとして彼女に恥《はじ》は掻《か》かせられない。それにレッドハート・ブレイブは正義の集団だ。楓さんがリーダーをやってたんだから間違《まちが》いない。俺も彼らの仲間になったら、胸を張って生きていけるかな、って」

人の役に立つような、人を喜ばせられるような、そんな生き方をすれば、自分を好きになれる。楓からもらった答えは、今もまだ隼平のなかで火の鳥のように羽ばたいていた。

「誰だって、明日の自分が、今日の自分より優《すぐ》れていたいだろ？　成長したいんだ」

「あ、そ。なら本当に一号はソニアで決まりね」

エイミーが笑って云ったその言葉に、隼平は目を瞠った。

「三号にはならないんだろ？」

エイミーはその問いには答えず、微笑んだまま左手で隼平の右手を取った。

「じゃ、行きましょ」

「えっ？」

「走るんでしょ？　付き合うわ。私もトレーニングはやってるから」

「手を繋いで走るのか？」

「でないとロード・オブ・ハートの訓練にならないでしょ。ちなみに私って身体強化魔法が使えるんだけど、魔法なしでも絶対に私の方が体力あるわ。だから引っ張ってあげる」

「……面白《おもしろ》いこと云うじゃないか。じゃあ、勝負だな！」

「望むところよ！」

エイミーはそう云うと隼平の手を引っ張って走り出した。最初のうちは足も呼吸も合わなかったが、徐々《じょじょ》にそれらが合ってきて、一キロを走破するころには心臓の鼓動《こどう》まで重なっているようだった。ともあれ、このペースならついていける。そう思ってにやりと笑う隼平を、ブラウンの髪《かみ》を風になびかせるエイミーが振り返った。

「さあ、ここからが本番！　そろそろペースを上げていくわよ」

「えっ？」

ここからが本番だなんて、嘘《うそ》だろうと思ったが本当だった。ギアを上げ、隼平を引っ張ってパワフルに走るエイミーは、さながら重戦車のようである。

……。

重戦車エイミーに十キロを三十分台で走らされた隼平は、精根尽き果《は》て汗みずくだった。

「……ふざけんなよ。この距離をこんなペースで走ったのは初めてだ」

「一時間かけてだらだら走るより、三十分で十キロ走って終わった方がいいでしょ?」

一理ある。と思ってしまった隼平は、自分で自分にうんざりしながらエイミーを連れて街中《まちなか》の喫茶店《きっさてん》に入った。まだ学生の隼平にとって二日連続で喫茶店は少々厳しいものがあったのだが、とにかく冷房《れいぼう》の効いた店に入りたかったのだ。

隼平は飲み物だけ頼《たの》もうと思ったのだが、エイミーが隼平の分まで食事を注文してしまった。やがて卓《たく》に並べられた無数の皿を見て、隼平は暗い顔をした。

「パスタにピザにトーストにサラダにハンバーグ……どう見ても五人前はあるんだが?」

「私とあなたで全部食べればいいいじゃない」

「多すぎるだろ!」

「なによ、情けないわね。愛《いと》しのソニアとレッドハートなんちゃらのために体を大きくしたいんでしょ? これ食べたら筋トレするわよ」

「食ってすぐは無理だって……」

隼平はフォークに手を伸ばす代わりに携帯《けいたい》デバイスを手に取り、インターネットに接続してニュースや動画を見始めた。エイミーが食事の手を止めて訊《たず》ねてくる。

「なに見てるの?」

「昨日のエクセルシアの件だよ。やっぱり結構ニュースになってるな。日本だけじゃなくアメリカでも話題だ。俺たちのエクセルシアが東京に現れた、なぜだ、って。メリルが仕事してくれたおかげで、俺の顔が出てる映像はないから助かった」

「昨日のニュースでしょ。まだ興味あるわけ?」

フォークの先をこちらに向けてくるエイミーに、隼平は軽く目を瞠った。

「あれ、云ってなかったっけ? 俺、エクセルシアの大ファンなんだ」

隼平がさらりとそう云ってのけた瞬間《しゅんかん》、エイミーは目と口を丸くした。その表情の動きがあまりに大きかったものだから、眼鏡がずれてしまったくらいである。

──やっぱり似てるな。

エイミーの顔はやはりエクセルシアに似ている。その点を徹底的《てっていてき》に追及《ついきゅう》したい気持ちが頭をもたげてきたが、それをどうにか抑《おさ》え込んで隼平は微笑んだ。

「昨日は彼女に会えて安心したよ。本当はあのとき、応援《おうえん》してます、頑張《がんば》ってくださいって伝えたかったんだけど、メリルのせいであんなことに……」

「そ、そうなんだ」

エイミーは恥《は》ずかしそうに目を伏《ふ》せると、ピザを一切れぺろりと食べてしまった。そんな彼女に隼平は云う。

「エイミーこそ、アメリカ人なのに興味ないのか？　エクセルシアだぞ？」

「別に……私、ジャスウィズならオブシダンソードの方が好きだし。隼平こそなによ、日本人のくせにエクセルシアのファンだなんて……奇特《きとく》よね」

「いや、エクセルシアって世界中で人気あるだろ」

「そうかもしれないけど、アンチも多いわよ？　私、前にネットで見ちゃった……」

「そりゃ有名人なら叩かれもするさ。でも俺は好きだよ。犯罪と戦って、事故があれば駆《か》けつけて、犯人も重傷は負わせずにきっちり警察に突き出すし、いいやつじゃん」

するとエイミーは下を向いてうんうん唸《うな》り始めた。かと思うと、いきなりフォークでハンバーグを突き刺《さ》し、それを隼平のパスタの皿に移《うつ》し替《か》えてくる。

「私の分のハンバーグあげる！」

「いらねえって！」

「鍛えても食べなきゃ体は大きくならないわ。一日五食が理想よ」

「一日五食って、君はアスリートかなんかなのか？」

「似たようなものよ」

そう嘯《うそぶ》いたエイミーが、サラダが山盛りになったガラスの器《うつわ》も勧《すす》めてきた。それを見て隼平は腹を括《くく》ると、エイミーと二人でテーブルの料理を平らげにかかった。

……。

食事のあとの談笑《だんしょう》も終えて店の外に出ると、九月とは思えぬ熱風が吹《ふ》きつけてきた。

「……さすがに食いすぎたな。とても運動なんかできない。しばらく歩こう」

「仕方ないわねえ」

エイミーはそう云うと隼平に身を寄せ、いきなり腕《うで》を絡《から》ませてきた。そしてびっくりして硬直《こうちょく》している隼平にいたずらっぽく笑いかけてくる。

「ロード・オブ・ハートの訓練、手を繋ぐのから腕《うで》を組むに格上げしてあげるわ。こっちの方が効果高そうじゃない？」

「まあ、たしかに……」

ロード・オブ・ハートは、肉体的および精神的な繋がりが深ければ深いほど魔力の循環効率がよくなると云う。手を繋ぐより腕を組んだ方がいいだろう。

「でも、なんで急に？」

「別にメリルさんの云いなりになるわけじゃないけど、驚《おどろ》くべきことに今のところあなたのこと嫌《きら》いじゃないのよね。あのキスのときは殴《なぐ》っちゃったけど……ごめんね」

「いや、いいよ。女の子なら当然の反応さ」

隼平がそう云って微笑んだときだった。ほんのわずかではあったけれど、お互《たが》いの血潮が通うような感覚があったのだ。エイミーが組んだ腕に目を留《と》めて云う。

「今の、感じた？」

「ああ。ほんのちょっとだけど、魔力が通った……」

まだ成功とは云い難《がた》い。しかし魔力の行き来が起こったということは、隼平とエイミー、二人の心の距離が近づいたのであろう。魔法にそうはっきり示されると、隼平はなんとなく気恥《きは》ずかしくなって黙《だま》ってしまった。エイミーもまた言葉少なになっている。その横顔がほんのり赤く見えたのは、暑さのせいだけではあるまい。

こうして日曜日は平和に終わり、ソニアも近藤教諭《きょうゆ》の治療を終えて夜には帰ってきた。そしてソニアはエイミーにホテルを紹介《しょうかい》し、一夜が明け、激動の月曜日が始まる。

第二話

隼平対エクセルシア

　月曜日の放課後、隼平《じゅんぺい》はソニアとともにレッドルームの真ん中に立っていた。そんな二人を、椅子《いす》に座《すわ》ったり壁際《かべぎわ》に立ったりして取り囲み、視線を注いでいるのは、レッドハート・ブレイブのメンバー十四名と顧問《こもん》の教師二名である。そのうちの一人、ボーイッシュな美少女である二年の永倉愛《ながくらあい》が戸惑《とまど》いがちに訊ねてきた。

「ええっと、ソニアちゃん。どういうこと？　今日は近藤《こんどう》先生が戻ってきたから全員集合って話じゃなかったっけ？　奥村《おくむら》先生はいないけどさ」

「ええ。ですから、ついでにみなさんに彼を紹介しようと思いまして」

　そこでソニアは隼平の肩《かた》に手を置いた。

「みなさん、ここにいる一ノ瀬《いちのせ》隼平さんを憶《おぼ》えていらっしゃるかしら？　以前、わたくしと決闘《けっとう》をした彼ですわ。この彼に、わたくしの助手をやってもらおうと思いますの」

　驚きの波紋《はもん》が静かに広がるなか、ソニアは先日の決闘を通して落ちこぼれだった隼平に魔法の道筋がついたこと、隼平が落ちこぼれから脱却《だっきゃく》してレッドハート・ブレイブの一員を目指していることなどを語って聞かせた。その間、隼平は様々な好奇《こうき》の視線にさらされて緊張《きんちょう》し、腰《こし》の後ろで手を組んで直立不動である。

「――というわけですわ」

ソニアがそう話を結ぶと、永倉愛が感嘆《かんたん》のため息をついた。

「へえ、ソニアちゃん、決闘のときはあんなに怒ってたのにねえ。なに？　バトルして仲良くなったとかいう、少年漫画《まんが》みたいなドラマがあったの？」

「仲良くなったというか、交際しています。恋人《こいびと》ですわ」

一瞬《いっしゅん》の静寂《せいじゃく》のあと、「うおおおっ！」と男女を問わず叫ぶ者は叫んだ。叫ばなかった者もまたその面貌《めんぼう》に驚きを漲《みなぎ》らせている。隼平もまたたじろいでいた。

――いや、たしかに恋人ってことで通すとは云ったけどさあ。

まさかこんなに堂々と宣言するとは思わず、嫌《いや》な汗を掻いている隼平の隣《となり》で、ソニアは音吐《おんと》朗々《ろうろう》と云う。

「とにかく、わたくし、彼を愛してしまいましたの。でもわたくしの婚約者《こんやくしゃ》がこの学校で成績最下位の落ちこぼれだなんて許されません。なので上を目指してもらいます。そのためにまずはわたくしの助手として働いてもらおうと思うのですが……」

そこで言葉を切ったソニアは、奥《おく》の席に座を占《し》めている男に視線を据《す》えた。

「どうでしょうか、近藤先生」

ソニアに水を向けられて、にっこりと微笑んだのが近藤教諭だった。四十八歳の男性教師で、凄腕《すごうで》の魔法使《まほうつか》いであり、レッドハート・ブレイブの主任顧問である。大柄《おおがら》で身長だけでなく体重もあり、退院直後とは思えないくらい肥えているが、分厚い脂肪《しぼう》の下にはかなりの筋肉があるともっぱらの噂《うわさ》だ。その顔つきはまさに仏像、目元は涼《すず》しげで優しい微笑みを湛えており、楓《かえで》とは『鬼《おに》の土方《ひじかた》、仏の近藤』と並《なら》び称《しょう》されていた。

その近藤教諭は、長机に両肘《りょうひじ》をついて手を組んだまま一つ頷《うなず》いて云う。

「構いませんよ。生徒がいい方向に向かってやる気を出しているのです。先生は嬉《うれ》しいですよ。それに元々、三年生が引退して一年生メンバーを新たに募集《ぼしゅう》する時期ですから、現メンバーの推薦《すいせん》ということで受け付けましょう。でも、みなさんはどう思いますか？」

「挑戦するなら、応援するぜ！」

と、二年男子の原田《はらだ》が真っ先に叫んで、隼平は胸を打たれた。

「いいんですか？」

「なんで？」

「なんでって、おまえなんかが生意気だ、とか云われるものかと……」

「なに云ってんだ。学校一の落ちこぼれがレッドハート・ブレイブになったっていう前例ができたら、それは学校にとっても未来の後輩《こうはい》たちにとってもいいことじゃないか。昔こんな先輩《せんぱい》がいたんだぜ、おまえたちも挫《くじ》けずにがんばれよ、って云えるだろ？」

その言葉に頷き合っている面々を見て、隼平は驚倒《きょうとう》しそうになった。

「あ、あれ？　絶対に馬鹿にされると思ってたのに、意外にみんな優しい……？」

「そんなけちな人、ここにはいませんよ」

そう云って前に進み出てきたのは、眼鏡をかけたロングヘアの美少女だった。胸元《むなもと》のリボンは赤い。すなわち二年生である。

「えっと、先輩は……」

「沖田刃那代《おきたはなよ》と申します。あなたとは電話で一回話しているんですよ」

はて、憶えがない。隼平がそう思って小首を傾《かし》げていると、刃那代は突然《とつぜん》こう云った。

「——状況《じょうきょう》、理解しました。授業中ですが、すぐに人員を向かわせます。あなたは避難《ひなん》してください。くれぐれも不審者《ふしんしゃ》を一人で取《と》り押《お》さえようなどとは思わないように」

「ああ！　メリルが出たときに！　俺が通報したときの！」

「そんでもって君がソニアちゃんのスカートめくったときにソニアちゃんを押さえてやったのが、一人はこの永倉愛ちゃん先輩で、もう一人がこっちの刃那代な」

そう絡んできた永倉愛を、刃那代が不機嫌《ふきげん》そうにじろりと睨《にら》む。それを見たソニアが隼平に耳打ちしてきた。

「楓さんの跡目《あとめ》を争ってる二年の女子二人というのが、この方々ですわ」

「へえ……じゃあこの二人のどっちかが次の団長か。でも俺はほっとしたよ。出会ったときのおまえみたいに、ボロクソに云われるのかと覚悟して来たのに」

「あれはわたくしを辱《はずかし》めたあなたが悪いのです」

ソニアが遠慮なく隼平の頬をつねってきた。それを見た永倉愛が声高《こわだか》に云う。

「こら、いちゃつくな！　ていうかソニアちゃんさ、彼氏《かれし》を助手にするのはいいけど、最低限はできないとまずいよ？　学校内だけならともかく校外活動もあるんだからさ」

「そうですね、下手な人は連れていけません。魔法、本当にできるんですか？」

愛と刃那代のその言葉に、笑っていたソニアもたちまち神妙《しんみょう》な顔になる。

「隼平さんの魔法については、おおよその見当はついています。少し扱《あつか》いが難しいのですが、わたくしの見立て通りなら、世界の半分と戦えるほどの逸材《いつざい》ですわ」

――それ女が相手ならって意味だろ！

隼平はそう心で叫んだが、口には出さなかった。しかしその曖昧《あいまい》な言葉を訝《いぶか》しんだのか、眼鏡をかけた三年男子の山南《やまなみ》が難しそうな顔をして云う。

「魔法が人の価値を決めるわけじゃない。普通《ふつう》に生きていく分には、魔法なんか使えなくたっていいんだ。しかしレッドハート・ブレイブのメンバーになるなら話は別だ。魔法使いの有用性を示す者が魔法を使えないでは話にならないぞ、ソニア？」

「ええ、もちろんですわ。彼《かれ》の魔法は神経に作用する毒系統の魔法です。ただ必ずしも相手に効くとは限らなくて……だからその辺りがまだ検証中ですの」

「毒か。まあそれは効き目に個人差があるからな……」

山南がそう呟《つぶや》いたところで、ソニアが隼平に囁《ささや》いてきた。

「この方は団長代行の山南さん。つまり今のわたくしたちのリーダーですわ。いつだったか楓さんと一緒《いっしょ》に近藤先生のお見舞《みま》いに行ったのも彼でしたわね」

ソニアがすらすらとそう述べたところで、近藤教諭が穏《おだ》やかに云う。

「山南君。一ノ瀬君の魔法については、今はいいじゃないですか。しかし実際、助手として最低限ができるかどうかはテストする必要があるでしょうね」

そこで言葉を切った近藤教諭は、隼平に温かくも厳しいまなざしを据えた。

「一ノ瀬君。ソニア君の助手として、見習いレッドハート・ブレイブとして、この部屋に出入りするだけの資質があるかどうか、試させてもらえますか？」

それで隼平の背筋は一気にしゃんと伸びた。

「わかりました。テストは当然だと思います。なんでも云ってください」

近藤教諭はにこりと笑った。笑うと目が糸のようになる。

「なに、単純なミッションです。実はつい先日、日本にアメリカのスーパーヒロインであるジャスウィズ・エクセルシアが現れました。知っていますか？」

「も、もちろん知ってます」

知っているどころか自分は現場にいて、エクセルシアを間近で見ている。

「彼女《かのじょ》は、エクセルシアは世界中の誰《だれ》もが知っている、正義のヒロインですよ」

「ええ、そうですね。しかしここは日本、アメリカのように魔法使いが勝手気ままにヒーロー活動をしていい国ではありません。そこで君にミッションです。エクセルシアを見つけ出し、日本に来た目的を聞き出してほしい。そして可能であれば協力関係を結んでほしいのです。期限は一週間。それができたら、君を見習いとして認めましょう」

すると隼平が返事をするのに先んじて、ソニアが声をあげた。

「お待ちください、近藤先生。エクセルシアの居所や正体について、なにか手がかりは掴《つか》んでいるんですの？　無いのだとしたら、それは、不可能に近いのでは？」

「そうですね。でも、だからいいんですよ。子供のお使いじゃないんですから、簡単だったらテストにならないでしょう。ただ、このミッションに緊急性《きんきゅうせい》や危険性はありません。単にジャスウィズとして正体を隠《かく》している彼女を見つけ出すのが難しいというだけです」

近藤教諭はソニアに対してそう突っぱねると、改めて隼平を見据《みす》えてきた。

「どうしますか、一ノ瀬君？」

「やります！」

「いい返事です。では任せましたよ。それと念のため云っておきますが、これは基本的に君一人の力でやり遂げてください。特にソニアくんの手を借りてはいけません。他人の力を使いこなすのも立派な才能ですが、君たちの場合、君がソニア君を使ったのではなく、ソニア君が君を助けたという印象になってしまいますからね」

「了解《りょうかい》しました」

隼平は一つ頷くと、ソニアに向き直って微笑んだ。

「というわけで、しばらくは別行動だな」

するとソニアは隼平に近づいてきて、お互いの上履《うわば》きの先が触《ふ》れあった。そのままソニアがじっと隼平を見上げていると、永倉愛が囃《はや》し立《た》ててくる。

「おっ、チューする？　チューするか？」

「しませんわ！」

ソニアは愛に噛《か》みつくように叫《さけ》ぶと、いつもの調子を取り戻《もど》して腕組みした。

「まあがんばることですわね。これは要するに人探し。しかも相手がエクセルシアなら、まさか日本で悪さを始めるとは思えませんから、たしかに危険はないでしょう」

「ああ。そういう意味じゃ、気楽なミッションだな。それに――」

――それに俺には、エクセルシアの正体について心当たりがある。

ただ問題は、本人が頑《がん》として否定した場合にどうするか。

隼平がそんなことを考えていると、近藤教諭がふと思い出したように云った。

「ところで話は変わりますが、誰か、奥村先生のことを知っている人はいませんか？」

「奥村先生なら、長期休職届を出されたはずでは？」と、山南。

「それはそうなのですが、連絡《れんらく》自体がつかなくなっているんですよ。私もまだ本調子じゃありませんし、顧問が私と勝海《かつみ》先生だけじゃ、ちょっとねえ……」

隼平とソニアは一瞬、顔を見合わせた。奥村が仕事を休んでいることは知っていたが、連絡まで取れないとなると少し気にかかる。が、それを話し合っている時間はなかった。

「あ、一ノ瀬君はもういいですよ。エクセルシア探し、期待しています」

そう暗に退室を促《うなが》され、隼平は唇《くちびる》を引き結んだ。自分にはまだ、彼らの仲間面《づら》をしてこの部屋に居続ける資格がない。自分の力で資質を示さねばならぬ。

「わかりました。それでは、失礼します」

隼平はそう云うとソニアにも一言別れを告げ、踵《きびす》を返して退室した。そして部屋の外から、レッドルームの赤く塗《ぬ》られた特注の扉《とびら》を見て思う。

——次にこの扉が開かれるのは、俺がエクセルシアを見つけ出したときだ。

隼平はそう固く決心すると、回れ右して歩き出し、燃える心のまま携帯デバイスを手に取ってある人物に電話をかけた。コール二つで繋《つな》がった。

「もしもし、エイミー？　今すぐ会いたいんだけど」

◇

夕方、都内某《ぼう》駅で落ち合うなり、エイミーは隼平に今日の話を聞いてもらいたがった。

「メリルさんからはまったく連絡がないし、遊んでるわけにもいかないから私なりにギャリックを探してみたけど、手がかりなしだったわ。ところで今日のお昼にね——」

その様子は、お喋《しゃべ》り好きな普通の女の子でしかない。だが彼女はマスター・トリクシーによって奴隷《どれい》の印を刻まれた十人の一人。楓と同じく規格外の魔法使いのはずだ。

黙って返事もしない隼平に、エイミーは眼鏡越《ご》しに戸惑った目を向けた。

「どうしたの、隼平？」

今こそと思って、隼平はこう切り込んだ。

「君がエクセルシアなのか？」

「なによ、藪《やぶ》から棒《ぼう》に。違《ちが》うって云ったはずだけど？」

「じゃあエクセルシアに会うにはどうしたらいいと思う？」

「待って待って。一から説明してよ。どうしてエクセルシアに会いたいの？」

そう問われ、隼平は急《せ》いた気持ちを宥《なだ》めながら例の一件について話して聞かせた。

「――というわけなんだよ。エクセルシアを見つけ出して接触《せっしょく》しないと、俺はレッドハート・ブレイブ見習いとして認めてもらえないんだ」

するとエイミーは黙りこくって思案顔である。隼平はじれったくなってきた。

「なあ、エイミー？」

「……そうね。いいわ、一つアドバイスしてあげる。アメリカじゃジャスウィズって云うのは、事件や事故が起こると現れるのよ。一昨日《おととい》だって、そうでしょう。暴走車の事故があったから、エクセルシアは姿を現した。つまり、私がなにを云いたいかわかる？」

「事件や事故が起きる場所に行けってことか？　でも事前にそういうことが起こるとわかっていたら、止めるだろ、普通。かといって自作自演なんてできないし……」

「ふふっ、そうね。エクセルシアと会うために事件や事故を起こそうなんて云ったら、ぶっ飛ばしているところだわ」

「……じゃあどうするんだよ？」

「知らない。治安の悪いところにでも行けば？　事件に出くわすかもしれないわよ？」

隼平は一瞬、憮然《ぶぜん》たる顔をした。だが実際、それが一縷《いちる》の望みかもしれない。

「わかった、そうする」

「……本気？」

揶揄《やゆ》するような目つきのエイミーだったが、隼平は彼女を真剣《しんけん》に見つめ返した。

「ほかに思いつかない。可能性が少しでもあるなら、やってみるさ」

するとエイミーはちょっと後悔《こうかい》したような顔をしながら隼平に手を差し出した。

「オーケー、あなたが馬鹿なのはわかったから、携帯デバイスを出しなさい」

隼平がちょっと戸惑いつつも云われた通りにすると、エイミーは受け取ったデバイスを素早《すばや》く操作して隼平に返してきた。

「これでいいわ。GPSを使ってあなたの居場所を私が追跡《ついせき》できるようにしたから、ピンチのときは助けてあげる。じゃあね、今日は別行動にしましょう」

エイミーはそう云うと、隼平の横をすり抜《ぬ》けていった。隼平は慌《あわ》てて振《ふ》り返《かえ》ったが、特に引き留める理由もない。

「……気をつけてな！　もしギャリックを見つけても、無茶《むちゃ》はするなよ！」

その言葉に親指を立てて応《こた》えたエイミーの後ろ姿を、隼平はしばらく見送っていた。

◇

魔法学校の学生寮《がくせいりょう》にもいくつかの規則がある。そのうちの一つが、午後十時の門限だ。だがレッドハート・ブレイブから委託《いたく》された任務のために夜間外出をしたいと管理者側に申請《しんせい》したところ、近藤教諭にすぐ確認がなされ、あっさりと許可された。

「やったぜ、さすがレッドハート・ブレイブ！」

この時間に外を出歩くのは、ちょっと記憶《きおく》にない。隼平は生ぬるい夜風が吹くなかをうきうきと歩いていた。その装いは白いシャツジャケットの下に黒いシャツ、ブルージーンズ、黒のシューズという姿である。シャツジャケットは七分《しちぶ》袖《そで》の薄手《うすで》のもので、九月だし夜は肌寒《はださむ》いかもしれないと思って羽織ってきたものだ。

やってきたのは、午後十時を回った今も人で賑《にぎ》わう都心の繁華《はんか》街《がい》の一つだった。昼間には何度か来たことのある場所だが、この時間だと印象がまるで違う。

「夜はこんな風《ふう》なのか……」

どんな街にも昼と夜の顔があり、きらきらと光る夜の街を出歩くのはそれだけで気持ちが高揚《こうよう》してしまう。だが実際のところ、治安の悪い場所だ。

「……この辺が、結構、犯罪件数が多いんだよな」

夜になれば酒も入る。人出も多い。となれば犯罪や揉《も》め事《ごと》も起こるに決まっていた。無論、エクセルシアがそれらをいちいち仲裁《ちゅうさい》に入るかは疑わしい。

——でもエイミーがエクセルシアなら、彼女が俺に『治安の悪い場所へ行け』って云《い》ったのには、なにか意図があるはずだ。

そんなことを考えながら歩いていた隼平は、二人組の男たちとすれ違い、いきなり脇腹《わきばら》の後ろに衝撃《しょうげき》を感じた。驚いて振り返ると、男たちが足を止めてこちらを睨んでいた。

今、なにが起きたのか。隼平は硬直したまま、信じ難《がた》い事実に絶句していた。

——こいつ今、殴ったよな、俺を。すれ違いざまに。

二人組の男のうち、隼平のすぐ隣を通った方が裏拳《うらけん》で隼平の背中を叩《たた》いていったのだ。そして隼平が振り返ったときには、二人とも立ち止まってこちらを見ていた。隼平が振り返ることをわかっていたのだ。つまりこれは。

「おい、なに見てんだよ」

男たちがにやにや笑いながら隼平に詰《つ》め寄《よ》ってきた。怪我《けが》をしない程度とはいえ、初対面の相手にいきなり拳《こぶし》をぶつけておいてこの態度である。

「いやいや、待てよ。今、おまえの方が、俺のこと殴ったよな。いきなり」

「殴ってねえよ。いちゃもんつけてんじゃねえぞ。謝《あやま》れ、コラ」

「はあ？　ふざけんなよ、因縁《いんねん》つけてきやがって。謝ってほしいのはこっちだよ」

「因縁つけてるのはおまえだろ。謝れって」

　重ねて云われて、隼平は頭に血が上り、拳を握りしめた。だが自分はレッドハート・ブレイブの名前を使って外出している。そしてなにより魔法使いだ。もし喧嘩《けんか》を買って警察沙汰《ざた》になれば、ソニアを失望させる結果になるだろう。

　一瞬でそこまでを考えた隼平は、どうにか怒《いか》りを呑《の》み込むと云った。

「……悪かった。俺の勘違いだ」

　口では謝ったが、表情では全然謝っていない。それが癇《かん》に障《さわ》ったのか、もう一人の男が隼平の後ろに回ってなれなれしく肩を掴んできた。

「おまえよお、ちょっとこっち来いよ」

「放《はな》せよ」

「いいから来いって」

　こちらは一人、相手は二人。すでに後ろを取られているし、容易には逃《に》げられない。かといって暴れて怪我でもさせようものなら、隼平もただではすまない。

——めんどくせえな、クソ。

事件が起きないかと思って夜中に治安の悪いところへやってきた隼平であるが、まさか自分が事件の当事者になろうとは思ってもみなかった。

そうして二人の男に挟《はさ》まれて連れてこられたのは、大通りから外れた人気《ひとけ》のない路地裏である。閉店した店のシャッターに背中を押し付《つ》けられた隼平は、男に云われた。

「金出すか、土下座するか、殴られるか、選べよ」

「……マジでなんなの、おまえらは」

隼平がそう口答えをすると、男の一人が隼平の後ろのシャッターを思い切り蹴《け》りつけた。思わず顔をしかめるほどの音がして、隼平はさすがに怯《ひる》んだ。そこへ男がなおも云う。

「土下座するなら、動画に撮《と》って友達みんなで見るからな」

「そんときは自己紹介《しょうかい》よろしく。てか名前なんていうの、教えてよ」

男はそう云いながらへらへらと笑って隼平に体をくっつけてきたかと思うと、遠慮なくポケットの財布《さいふ》に手を伸《の》ばした。

「ちょっ、やめろ！　いい加減に——」

体に触れられて、我慢《がまん》できなくなった。もうどうなってもいいから、竜巻《たつまき》となって暴れてやろうか。ソニアもきっと許してくれる。隼平の全身に怒りが漲った、そのときだ。

後ろから伸びてきた手が、隼平の財布に手を伸ばそうとしていた男の襟首《えりくび》を掴んで引きずり倒《たお》した。「いてっ」と尻餅《しりもち》をついた男を見て、もう一人の男が「わっ！」と驚いた声をあげる。男の襟《えり》を離した手は、手だけだった。青白く輝《かがや》く魔法《まほう》の手だ。

——これは。この魔力《まりょく》で構築された手は。

隼平が息を呑んだところで、清冽《せいれつ》な声が降ってきた。

「そこまでよ。ずいぶんつまらないことするのね、あなたたち」

見上げれば、そこに青い巨大《きょだい》な左手が水を掬《すく》うようなかたちで浮《う》かんでおり、その手を足場として、バトルレオタードを纏《まと》った美少女がこちらを見下ろしていた。

「君は、エクセルシア……！」

隼平のその言葉で、男たちも彼女の正体に心づいたらしい。

「エクセルシアって、そうだ！　こいつ、暴走車の動画でニュースになってたやつだ。アメリカのなんとかって、魔法使い！」

「知ってるなら話が早いわ。馬鹿《ばか》なことはやめておうちに帰りなさい。さもないと……」

コスモフィストの右手が握《にぎ》り拳のかたちを取り、立っている方の男の頭を小突《こづ》いた。それを端緒《たんしょ》に、拳は蜂《はち》のように飛《と》び交って手加減した威力《いりょく》で男を滅多打《めったう》ちにしていく。

「いて！　いてえ！　やめろ、馬鹿！」

そんな軽口を叩く余裕《よゆう》のある男の腹部に、今度はかなりの威力でコスモフィストの右拳が突《つ》き刺さり、男は「うごっ!」と豚《ぶた》のような声をあげてもんどりうって倒れた。

そんな男を、エクセルシアは冷たい目で見下ろして云う。

「私はあなたたちみたいなやつが一番嫌いよ。さっさと行きなさい」

しかし鳩尾《みぞおち》を殴られた男は、四《よ》つん這《ば》いになって激しく咳《せ》き込んでおり立てない。と、もう一人がエクセルシアを憎々《にくにく》しげに睨みつけた。

「ま、魔法使いが力のない一般人《いっぱんじん》を傷つけていいのかよ!」

「私はグッド・ウィザードじゃなくてジャスティス・ウィザードなの。わかる? グッドは誰も傷つけない。でもジャスティスは、必要とあらば戦うわ」

その紙背《しはい》に徹《てつ》する眼光が、男の意気を完全にくじいてしまったらしい。

「くそ! 憶えてろ、ブス!」

男はそう吐《は》き捨《す》てると、まだ立ち上がれない男に肩を仮して、二人で人通りのある方へと逃げていった。

隼平がそれを茫然《ぼうぜん》と見送っていると、エクセルシアが隼平のすぐ隣に着地した。隼平はエクセルシアを見て、云いたいことが溢《あふ》れそうになったが、ひとまずはこう云った。

「ありがとう、助かったよ」

するとエクセルシアは、目に角を立てて隼平の胸に指を突きつけてきた。

「あなたねえ！　あの体《てい》たらくはなんなの？　あんなやつら、やっつけちゃいなさい！」

「い、いつから見てたんだよ？　ていうか、俺は魔法学校の生徒なんだ。魔法使いが一般人と喧嘩したらまずいんだよ。それはアメリカでも変わらないはずだけどな」

「そういうルールは全部無視して犯罪と戦うのがジャスウィズですから！」

エクセルシアはそう云うと、不意にコスモフィストの左手に飛び乗った。それを見て慌てたのが隼平である。

「あっ、待ってくれ。俺は一ノ瀬隼平って云うんだ。君には、聞きたいことが――」

「奇遇《きぐう》ね。私もあなたに用があったのよ、エロ魔法使いさん」

隼平は、心臓を撃《う》ち貫《ぬ》かれたがごとくに驚いた。

「どうして、俺のことを――」

いや、その顔、その声、その話し方。そしてなにより正体不明で神出鬼没《しんしゅつきぼつ》のエクセルシアが今晩このタイミングで隼平の前に現れたこと。隼平がエロ魔法使いだと知っていること。それらはすべて、ある一つの事実を示している。

「君は、やっぱり――」

隼平は最後まで云えなかった。いきなり後ろから、巨大化《きょだいか》した右のコスモフィストに全身を鷲掴《わしづか》みにされたからだ。不意打ちに泡《あわ》を食った隼平だが、すぐにコスモフィストによって空中に持ち上げられてしまう。もう猛禽《もうきん》に捕《つか》まった魚も同然だった。

「おいおいおい！　ちょっと！」

「ここじゃまずいから場所を変えるわ。飛ぶわよ！」

「もう飛んでるじゃないかよ！」

そんな隼平の叫びを無視し、エクセルシアは左のコスモフィストに乗って、右のコスモフィストで鷲掴みにした隼平を連れ、夜空へ吸い込まれるように飛翔《ひしょう》した。

……。

連れてこられたのはどこかのホテルの屋上だった。床《ゆか》にはアルファベットの『H』がサークルで囲まれている。つまり災害時にヘリポートとなる場所だ。

そんな広々としたところへ、隼平はぽいっと放《ほう》り出されて転がった。一方、エクセルシアは優雅《ゆうが》な着地を決めている。片膝《かたひざ》をついて立ち上がった隼平は、高所を吹く風の強さにちょっと怯みながらも、エクセルシアに眼差《まなざ》しを据えた。双《そう》のコスモフィストを番犬のように従えたエクセルシアは、腕組みして隼平を睨んでいる。

「一ノ瀬隼平。先にあなたの用件を聞いてあげるわ」

訊《き》きたいことは色々あった。が、口は一つしかないので、最初に訊くべきはこれである。

「……君が日本に来た理由を知りたい。そして滞在《たいざい》中は日本の魔法使いと連携《れんけい》を取ってほしい。魔法学校が窓口になって、然《しか》るべき機関に君を紹介する。どうだろう？」

「ええ、いいわよ」

あまりにあっさり云われて、隼平は喜ぶよりも驚いた。ジャスウィズは組織に属さぬ一《いっ》匹狼《ぴきおおかみ》が多く、現場で警察やほかのジャスウィズと一時的に協力するくらいのことしかしないのだ。日本に来た目的を訊くことはできても、協力までは不可能だと思っていた。

「ほ、本当に？」

「ええ、でも条件をつけさせて。私と勝負してほしいの。あなたが私に勝ったら、なんでも云うことを聞いてあげるわ、エロ魔法使い」

「ええっ？　勝負って、バトル？　戦闘《せんとう》？　翻訳《ほんやく》魔法《ま ほう》の不具合じゃないよな？」

「もちろんよ。魔法を用いた、あなたと私のバトル」

エクセルシアに笑って肯定《こうてい》され、隼平は息を呑んだ。相手は百戦錬磨《ひゃくせんれんま》のジャスティス・ウィザード、普通にやったら勝てはしない。だがエクセルシアは女だ。

――女が相手なら、チャンスはあるかもしれないけど。

「理由はなんだ？　なぜ戦う必要がある？」

「私に勝てるくらいの男じゃないと、色んな意味で認めたくないのよ。それじゃ、準備はいい？《アー・ユー・レディ》」

エクセルシアがファイティングポーズを取ったのを見て、隼平も反射的に身構えた。それを戦いに応じる意思表明と受け取ったのだろう。

「ゴー！」

エクセルシアが地を蹴って突進《とっしん》してくる。同時に一対《いっつい》のコスモフィストが、隼平視点で左上と右下から襲《おそ》い掛《か》かってきた。エクセルシア自身と、軌道《きどう》自在の魔法の拳に三方向から攻《せ》められて、隼平は一瞬パニックに陥《おちい》った。しかもコスモフィストはみるみる小さくなっていく。それでいて蜂のように鋭《するど》く飛ぶので、目で追うことは困難だ。

——大きくなるのも困るけど、小さくなるのも厄介《やっかい》だな！

軌道自在にして大きさまで自由自在《じざい》の魔法の拳は無視し、隼平は体の前で腕を交差させると、突っ込んでくるエクセルシアにやけっぱちの体当たりをしかけた。

——負けてもともと。当たって砕《くだ》けろだ！

そんな隼平の狙《ねら》いを見て取ったのか、エクセルシアがにやりと笑う。

「真っ向勝負ね！」

エクセルシアは頭を低くし、右肩《みぎかた》を突き出してショルダーチャージを仕掛《しか》けてきた。隼平も怯まない。そして二人は正面からまともにぶっつかって、お互いによろめいた。素早く体勢を立て直したエクセルシアのハイキックが閃《ひらめ》く。隼平が上半身を反らしてそれを躱《かわ》すと、エクセルシアは目を瞠《みは》りながら口笛を吹いた。

「あ、避《さ》けられるんだ。嬉しいような、忌々《いまいま》しいような……」

「ははっ」

と、隼平がちょっと得意そうに笑ったそのとき、いきなり左脇腹に打撃《だげき》を感じた。見れば右のコスモフィストがめり込んでいる。

――こんなに小さなサイズになってるのに、いてえ！

隼平は慌てて距離《きょり》を取ろうとしたが、右足を引っ張られてその場に釘付《くぎづ》けにされた。コスモフィストの左手が、地面から生えた手のように隼平の右足首を掴んでいた。

「くそっ、放せ！」

隼平は右足を掴むコスモフィストを振り払《はら》おうとしたが、そのときエクセルシアの魔力が注ぎ込まれてコスモフィストが巨大化、それにともなって重さが増し、隼平は巨大な足《あし》枷《かせ》を嵌《は》められたも同然となった。

「嘘《うそ》だろ……」

愕然《がくぜん》とした隼平に、微笑《ほほえ》んだエクセルシアが詰め寄ってくる。そして。

「ごはっ！」

手加減のないボディブローが打ち込まれ、隼平は苦悶《くもん》して前のめりに倒れ、左手でエクセルシアの肩を掴んだ。そんな隼平の耳元でエクセルシアが囁く。

「どうしたの、私に云うこと聞かせたいんでしょう？　だったら負けちゃ駄目《だめ》じゃない」

「その通りだ……」

隼平の目の色が変わっていた。一発殴られて目が醒《さ》めた。これはチャンスなのだ。

——エクセルシアを倒して、レッドハート・ブレイブに入るチャンスを掴む！

本気になった隼平の体に速《すみ》やかに魔力が満ちていく。それを感じ取ったか、エクセルシアは隼平の体を押しのけると後ろへ下がった。コスモフィストは両方とも隼平から離れて二メートルほどのサイズに巨大化し、エクセルシアの左右を守る盾《たて》となる。

「その気になったようね、エロ魔法使い。さあ、私に見せてみなさい、あなたのエロ魔法ってやつを！　いったいどんな破廉恥《はれんち》魔法《まほう》か知らないけど、私は絶対負けたりしない！」

「そうか、わかった！　クロステイカー！」

叫んだ次の瞬間《しゅんかん》、隼平は右手にピンクの下着を掴み取っていた。

「えっ？」

エクセルシアは一瞬、自分の身になにが起きたのかわからなかったようだ。だが恐る恐る自分の下腹部のあたりを確かめるように触《さわ》って、理解したらしい。

「……ない」

一方、隼平はまだぬくもりのある下着をなるべく見ないようにして畳《たた》むと、自分の足元にそっと置いた。それを真っ赤になったエクセルシアがわななきながら指差して云う。

「そ、それ……私、私の……パンツ……」

「君から平常心と集中力を奪《うば》うためにやってみた。ま、とりあえずこれはここに置いとくよ。さて、これで君は穿《は》いてない状態になったわけだが、まだやるかい？」

「と、とと、と、当然よ！」

威勢《いせい》はいいが、それだけだ。そもそも腰が引けているし、飛び掛かってくるコスモフィストもおっかなびっくりといった感じで、いつもの剽悍《ひょうかん》さが失われている。

「遅《おそ》い！」

そう、今までになく動きが遅い。やはり下着を奪われた動揺《どうよう》があるようだ。その隙《すき》をついて、隼平は素晴《すば》らしい鮮《あざ》やかな速度で魔力を練り上げるとそれを次の魔法に繋げた。

「クロスブレイク！」

隼平がそう叫びながら拳を突き出《だ》した次の瞬間、エクセルシアのバトルレオタードが一瞬ではじけ飛び、月明かりの下にきらきらしい裸体《らたい》がさらけ出された。きょとんとした顔のエクセルシアだったが、すぐに自分が真裸《まはだか》にされたことに気づいたらしい。

隼平に襲い掛かろうとしていたコスモフィストが急反転し、巨大化した魔法の両手がエクセルシアの体をすっぽりと覆《おお》い隠した。その魅惑《みわく》の肉体に視線を奪われていた隼平は、ほっとするやらがっかりするやらしながら、肩《かた》の力を抜いて云った。

「今のはクロスブレイク。女の子を裸にする魔法だ」

「エロ魔法ってそんなのばっかりか！　あなた恥《は》ずかしくないの？」

「そりゃ、最初は厭《いや》だったよ。ショックだった。でも俺にはこの魔法しかないんだ。そしてこの魔法を使いこなし、奴隷の印を刻まれた女の子たちを救う。そうすれば俺は……」

——切断魔法は今でも嫌《きら》いさ。だがそれを使える自分を好きになることはできた。

いつぞやの楓の言葉がなぜかふっと頭を過《よ》ぎり、隼平は微笑んだ。

「俺は自分を好きになりたい。エロティカル・ウィザードとしての自分を」

「……自分の魔法を受《う》け容《い》れたってわけね」

隼平はそれに軽く肩をすくめて続けた。

「さて、その有り様じゃもう戦えないよな。だったら俺の勝ちってことで……」

「……負けてない。裸に剥《む》かれたから、なんだって云うの？」

「えっ？」

「この私を舐《な》めないで。私は戦士よ。裸になっても戦える！」

固い蕾《つぼみ》が綻《ほころ》ぶように、エクセルシアの体を包み持っていたコスモフィストの十指がゆっくりと開かれていく。裸の乳房《ちぶさ》が、大事なところが、見えてきた。

焦《あせ》ったのは、むしろ隼平の方だ。

「おい、待てよ。涙目《なみだ》になってるじゃん。無理するなよ」

「うるさい、変態！　私は負けるわけにはいかないの。だから、だから――ええい！」

衣服の代わりにエクセルシアの体を包んでいたコスモフィストが花開き、愛の女神《めがみ》のようなその肉体が月明かりにさらされる。そしてエクセルシアがピンクの髪《かみ》を靡《なび》かせて突っ込んできた。恥ずかしさで頭が沸騰《ふっとう》しているのか、まさに猪突猛進《ちょとつもうしん》といった感じだ。

対する隼平は、羽織っていたシャツジャケットを素早く脱《ぬ》いだ。そこへ殴《なぐ》りかかってきたエクセルシアの鉄拳《てっけん》を、胸のど真ん中で堂々と受け止め、痛みと衝撃にも気合いで耐《た》えると、シャツジャケットをエクセルシアの肩にそっとかけてやり、そして。

「俺の負けだ！」

えっ、と一声あげたエクセルシアが、その青い瞳《ひとみ》で隼平を唖然《あぜん》と見つめてきた。

「……どうして？」

「裸にしたら俺の勝ちだと思ってた。でもそこまでされたら俺はもう戦えないよ。君の心の勝利だ、エクセルシア。いや、エイミー」

エクセルシアは目を見開き、大きく息を呑んだ。そんな彼女に隼平は神妙な顔で云う。

「さっき裸にしたとき、下腹部に刻印があるのが見えた。一瞬《いっしゅん》だったけど、わかったよ。楓さんに見せてもらったのと同じものだったから」

思い出すのは、楓が旅立つ前夜のことだった。突然《とつぜん》隼平の部屋を訪ねてきた楓が、いきなりズボンの前をくつろげたかと思うと臍《へそ》の下を見せてくれたのだ。奴隷の刻印は、そこにあった。一生消えないタトゥーのようなそれは、忌《い》まわしい隷属《れいぞく》の証だった。

――これが奴隷の刻印だ。男であれば背中にスペードのような、女であれば下腹部にハートのような印が刻まれるらしい。私たち十人は全員女だから、ここに刻印がある。

「……あれを見たとき、俺《おれ》は腹が立ってきて、こいつがある限り楓さんはいつでも誰かに自由を奪われるから、だからこいつは俺が消してやると改めて誓《ちか》った。見間違《みまちが》えるはずがない。あの刻印があるってことは、君はやっぱりエイミーだ」

その威《い》ある声に打たれたエクセルシアはしばらく茫然としていたが、やがてコスモフィストを纏ってふたたび自分の体を覆い隠すと、ふっと表情を和《なご》ませて笑った。

「あーあ。正体がばれちゃったら、私の負けね」

「じゃあ引き分けってことにしようか」

隼平のその提案に、エクセルシアは、いやエイミーは笑って頷《うなず》いた。

それから数分後……。

「もういいわよ。こっちを見ても」

その言葉があってから隼平は体の向きを戻した。エイミーはどうやら隼平が畳んで置いてあったピンクの下着を身に着け、さらに隼平のシャツジャケットを羽織っている。なかなか刺激的《しげきてき》な恰好《かっこう》で、隼平は思わず赤くなりながら目線を逸《そ》らした。

そんな隼平に近づいてきたエイミーが揶揄するように云う。

「なによ、照れちゃって。ソニアで慣れてるんじゃないの？」

「それとこれとは別問題だし、ソニアとのエロ魔法で色々やっても、それはあくまで訓練だから、俺は色々我慢してるんだ。このつらさは、君にはわからないだろうな」

「わかりたくないわよ、変態」

エイミーはそう云って隼平の額を指で弾《はじ》くと、足元に散らばっているバトルレオタードやグローブ、ブーツの破片《はへん》を見回した。隼平のクロスブレイクでばらばらにされたものだが、それがどうしたことか、意思ある生き物のように動いているので、隼平は驚《おどろ》いた。

「な、なんだこれ！」

「私のバトルレオタードは魔道具の一種で、防弾《ぼうだん》防刃防魔法かつ自己修復機能を備えてるのよ。でもこれだけばらばらにされると、さすがに元に戻るまで時間がかかりそうだわ」

　エイミーはそんなことを云いながらコスモフィストをどこかへ飛ばした。それが戻ってきたときには、小ぶりな黒いスポーツバッグを携《たずさ》えている。

「ソニアに紹介《しょうかい》してもらったホテルってここなのよ。部屋の窓を開けておいて、外からコスモフィストを潜《もぐ》り込ませて鞄《かばん》を取ってきたってわけ」

「肉眼で見えないのに、そんなことできるのか？」

「一度見たら空間のどこになにがあるかは把握《はあく》できるから。そういう訓練をしたの。普段《ふだん》から自分の両手とコスモフィストを使って、料理をしながら掃除《そうじ》をしたりしてるのよ」

　エイミーはそんなことを話しながらバッグを開け、そこから眼鏡ケースを取り出すと、いつもの野暮《やぼ》ったい眼鏡をかけた。するとその瞬間、ピンク色の髪がブラウンに染まる。

「なるほど、それが髪色を隠すためのアイテムだったのか」

「ついでに見た人の印象をごまかす効果もあるわ。顔認証《にんしょう》システムも欺《あざむ》けるから便利よ。人前で眼鏡を外すってことができないけど、魔法はまだまだ科学に負けてないわ」

　そんなことを話しているうちにエクセルシアのバトルレオタードが原形を取《と》り戻した。隼平が後ろを向いているあいだにエイミーはレオタードに着替《きが》え、ふたたび隼平がエイミーの方を向いたときには、魔法の眼鏡をケースに収めてバッグに入れたところだった。

「これ、ありがとう」

エイミーはそう云って隼平にシャツジャケットを渡《わた》すと、コスモフィストにバッグを部屋に戻しに行かせた。一方、シャツジャケットに袖《そで》を通した隼平は、手ぶらのコスモフィストが戻ってくるのを待ってからこう切り出した。

「これでやっと話が前に進む。訊きたいことが山ほどあるんだ……」

エクセルシアの正体がエイミーで、普段は地味な眼鏡の女学生を装っている。それが今は犯罪魔法使《まほうつか》いのギャリックを追って日本にやってきた。

「ギャリックの件は嘘じゃないんだよな？　てことはつまり、君はエクセルシアとしてギャリックと決着をつけるためにやつを追いかけ、日本にやってきたのか？」

「まあ、だいたいそんなところよ」

「じゃあ、ギャリックが君の御両親《ごりょうしん》の命を奪ったっていうのは……」

「それも本当。世間で噂《うわさ》されてる通り、同じコスモフィストを使ったジャスウィズ・グランディアは私のパパよ。あのときグランディアは居合わせた女の子を人質《ひとじち》に取られてなすすべもなく殺されたって話は知ってるでしょう？　その人質に取られたっていう間抜《まぬ》けが、この私。そのときにママも殺された」

表情を消してそうすらすらと語ったエイミーは、寒さに震《ふる》えるように自分で自分を抱《だ》きしめた。エクセルシア・ファンの隼平である。彼女《かのじょ》がクリミナル・ウィザードとして悪名を轟かせるギャリックに何度も戦いを挑んだのは知っていた。正義のためだと思っていたが、そこには彼女本人の復讐《ふくしゅう》の念があったのだろうか。

そのエイミーは下を向き、唇を噛み、落ち着かない様子である。

「エイミー、すまない。悪いことを訊いたかな」

「そうじゃないわ。そうじゃないけど、なにか、変」

エイミーの目に追《お》い詰められたような光りを見て、隼平は首をひねった。

「どうしたんだ？」

「さっきからずっと体中の魔力がざわざわして落ち着かないの。時間が経《た》てば治るかもと思ってたけど、逆よ。ポップコーンみたいに膨《ふく》らんできて、破裂《はれつ》しそう」

「魔力が暴走しかかってるメリル」

突然《とつぜん》の声に、隼平もエイミーも弾かれたように顔を振り向《む》けた。いったいそこにいつからいたのか、忍者装束《にんじゃしょうぞく》のメリルが夜の闇《やみ》に溶《と》け込むように佇《たたず》んでいる。それが二人の視線を浴びるや、跳《と》び上《あ》がって隼平たちの前に着地した。

「メリル参上！」

「ギャリックは？」

噛《か》みつくように訊《たず》ねたとき、エイミーが大きく顔をしかめた。そんなエイミーを注意深そうに見ながらメリルが云う。

「手がかりは掴《つか》んできたメリルよ。それで戻《もど》ってきたんだけど、なんか面白《おもしろ》そうだったからしばらく見てたの。そうしたらエイミーちゃん、だいぶ昂《たか》ぶったみたいだね」

「そりゃ、戦ったわけだし……」

「でも裸にされたことなんてなかったでしょ。メリルの見たところなんかスイッチ入っちゃった感じで、魔力暴走状態になりかかってるメリル」

「魔力が暴走って、コントロールできないのか？」と、隼平。

「やってるけど……」

エイミーは呼吸も乱れてきて苦しげである。額には珠《たま》の汗《あせ》さえ結ばれていた。その様子を見て心配そうに顔を曇《くも》らせた隼平にメリルが云う。

「あのね、隼平。エイミーちゃんの魔力量は桁外《けたはず》れなんだよ。マスター・トリクシーが選んだ十人の被験者《ひけんしゃ》はみんな規格外の魔法使いだって云ったでしょ？　そのなかでコスモフィストっていう魔法の手をリモートコントロールして操《あやつ》る魔法と、あとは簡単な身体強化魔法しか使えないエイミーちゃんが選ばれたのはどうしてだと思う？」

「いや、コスモフィストってできることが多くてめちゃくちゃ厄介だけど。それはさておき、エイミーは単純に持ってる魔力がばかでかい……魔力の塊《かたまり》ってことか？」

「そう、魔法使いとしてパワータイプ。メリルの知る限り史上最強の魔力タンクメリル」

「タンクって云わないでよ！　私、女の子なのに！」

そう小さな癇癪《かんしゃく》を起こしたのがきっかけで、エイミーのなかの魔力がうねりを起こした。魔法使いとしての第六感でそれを感じた隼平は、目の前のエイミーが急に小宇宙のように思えて圧倒《あっとう》されかかった。エイミーもまた、自分で自分に焦っている。

「やばい……これ一回、出さないと駄目かも」

「出すって……」

「魔力を込めて強化・巨大化したコスモフィストでなにかをぶん殴るのよ。それで破壊《はかい》力《りょく》に応じた魔力を消費できるわ。でも……」

「手加減できない？」

隼平が先回りして訊ねると、エイミーは脂汗《あぶらあせ》を流しながら首肯《うなず》いた。

「ごめん、たぶん無理。東京が吹《ふ》っ飛ぶくらいの大きさのクレーターができそう」

「全然駄目じゃないか！　論外、論外！　どうするんだよ！」

そう叫《さけ》んだ隼平に、メリルがくすくす笑いながら楽しそうに云う。

「大丈夫《だいじょうぶ》だよ。だってちょうどロード・オブ・ハートの訓練してたんでしょ？　エイミーちゃんとエッチなことして暴走分の魔力を隼平が吸収すればいいメリル！」

「なるほど……って、待て。なんでおまえがロード・オブ・ハートのこと知ってる？」

「壁《かべ》に耳あり障子《しょうじ》に目あり。メリル忍法《にんぽう》で盗聴《とうちょう》を……だって気になるし？」

つまり魔法で隼平たちの状況《じょうきょう》を逐一監視《ちくいちかんし》していたということだ。隼平は腹が立ったが、メリルのやることだと思い直してエイミーを恥ずかしそうに見た。

エイミーの方でも隼平を見ており、目が合うと、彼女は顔を赤らめて下を向いた。

「えっと、キスとか、するの？」

「ああ、そうだな。東京をクレーターにするくらいの魔力が暴走しそうってことは、太い魔力回路を作らなきゃいけないわけで、手を繋《つな》ぐだけの接触だと足りなさそうだ」

幸いと云うべきかどうか、キスならもう二回している。メリルのせいだが、出会ったときに、エクセルシアとしての彼女ともエイミーとしての彼女とも唇《くちびる》を重ねてしまった。ただ自分たちの意思で改めてとなると、一歩が踏《ふ》み出せない。

と、メリルがくちばしを容れてきた。

「エッチでもいいよ？」

「やらねえよ！　もうおまえ黙《だま》ってろ！」

「はーい」

忍者装束のメリルは黒い覆面《ふくめん》の上から両手で口元を覆う。しかしこのときエイミーが、赤面して目を伏《ふ》せながらもはっきりとこう云った。

「でも、エッチは極端《きょくたん》にしてもよ？　周辺に被害《ひがい》を出すわけにはいかないし、効率よく魔力を渡すためなら、少しくらい大胆《だいたん》なことをした方がいいのかも……」

えっ、と絶句した隼平に、顔を上げたエイミーが慌てて云う。

「も、もちろん節度ってものがあるわよ？　でもまあ、多少は仕方ないじゃない……」

「い、いいのか？」

そう訊ねる隼平の口のなかはからからで、声がかすれていた。そんな隼平を優《やさ》しい目で見てエイミーは云う。

「あのね。さっき、本当は裸で戦うなんてとても厭だったし、つらかった。だからあなたが私の拳を受け止めながらも私にジャケットをかけてくれたとき、嬉《うれ》しかったのよ。それが理由ってわけじゃないけど、ああ、もう、なに云ってんだろ、私……」

そこで言葉を切ったエイミーが、なにか勇気を奮い起こしたような顔をした。

「あなたこそ、私とキスしたりするの、厭じゃない？」

「いや、君の魔力を俺が引き受けないと、周囲に被害が出るかもしれないから……」

「そ、そうよね。そうしないといけないんだもの。これは仕方ない。仕方ないのよ」

エイミーはそう云いながらしきりに何度も頷いている。そんな彼女を見て、隼平はただちに己の欺瞞《ぎまん》を悟《さと》り、心臓を見せねば失礼だと思って腹をくくった。

「悪い。今、臆病風《おくびようかぜ》に吹かれてた。仕方ないからキスするなんて嘘だ。正直にはっきり云うぜ。俺はこんなに可愛《かわい》い女の子とキスできてとてもラッキーで嬉しいよ!」

エイミーは弾かれたように目を見開き、そしてそれから。

「馬鹿!」

そう云って、隼平に抱き着《つ》いてきたかと思うと、エイミーの方からキスをした。その甘《あま》さに陶然《とうぜん》となり、エイミーのお尻《しり》に手を回して鷲掴みにした隼平は魔法を起動させる。

――ロード・オブ・ハート!

そして肉体と精神の交流によって互《たが》いの魔力を行き来させるこのエロ魔法で、エイミーの魔力を吸い上げようとした隼平は、そのとき魔力と一緒《いっしょ》に光景が、音が、匂《にお》いが、五感のすべてが流れ込んでくるのを感じて、パニックになりかけた。だが、思い出す。

――ちなみにこの魔法には、一つ注意事項《じこう》がありますわ。魔力をやり取りする際、稀《まれ》にですが、はずみでお互いの記憶や思考、感情が流れ込む場合がありますの。

今、それが起きていた。図《はか》らずも記憶の扉《とびら》が開かれていく。

そして一秒が千年にも思えるその時間のなかで、隼平はエイミーの過去を見た。

第三話 エイミーズ・テイルズ

エイミー・マックイーンは今から十六年前の八月二日にアメリカで生まれた。

父は田舎町《いなかまち》の時計屋で働く時計職人、母は歯科医の助手である。一見、ごく普通《ふつう》の三人家族だったが、実は父とエイミーは魔法使いの血を引いており、しかも父スティーブはもう一つの顔を持っていた。父はジャスウィズ・グランディアだったのだ。

ジャスウィズは親しい者にも正体を隠《かく》していることが珍《めずら》しくないのだが、スティーブは家族に秘密を持たず、したがってエイミーは父がヒーローであることを知っていた。

父がジャスウィズとして活躍《かつやく》し、それがテレビや新聞で取り上げられるのを見て育ったエイミーは、きらきらした希望を胸に抱いてこう云ったものだ。

「大人になったら、わたしもパパみたいなジャスウィズになる！　そして悪い人をやっつけたり、困っている人を助けるの！」

そんな幸せだった幼少期のある日、エイミーが自宅の庭で犬と遊んでいると、木陰《こかげ》に知らない少女が立っていた。ワインレッドの髪と目をした、美少年のような美少女である。

先のとがった黒い帽子《ぼうし》にローブという伝統的な魔女《まじょ》装束に加え、右手に箒《ほうき》を持っていたから、魔法使いということは一目でわかった。

「あなただあれ？　パパのお友達？」

「僕《ぼく》はトリクシー。君を迎《むか》えに来たんだ、エイミー。僕と一緒に行こう」

エイミーはわけがわからず小首を傾《かし》げた。知らない人についていってはいけない。そんなことは幼いエイミーでも心得ている。エイミーが一歩も動かずにいると、トリクシーと名乗ったボーイッシュな魔女が微笑んで近づいてきた。そのときだ。

「それ以上、娘《むすめ》に近づかないでください」

聞いたことのない父の厳しい声に、エイミーはびっくりした。いつの間にか父が庭先に立っていて、トリクシーを怖《こわ》い顔で見つめている。トリクシーは足を止めて微笑んだ。

「久しぶりだね、スティーブ。いや、今はジャスウィズ・グランディア」

「……師匠《せんせい》」

その言葉に、エイミーは目を丸くして父を振《ふ》り仰《あお》いだ。

「師匠？　この人、パパの師匠なの？　でもパパの方が歳上だよ？」

その無邪気《むじゃき》な問いに、トリクシーはあははと笑って答えてくれた。

「エイミー、僕は見た目より長生きなんだ。千年くらいかな。君のお父さんとは、彼《かれ》がまだ少年のころに軽く魔法の手ほどきをしてあげた仲だよ。ねえ、スティーブ?」

だが父はなにも答えない。にこりともしない。するとトリクシーも真顔になった。

「父親ならわかっているだろう? この子が秘《ひ》めている魔力量は異常だ。今に手に負えなくなる。野放しにしておいて事故が起きる前に、僕が引き取ってあげようと云《い》ってるんだ」

「それはご親切にありがとうございます。でも本当はあなたの方が、娘を自分に都合よく利用しようと考えているのではないですか?」

トリクシーはそれに唇だけの笑《え》みで返答をした。目は笑っていない。

「……娘は渡しません。帰ってください」

そう云われてもトリクシーはしばらく父と睨《にら》み合《あ》っていたが、やがて肩をすくめるとエイミーに微笑みかけてきた。

「いつも見ているよ、エイミー。どうしようもなくなったら、僕が助けてあげる」

トリクシーはそう云うと、宙に浮かせた箒に横座《よこずわ》りして、鳥のように飛んで行ってしまった。それを見て大はしゃぎしたのがエイミーである。

「わあっ! パパ、見た? 箒で飛んだよ! 本当に絵本の魔女みたい!」

「ああ、そうだね。絵本に出てくる、悪い魔女のようだ」

悲しそうな父のその言葉にエイミーは驚き、またとても不思議に思った。

「どうしてそんなことを云うの？　パパの魔法の師匠なんでしょう？」

「そうだ。私には優しくしてくれた。でもそれは、ほんの気まぐれのようなものだったのさ。あの方は千年の人生でたくさんの酷《むご》い目に遭《あ》って、世界に絶望している。愛を失ってしまったんだ。もう助けられない」

それにもエイミーは動じなかった。どうやら父は大切なことを忘れている。それを教えてあげようと思って、エイミーはきらきらした目でこう云った。

「そんなことない。愛を失ってしまった可哀想《かわいそう》な人なら、助けてあげるのが愛だわ。パパの方こそ、愛を失いかけてる。そんなの駄目よ、パパは私のパパなんだから」

「エイミー……」

スティーブは崩《くず》れ落《お》ちるように膝《ひざ》をついて、エイミーを激しく抱きしめた。

「ああ、そうだな、私も師匠を助けたかった。だから師匠に多くの希望を示して、その絶望を拭《ぬぐ》い去《さ》ろうと、ジャスウィズになったんだ……思い出したよ。ありがとう」

そう云って肩を震わせている父を、エイミーは優しく抱きしめ返した。父の心はよくわからなかったけれど、お礼を云われたからには、善いことをしたのだろう。

そして運命の日が訪《おとず》れる。エイミーが五歳になったばかりの夏の日のこと、全米に悪名を轟かせる若き犯罪魔法使いギャリックが、エイミーの住む町の銀行を襲ったのだ。運の悪いことにその銀行で、エイミーと母はギャリックに鉢合《はちあ》わせしてしまった。

そこから先のことは、ショックで記憶《きおく》が断片的《だんぺんてき》になっている。それでも思い出す。

銀行を舞台《ぶたい》にひどい銃撃戦《じゅうげきせん》が始まり、大勢の警察官が傷つき倒《たお》れていった。巻《ま》き添《ぞ》えになった銀行員、通行人。テレビ局のヘリが飛んできて、ギャリックが神経質になる。ジャスウィズ・グランディアとして駆《か》けつけてきた父が、血まみれになって息絶えた母を見て激昂《げきこう》する。そして無限の怒《いか》りと憎《にく》しみを浴びて無限に強くなっているギャリックは、幼いエイミーの首根っこを掴んで人質にしていた。

ジャスウィズ・グランディアを見たとき、エイミーは「パパ」と呟《つぶや》いたつもりだった。だがそれまでにさんざん泣《な》き叫んで喉《のど》が潰《つぶ》れていて、声にはならなかった。あとにして思えば、エイミーがグランディアの娘だとギャリックに知られなかったので、これは不幸中の幸いだったのだろう。しかしグランディアは、ゲームオーバーだった。エイミーを人質に取られ、身動きのできないグランディアにギャリックが勝《か》ち誇《ほこ》った顔をして叫ぶ。

「ジャスウィズ・グランディア。このガキを殺されたくなかったら——死ね！　今すぐ自殺しろ！　それともこのガキを先にあの世へ送ってやろうか！」

「……人質を殺せば、その瞬間におまえも終わりだ」

「ああ、そうだな。忠告ありがとう。じゃあ目玉を刳《く》り貫《ぬ》く程度にしておくぜ！」

グランディアが、マスク越《ご》しにもはっきり怯《ひる》んだのがわかった。そして弱味《よわみ》を見せればつけこんでくるのが悪党だ。ギャリックは笑いながら云う。

「殺しちゃ人質としての価値がない。その通りだ。だから生かしたまま、可愛い顔を切り刻んでやるぜ。耳を切り落とし、目を抉《えぐ》り、鼻を削《けず》って……」

「……待て。わかった。私の負けだ」

パパ！　と叫ぼうとしたが、潰れた喉では声にならない。グランディアはマスク越しに微笑んで――きっと微笑んだ――、ギャリックを見据《みす》えると云った。

「私が自殺すれば、その子にはなにもしないと誓うか？」

「ああ、誓う誓う。誓うとも。だからさっさと死ねよ」

「……わかった」

父には、ほかに選択肢《せんたくし》がない。エイミーが心で悲鳴をあげた。

――やだ！　やだ！　やだやだやだ！

エイミーは必死に手足をばたつかせてギャリックから逃《のが》れようとしたが、自分の首を掴むギャリックの手はまったく揺《ゆ》るがない。そして父のコスモフィストが、父の太い首をゆっくりと絞《し》めようとしたとき、不意に銃声《じゅうせい》がした。ギャリックの銃だった。

「のろいんだよ、グズめ」

ギャリックがそう吐《は》き捨《す》てたのと前後して、心臓の位置に銃弾《じゅうだん》を受けた父はばったりとうつぶせに倒れた。それが最後だった。

そのあと、泣きわめくエイミーを殴って黙らせたギャリックは、大量の現金を詰《つ》め込んだバッグを車のトランクに積み込み、周囲を取り囲む警察官たちにはエイミーを盾にしつつ、大勢の怒りと憎しみを浴びて極限強化された炎《ほのお》と氷と雷《かみなり》の魔《ま》法《ほう》をでたらめに放つと、悠々《ゆうゆう》とその場から逃《に》げ果《おお》せた。

その夜、郊外《こうがい》の森のなか、車の外に放り出されたエイミーに、ギャリックはあっさりと銃口《じゅうこう》を向けてきた。

「じゃ、自由にしてやる。きっと天国に行けるぜ、お嬢《じょう》ちゃん」

その銃口と、にやにや笑うギャリックを睨みつけて、潰れていた声がやっと戻ってきたエイミーは、最後の力を掻《か》き集《あつ》めて狼《おおかみ》のように吠《ほ》え猛《たけ》った。

「……嘘つき。嘘つき！　嘘つき！　人殺し！　覚えてろ！　いつか私の全身全霊《ぜんしんぜんれい》をかけて、おまえをやっつけてやる！」

「おお、怖《こえ》え。まるで目の前でパパとママを殺されたような口ぶりだな。それとも俺が今日殺したやつのなかに、本当にいたのか？　いや、ま、どうでもいいや。じゃあな」

引き金は軽そうだった。銃声が轟き、弾丸《だんがん》が、突如《とつじょ》ギャリックとエイミーのあいだに割って入ったボーイッシュな魔女の箒によって弾《はじ》き飛《と》ばされる。

「なに！」

驚き、後ろへ飛び退《すさ》ったギャリックに、その魔女は不気味なほど丁寧《ていねい》に云った。

「やあ、初めまして。僕はトリクシー。見ての通《とお》り魔女だよ。この子供は僕が目をつけていたんだ。勝手に殺すのはやめてもらえるかな」

「ふざけんじゃねえ！」

怒り狂《くる》ったギャリックは、銃と火氷雷の魔法を駆使《くし》してトリクシーに挑んだが、圧倒的《あっとうてき》な力量差を見せつけられて地に伏した。地面に座《すわ》り込んだまま茫然《ぼうぜん》としているエイミーの見ている前で、屈辱《くつじょく》に塗《まみ》れるギャリックに、トリクシーの笑いを含《ふく》んだ声が降る。

「噂には聞いていたが、クリミナル・ウィザード・ギャリック、悪であればあるほど強くなる魔法使いか。でも僕には通じない。今さら君なんかに怒りや憎しみを感じるはずがないからね。とはいえ、オンリーワンのレアものだ。殺すのはもったいないから見逃《みのが》してあげよう。この指輪をあげるから、もう彼女のことは忘れなさい」

トリクシーはそう云って、ギャリックの前に一つの指輪を投げた。ギャリックはその指輪に手を伸《の》ばし、面白くもなさそうに眺《なが》めてからトリクシーを睨みつけた。

「なんだこれは。プラチナか？　こんなもので俺が引き下がると思っているのか！」

「それを持っていれば、君はいつか支配者側に回れる。いいから僕の話を聞け――」

トリクシーはそう云うと箒を杖《つえ》のようについて、倒れて動けないギャリックに向かって小腰《こごし》を屈《かが》め、なにやらひそひそと話をした。エイミーにはまったく聞こえなかった。

話が終わると、ギャリックはその顔にありありと驚きを浮《う》かべた。

「てめえ、その話は本当なのか。本当だとしたら、なぜ俺にこの指輪を？」

「僕も君と同じ、世界から弾き出された、はぐれ者の魔法使いだ。だからチャンスをあげたくなったのさ。でも気に入らないなら、悪党の面子《メンツ》にかけて追ってくるといい。僕の魔《ま》術工房《じゅつこうぼう》の場所はさっき教えた通りだ。もっともそのときは、僕も君を殺すけどね」

ギャリックは視線でトリクシーを射殺さんばかりだった。しかし現状、力の差は揺るがない。トリクシーの方が圧倒的に見下ろす強者だ。

「……わかった。この指輪で手打ちにしてやる」

「ははは、地べたに這《は》いつくばらされてその態度か。大物になるよ、君は」

トリクシーは一笑いすると、まだ立てないギャリックをその場に残して踵《きびす》を返し、エイミーのところにやってきた。優しい笑みを浮かべていた。

「さあ、行こう。君のことを守ってあげる」

「待ってよ、あいつは？」

状況が理解できない。指輪のこともわからない。ただとにかく、釈然《しゃくぜん》としなかった。

「どうして逃がしちゃうの？　悪いやつなんだよ！」

「勘違《かんちが》いしないでほしいな、エイミー。僕は正義の味方じゃない。君が必要だから助けた。それだけ。でもそうだな、君がこの男を殺せと云うなら殺してあげよう」

その言葉に、ようやく立ち上がりかけていたギャリックはぎょっとして固まった。エイミーもまた茫然としてしまう。

「そんな、殺すって……私はただ、警察に……」

「警察だって？　生ぬるいことを云うなよ。許せないなら殺せ。僕が君の代わりにやってあげる。でもこれは僕の意思じゃなく君の意思だ。だからこれは君が殺すってことだ。わかるね、エイミー。さあ、どうする？」

たった五歳のエイミーに、トリクシーはあまりにも大きな選択《せんたく》を迫《せま》った。そしてエイミーは、五歳にして父の言葉が胸に刻まれていたのだ。いつか父はエイミーにこう云った。

──いいかい、エイミー。たとえどんな罪を犯《おか》した人でも、むやみに命を奪ってはいけない。生きて罪を償《つぐな》わせるんだ。パパはそうしてきた。それが愛だ。

その言葉をしかと胸に刻んでいながら、エイミーは黒い感情に呑《の》まれそうになった。

「ああ、パパ、ごめんなさい。私はこいつを許せない……」

トリクシーが唇を薄《うす》く伸ばして笑う。彼女は早くも殺意の魔法を練っていた。しかし。

「でも、命は一つしかないの。取り返しのつかないことは、しちゃ駄目よ」

トリクシーは拍子抜《ひょうしぬ》けしたように目を丸くした。彼女が練っていた魔法も雲散霧消《うんさんむしょう》していく。そしてギャリックも崖《がけ》っぷちを脱《だっ》して、ふうと安堵《あんど》の吐息《といき》をついていた。

トリクシーがそんなギャリックを嗤《わら》う。

「だってさ。行きなよ。君はその指輪で支配する側に立てる。僕が失敗しなければだけど」

「……けっ。あんまり期待しないで待っておくぜ」

ギャリックはそんな捨て台詞《ぜりふ》を残すと、札束の詰まった鞄を片手に、回れ右して夜の闇の中に消えていった。これほどのことをしておいて、のうのうと逃げ延《の》びようとしている。

「お願い、トリクシー。せめて警察に、警察に……」

「厭だね、面倒《めんどう》くさい。悔《くや》しかったら君自身が強くなって、自分であの男を捕《つか》まえなよ。多少であれば、僕が君に魔法の手ほどきをしてあげるからさ」

「私が、この手で……？」

トリクシーは特に深い意味もなく云ったに違《ちが》いない。だがこのときエイミーは、本当に本気でジャスウィズになろうと決心していた。

……。

さて、エイミーの両親の亡骸《なきがら》はジャスウィズを支援《しえん》している世界魔法連盟《スターリングシルバー》の魔法使いが回収し、埋葬《まいそう》してくれていた。生まれ故郷の墓地でこっそりと墓参りを終えたエイミーに、トリクシーが云う。

「さあ、そろそろ行こうか。やつらに見つかるリスクを冒《おか》してまで墓参りを許してあげたし、ペットの犬の貰《もら》い先も探してあげた。もう満足だろう？　これからは僕に従え」

その言葉に振り返《かえ》ったエイミーは、不思議そうに首を傾げた。

「やつらって、スターリングシルバーのこと？」

「そう、ロンドンに拠点《きょてん》を置く世界魔法連盟。魔法使いたちを中心に構成された、委員会だの部局だの機関だのの集まり。魔法使いたちのリーダーを気取り、ＷＷ２後に魔法使いの権利を制限し知識を公開する『勇敢《ゆうかん》なる放棄《ほうき》』を行った、馬鹿《ばか》な連中だよ」

「馬鹿って……トリクシーは、スターリングシルバーが嫌いなの？」

「嫌いというか、呆《あき》れている。魔法は秘匿《ひとく》されるべきものなのに、信じられないことをしてくれた。魔法使いと非魔法使いがわかりあうなんて、無理な話なのにさ。僕はやつらとは相容《あいい》れなかったからね。一戦交えた結果、ヨーロッパから撤退《てったい》して各地を転々とした挙げ句、今は日本なんていう極東の島国に拠点を置いているのさ」

その諦《あきら》めきった言葉に、エイミーは五歳ながら胸が締《し》めつけられる想《おも》いだった。

「……パパが泣いてたわ。あなたのこと、助けたかったたって」

「そう。君はもう泣かないのかい？」

「うん、泣かない」

このときやっとエイミーは、心で涙を拭った。両親を失った傷が癒《い》えたはずもないのだが、別の目標を見つけて、トリクシーを見上げて笑う。

「私、パパができなかったことをしようと思うの。一つはあのギャリックをいつか絶対捕まえて罪を償わせる。もう一つは、あなたよ、トリクシー。私があなたを助けてあげる」

「僕を、助ける……？」

「そう！　だってパパは絶対あなたのこと助けてあげたかったんだもの。だから私が引《ひ》き継《つ》ぐわ。ずっと一緒よ、トリクシー！」

「……生意気を云うんじゃないよ、ガキ」

トリクシーはそう云って、エイミーの額を中指で軽く弾いた。

……。

そしてエイミーが連れてこられたのは海の向こうの島国・日本であった。東京に降り立ち、協力者だという太った男の運転する車で走るうちに、窓外《そうがい》の景色も変わってきた。最初は都心だったのが、住宅街となり、家すらまばらになって、ついには田畑ばかりが広がるようになる。そうして到着《とうちゃく》した小高い山の麓《ふもと》で車を下り、山道を上ると、仏教寺院の総門に出迎《でむか》えられた。扁額《へんがく》には漢字で寺号が書かれていたが、エイミーには読めなかった。

トリクシーに手を引かれ、門をくぐった先の境内《けいだい》に踏み入ったエイミーは、境内の荒《あ》れ放題《ほうだい》な有り様を見て驚きの声をあげた。

「えー！　なにここ！　草、ぼうぼう！　お化け屋敷《やしき》みたい！」

「日本にたくさんある仏教寺院の一つさ。でも後継者《こうけいしゃ》がいなくて潰れたんだよ。それを僕が山ごと買い取って地下に空間を作り、そこに魔術工房を構えた。麓までは道路が来てるから便利だよ。周辺の門徒はもうよその寺に移ってるから、誰《だれ》も来ないしね」

トリクシーの云った通り、寺の本堂には地下へ続く真新しい階段があり、その先にはトリクシーの協力者らしい人々が働く現代的な施設《しせつ》があった。そこにはエイミーの居住空間もあり、エイミーはそこで寝起《ねお》きしながらトリクシーと一緒に過ごした。

正直に語ろう。ここでの日々は幸せだった。エイミーはなにも知らなかったからだ。トリクシーの企《たくら》みや、自分と同じような境遇《きょうぐう》の少女たちがほかに九人いることは知らないまま時を過ごし、いつしかトリクシーのことを新たな家族と思うようになっていった。

だがそんな夢のような日々も終わる。トリクシーは恐《おそ》るべき計画を企《くわだ》てていた。彼女は支配の魔法で世界を征服《せいふく》する野望を懐《いだ》いており、エイミーはその先兵となるべく、ほかの九人の被験者と同じく奴隷《どれい》の印を刻まれてしまったのだ。

エイミーがそれを知ったのは、トリクシーの魔術工房に乗り込んできた魔女メリルが、エイミーたちの目の前でトリクシーを相手に大立ち回りを演じながら真実を暴露《ばくろ》したからである。それでもトリクシーが深手を負わされたときには、全身の血が逆流する思いがした。このときの激情と、トリクシーに魔法の手ほどきを受けていたことが重なり、コスモフィストに覚醒《かくせい》したエイミーは、それでメリルを殴《なぐ》り倒すとトリクシーとともに逃げた。

地下の工房《こうぼう》から脱出《だっしゅつ》し、夜の山のなかを走る。やがて血を流しすぎて大きな木の根方《ねかた》にもたれかかったトリクシーは、自分で自分に回復魔法をかけはじめた。それをエイミーが泣きそうな目で見ていると、トリクシーはうんざりしたように云った。

「どうしてついてくるんだ、君は騙《だま》されていたんだよ？　僕は悪い魔女なんだ」

「知ってる。でも私はトリクシーのこと、好きになっちゃったから……」

「奴隷の印を刻まれたのに？　指輪で云いなりになる体にされたのに？　その刻印は遺伝するから、君はもう子供も産めないよ？」

「それでも許してあげる」

子供ゆえのわだかまりのなさでそう云われて、トリクシーは参ってしまったようである。

そんな彼女に寄《よ》り添《そ》って、エイミーは明るく云った。

「痛くない？」

「平気さ。回復魔法の得意な姉さんの遺髪《いはつ》を代償《だいしょう》に使ってるから」

その言葉の意味がよく呑み込めなかったエイミーに、トリクシーはくすりと笑って云う。

「僕は一種のネクロマンサーなんだ。死んだ人間の遺体の一部を代償として消費することで、その人間が生前に使えた魔法を再現できる……」

「そうなの。よくわからないけど、傷が治るのならよかったわ……」

エイミーはそう云って、トリクシーの頭をよしよしと撫《な》でた。そのときトリクシーのワインレッドの瞳《ひとみ》が変わった。なにか、絵にも描《えが》けぬ変化があった。

「……本当にしょうがないガキだ。でも退屈《たいくつ》だから、一つ昔話をしてあげよう」

そうして、トリクシーは語り始めた。

「……大昔、僕には好きな人がいた。その人はとっても女好きで特別な魔法を使えて、その力で大勢の女性を虜《とりこ》にしていた。僕は彼の百人目の妻になるはずだった。でもその前夜、一番上の姉さん……つまり彼の最初の妻が彼を裏切ったんだ。それで全部おしまい。あの人は死に、姉さんたちは散り散りになった。好きに生きた者、隠者《いんじゃ》になった者、子供たちを育てて生涯《しょうがい》を終えた者、仇討《かたきう》ちを挑んで返り討《う》ちになった者、後を追った者、色々だ」

「……トリクシーは、どうしたの?」

「僕? 僕は墓守《はかもり》になったよ。死んだあの人と、姉さんたちの墓を守って、二百年くらい生きたかな。でもさすがに飽《あ》きてね。墓守をやめて、旅に出たよ。そのとき思い出に彼の遺骨を持ち出した。僕は墓守だし、あの人の妻になるはずだった者としてヴァージン・プロテクトもかかっているし、魔王《まおう》の骨を持つ正当な権利があるだろう?」

魔王とか、ヴァージン・プロテクトのことはよくわからなかったが、エイミーは特に気にせずこう訊ねた。

「それで、旅に出て、いいことはあった?」

「いや、なにもなかった。魔法と科学、持つ者と持たざる者の争いに巻き込まれ、嫌《いや》な想いばかりした。いつしか僕は自分に問いかけていた。魔法使いはこの世界に対してどうあるべきか……僕が答えを出すより先に、大きな戦争が起こって、世の魔法使いたちが新しい時代の魔法使いの在り方について決めてしまった」

「それって、『勇敢なる放棄』のこと?」

「そうだ。魔法使いと非魔法使いがともに歩むために、魔法使いは多くの義務を背負う。でもね、エイミー。僕はその案にイエスと云った覚えはないんだよ。大多数の魔法使いはそれに賛同したが全員じゃない。僕はイエスと云ってない。だって手を取り合うとか、嘘《うそ》だもの。解《わか》り合うとか、共存とか、全部嘘だもの。そんな嘘で塗《ぬ》り固《かた》めた世界なんて、気持ち悪くて我慢《がまん》できない。だから僕は真実の世界を作る。世界を征服して、人間と魔法使いの在り方に答えを出してやる。僕らは違う生き物で、一つになることは決してない！」

そんな血を吐くような告白のあとで、トリクシーは長い長いため息をつき、それから箒を支えにして立ち上がった。それがまだふらついており、エイミーは駆け寄って支えようとしたが、トリクシーはそれを拒《こば》むようにかぶりを振った。

「まあ、僕の考え方は異端《いたん》だから、立ちはだかる者が現れるだろうと思ってはいたけど、まさかメリルちゃんが来るとはね。アルシエラ姉さんの末裔《まつえい》だったら運命的なのに」

肩《かた》を揺すって笑うトリクシーの恨《うら》み節のなかに、どことなく親愛の情のようなものを感じ取ったエイミーは目を瞠《みは》った。

「ねえトリクシー。あのメリルって魔女のこと、知ってるの？」

「ああ、知ってるよ。お互い長生きだからね。今夜のように敵対したこともあれば、協力したこともあった。着るドレスによって使える魔法が変わる厄介《やっかい》な魔女さ」

そう云ってトリクシーが見つめる先に、いつの間にか、魔女メリルが立っていた。それが白いドレスで右手に剣《けん》を持ち、左手に天秤《てんびん》を持っている。

「あいつ……！」

またトリクシーを傷つける気なのだと思って燃え上がるエイミーを手振《てぶ》りで制したトリクシーは、うっすらと微笑《ほほえ》んだ。

「正義の女神《めがみ》アストライア衣装か……瞳が赤い。レッドゾーンに入っているな」

「レッドゾーン？」

「そう。メリルちゃんは着る服によってスタイルが変わる魔法使《まほうつか》い。だが着替《きが》えただけでは、ドレスの力を真に発揮できない。本当の力を発揮するには、ドレスに相応《ふさわ》しい人格になり切ることが必要なんだ」

「お芝居《しばい》みたいに？」

「そうだ。だがただの演技じゃない。憑依降霊術《ひょういこうれいじゅつ》に近い。ほとんど二重人格さ。そしてそのとき、紫《むらさき》の瞳が赤くなる。それがメリル・レッドゾーン。ゾーンに入っていると魔力《まりょく》を常時消費するから、ずっとは無理だけど、あれがメリルちゃんの本気モードさ」

トリクシーはそう云うとマントの懐《ふところ》から小さな布袋《ぬのぶくろ》を取り出し、それをエイミーに投げた。思わず受け取ったエイミーの見ている前で、今度は小さな手帳を開くと箒をペンに変化させてなにか書きつけ、ページを一枚破るとそれをエイミーに渡《わた》し、手帳は火の魔法で燃やしてしまった。手帳が灰となって風に散るなか、エイミーは袋と一枚のメモを手にトリクシーに不思議そうに訊ねた。

「これはなに？」

「魔王遺物……我《わ》が夫、ゼノン・イールズオーヴァの遺骨と、彼の魔法、ヴァージン・プロテクトの術式を記したメモだ。僕が負けたらメリルちゃんに頼《たの》んでネクロマンサー衣装に着替えてもらい、その魔法をかけてもらうといい。刻印持ちの子供を産まずに済むし、ろくでもない男に指輪で支配されたときも女の純潔だけは守られる」

エイミーには、トリクシーの云っていることが半分もわからなかった。わかったのは、トリクシーが最後の戦いに赴《おもむ》こうとしていて、別れを告げているということだけだ。

「さよなら、エイミー。つまらない千年だったけど、君と過ごした一年は悪くなかった」

トリクシーはそう云うと、左手を掲《かか》げ、その薬指に嵌《は》めた指輪に向かって云う。

「壊《こわ》れろ」

オリハルコンの指輪が砕《くだ》け散《ち》り、正義の女神衣装のメリルが「あっ！」と叫んだその隙《すき》をついて、トリクシーが先制攻撃《こうげき》をしかけた。

その魔法戦の果てにトリクシーは敗れた。自らが放った氷結魔法を、メリルが隠し持《も》っていた魔法の鏡に反射されて、氷の柱に閉じ込められてしまったのだ。

そしてそんなトリクシーの最期《さいご》を、エイミーは見ていることしかできなかった。

もちろん、これでメリルを恨むのは筋違《すじちが》いである。悪を為《な》したものが正義に敗れ去るのは仕方がない。恨むとすれば、トリクシーを救えなかったこの自分だ。

地面に突《つ》き立つ氷の柱のなかで眠《ねむ》るトリクシーを見ているエイミーに、レッドゾーンを脱し、紫の瞳に戻《もど》ったメリルがのほほんと云う。

「……死んではいないよ。魔法の氷だからね。氷のなかで眠ってるだけ。これはあとからスターリングシルバーに回収してもらうとして、君はこっちにおいで」

そうしてエイミーはメリルに手を引かれ、廃寺《はいじ》の地下にあるトリクシーの魔術工房に戻ってくると、研究者たちが逃げ出《だ》して机が倒れたり書類が乱雑に散らばったりしているその部屋で、九人の少女と、彼女《かのじょ》らを保護していた東洋人の女性に引き合わされた。

メリルは東洋人の女性を指差して云った。

「この子は秋篠夕映《あきしのゆうばえ》ちゃん。二十一歳。腕《うで》のいい魔道具師なの。夕映ちゃんごめん、君にもらった魔法を反射する鏡、かくかくしかじかで割れちゃった」

「トリクシーの魔力に耐《た》えられなかったか。ま、役に立ったのならいいさ。ところでメリルちゃんが留守のあいだにこの工房でゴールドの指輪を一ダース見つけたんだが……」

夕映がそう云って差し出したケースのなかには十二個の金の指輪が収められていた。それを見たメリルは「ラッキー」と呟くと、指輪を一つ手に取った。

「オリハルコンの指輪の奪取《だっしゅ》に失敗したから一個ちょうだい。残りは壊しておいてね」

メリルはそう云って指輪を右手の中指に嵌めると、次にエイミーに向かって手を差し出した。どうやらエイミーがトリクシーにもらった魔王遺物とメモが気になるらしい。エイミーからそれらを受け取ったメリルは、メモに目を走らせると思案顔をした。

「……なるほどメリル。遺伝する刻印、純潔を守る魔法、ヴァージン・プロテクト」

「かけておいた方がいいね。奴隷の刻印を持った子供が生まれても困る」

傍《そば》からメリルの手元を覗《のぞ》き込んでそう云った夕映に、メリルは相槌《あいづち》を打った。

「……だね。でもこんなメモをわざわざ残してくれるなんて、トリクシーちゃん、もしかして反省してくれてたのかな？」

メリルはそんなことを嘯《うそぶ》きつつもネクロマンサー衣装に着替《きが》え、魔王遺物を触媒《しょくばい》に使ってまず自分にヴァージン・プロテクトをかけ、それからなにかごそごそやって魔法の効果を確かめると、エイミーたち十人にも同じ魔法を施《ほどこ》した。

「これでオッケー！　君たち子孫は残せません！　エッチなこともされません！　とりあえず緊急避難《きんきゅうひなん》ってことで納得《なっとく》してね。いつか解決策が見つかるかもしれないから。てことで夕映ちゃん、あとはよろしく！」

「は？　よろしくって……」

「この子たちの刻印が消せないんで、メリルは残りの指輪を壊しに行ってきまーす！　お外で氷漬《づ》けになってるトリクシーちゃんのことと、子供たちのことは任せたメリル！」

「ちょ、ちょっと待って！　そんなの困る！　引きこもりを無理やり連れ出しておいて面倒ごとに巻き込んだ挙句、子供を十人も押《お》し付《つ》けるとか……」

夕映はメリルを引き留めようとしたが、メリルが捕まるはずがない。

「じゃあがんばってね、ばいばーい」

そうしてメリルは去った。竜巻《たつまき》のような魔女だったと、エイミーは思ったものだ。

「え、嘘？　本当に、後始末を一切《いっさい》やらずに行っちゃったのか、メリルちゃん！」

置いてけぼりを喰《く》らった夕映はしばらく茫然としていたが、メリルが本当に戻ってこないと悟って、子供たちの耳目《じもく》があるにもかかわらずさんざん悪態をつき、泣き言を繰《く》り返した。曰《いわ》く、「私は人づきあいが苦手なんだ」「引きこもって魔法の道具を作っているだけで幸せだったのに」「あの魔女にうっかり出会ってしまったせいで」「どうして私がこんな目に」「ああ、不幸だ」ということらしい。

エイミーはすっかり気の毒になって夕映に話しかけた。

「あの、スターリングシルバーに連絡《れんらく》してもらえれば、大人が私たちのことなんとかしてくれると思うけど……」

すると自分を憐《あわ》れんでいた夕映が目色を変えてかぶりを振った。

「いや、私は大人だからな。責任をもって、君たちをなんとか元の生活に戻してやる。そうでなければ安心して引きこもりに戻れない。というわけでこの先どうしたいか、一人ずつ希望を聞こうじゃないか。それとメリルちゃんが壊せと云ったこの指輪だが、残り十一個あるから君たちに一つずつ分配しよう。下位の指輪から身を守る道具になるからね」

夕映はそう腹を括《くく》ると、この場で少女たちに一人ずつ身の振り方《かた》についてどうしたいか訊《たず》ねていった。やがてエイミーの番がやってきた。順番を待っているあいだに考えを纏《まと》めていたエイミーは、六歳とは思えぬはっきりとした意思を示して云った。

「私はジャスウィズになりたい。そしてトリクシーを助けるの」

夕映は驚《おどろ》き、それから怪訝《けげん》そうに眉《まゆ》をひそめた。

「トリクシーを助けるとは、どういうことだ？」

「私のパパが彼女を助けたがっていたの。私もそうしたい。トリクシーは世界を嫌《きら》いになってたの。だから私がジャスウィズになって、この世界をよくして、そうしたらトリクシーをあの氷から出してあげるの。そうしたら、トリクシーがこの世界を好きになってくれたら、もうこんなことはしないと思う。絶対！」

エイミーは自分の考えをつたなくも一所懸命《いっしょけんめい》に伝えたが、夕映の顔は険《けわ》しいままだ。

「もしトリクシーが氷の檻《おり》から解放されたとき、また同じことを始めようとしたらどうする？　あるいは、もっとひどいことをしようとしたら？」

「そのときは正義のヒロインとして、私がトリクシーを止めてみせる」

エイミーはそう云い切ると、床《ゆか》に転がっていたマジックペンを見つけて手に取り、壁《かべ》に向かって大きくこう書きなぐった。

——私、エイミー・マックイーンはここに誓《ちか》う。パパの後を継いでジャスウィズとなり、トリクシーが絶望したこの世界を新しく素晴《すば》らしいものに変えてみせる。そうしたらトリクシーを氷の棺《ひつぎ》から出してあげて、彼女を笑顔《えがお》にしてみせるわ。

壁に書かれた自分のその宣言にエイミーが満足していると、後ろに立っていた夕映が目に涙《なみだ》の光りを浮かべて云う。

「やれやれ、君の気持ちはよくわかった。なんとか手配してみよう」

……。

こうして夕映は十人の少女たちをいったん引き取り、スターリングシルバーの魔法使いたちと連携《れんけい》しながら、少女たちを一人また一人と故国へ送り返していった。また氷漬けになったトリクシーは、その状態で魔法犯罪者が収監《しゅうかん》される孤島《ことう》の牢獄《ろうごく》へと送られた。

そしてエイミーはスターリングシルバーから派遣《はけん》されてきた職員の男とともにアメリカに戻り、ニューヨークでカフェを営むアフリカ系の男性に引き合わせられていた。

「紹介《しょうかい》しよう、彼はラファエル。三十歳。ジャスウィズ・オブシダンソードだ。アメリカでは、魔法使いの子供は魔法使いの保護下にあることが求められるからね。彼を君の師匠《ししょう》兼《けん》保護者にするから、今後は彼に生活を頼《たよ》り、魔法使いとジャスウィズのことを学びなさい」

「おい、ふざけるなよ。どうして俺《おれ》がこんなガキの面倒を見なくちゃいけない？」

いきなり子供の面倒を押し付けられたのでは、誰だって戸惑《とまど》う。そのうえ、このときのラファエルは離婚《りこん》したばかりで気が立っていた。だが職員の男は引き下がらない。

「我々スターリングシルバーは世界の秩序《ちつじょ》を維持《いじ》するため、法を無視してヒーロー活動をする君たちジャスウィズを支援してきた。今度はそちらが私たちの頼みを聞く番だ。エイミーはこの年齢《ねんれい》でジャスウィズを志している。どうか君の手で立派に育ててほしい」

「なんで俺なんだよ！　もっとほかに適任者がいるだろうが！」

「彼女はギャリックに殺された、ジャスティス・グランディアの忘れ形見だ」

その一言でラファエルは絶句し、激昂していたのが嘘みたいに静かになった。それを不思議がるエイミーに、スターリングシルバーの職員の男は微笑んで云う。

「この男は今でこそジャスウィズだが、昔は魔法を悪いことに使う犯罪魔法使いだったんだ。だが君のパパに懲《こ》らしめられ、改心して今は自分もジャスウィズになった。短気で暴力的な男だったけれど、そんな自分が嫌いで、悔《く》いていて、善い人間になろうと努力している。その姿を、私は彼《かれ》を支援しながら見てきたから、まあ信頼《しんらい》できると思うよ」

「よしてくれ」

ラファエルのその声は、拷問《ごうもん》でも受けているかのように辛《つら》そうだった。見れば、ラファエルの眉間《みけん》には苦悩《くのう》の皺《しわ》が刻まれている。

「……正義の魔法使いになれば、俺も少しはまともになれるかと思った。実際、結婚《けっこん》してささやかだが店も持てた。だが結局、こうなった。離婚になって、息子《むすこ》の親権も持っていかれた。これが俺だよ。そんなやつに、ガキを育てられると思っているのか？」

「不安かい？　でもラファエル、私はね、エイミーだけでなく君の今後のことも考えて、彼女を任せてみようと思ったのだよ。守るべき者が傍にいた方が、いいと思ってね」

その信頼と情けに感じ入るものがあったのか、結局ラファエルはエイミーを引き取り、そして立派に育ててくれた。ときには喧嘩《けんか》もしたけれど、最高の保護者であり師匠《ししょう》でありパートナーだったと太鼓判《たいこばん》を捺《お》してやれる。

だがエイミーが十三歳《さい》のとき、ラファエルことオブシダンソードは、クリミナル・ウィザードとして全米に悪名を轟《とどろ》かせていたギャリックと一戦交え、重傷を負った。そんなラファエルを助けるために、エイミーはいつかのために用意してあったバトルレオタードに袖《そで》を通して駆けつけた。ジャスウィズ・エクセルシアの鮮烈《せんれつ》なデビューである。

その後、ギャリックをどうにか退けたエイミーは、ギャリックに負わされた傷が原因で一線を退いたラファエルの後方支援を受けながら、ジャスウィズとしての活動を始めた。

エクセルシアは瞬《また》く間《ま》に人気を博し、エイミーもまた普段《ふだん》は学生として目立たないよう過ごしながら、世の中をよくするためにアメリカのスーパーヒロインとして戦い続けた。

それから三年、いきなりエイミーの前にメリルが現れてこう云《い》ったのだ。

「君の旦那《だんな》さんを見つけてきたよ！」

話を聞くに、どうやらエロ魔法使いなる少年が日本にいて、エイミーとどうにかなる可能性があるのは彼だけらしい。また楓《かえで》と知り合い、彼女から指輪にまつわる新たな事件の顛末《てんまつ》を聞いた。興味はあったが、ニューヨークを守るエクセルシアが街を離《はな》れる理由にはならない。そう思って断ろうとした矢先、今度はスターリングシルバーからギャリックが日本に向かったという情報が入ってきた。エイミーはピンと来た。

「あのときギャリックはトリクシーから指輪を貰っていたわ。今ならわかる。ギャリックは間違《まちが》いなく、支配の魔法のことをトリクシーから聞いた。そしてそれを今も忘れていなかったとしたら……メリルさん、あなたが日本で指輪に関する事件を派手に起こしたことで、ギャリックのやつ、気になってなにか手がかりを探しに行ったんじゃないの？」

「ええー。もしかしてメリルのせい？　違うよね」

メリルにどこまでの責任があるかどうかはさておき、こうなった以上、エイミーはギャリックを追いかけて日本へ行くしかなかった。幸い、エクセルシアの代役はいる。楓だ。

エイミーは楓に、自分の代わりにニューヨークの平和を守る新たなジャスウィズになってくれるよう頼むと、メリルとともに日本へやってきた。そして隼平《じゅんぺい》と出会ったのだ。

◇

断片的な、しかし重要なところだけが走馬灯《そうまとう》のように流れ、長いようで一瞬《いっしゅん》だったこの時間に隼平はエイミーの記憶を見ていたのだと理解しながら口づけを終えた。キスの直後だというのに、胸のどきどきはない。それより彼女の半生を覗き見てしまった気まずさと、同い歳とはいえ自分よりはるかに濃密《のうみつ》な十六年に圧倒《あっとう》されていた。

ただ気まずさの方は、エイミーの次の言葉で霧消《むしょう》した。

「ごめん。あなたの記憶、見ちゃった。なんていうか、その、辛かったわね」

「あ、そっちも俺の記憶見たんだ。じゃあお互《たが》い様《さま》か。でも俺の方は離婚したとはいえ両親は健在だし、新しい家族と上手《うま》くいってないだけで、今は充実《じゅうじつ》してるから……」

それは半ば本当だったが、半ば嘘だった。結局のところ、両親が離婚したという事実、継父《けいふ》とその連れ子である義兄妹《ぎきょうだい》たちと打ち解けられなかった現実は、今なお隼平の心に暗い影《かげ》を落としている。それに引き換《か》え、エイミーはなんと強いのだろう。

「……本当に、俺なんかより君の方が立派だよ。自分の体に取り返しのつかないことをしたマスター・トリクシーを、それでも救いたいだなんて、俺だったらできない」

「彼女だって最初から悪人だったわけじゃないのよ。私の記憶《きおく》を見たんなら、わかるでしょう？　千年の空《むな》しい人生が彼女に罪を犯させたんだわ……」

「ああ……」

隼平はうっそりと頷《うなず》いた。トリクシーがエイミーに語った彼女自身の過去、魔王遺物であるゼノンの骨を持っていた理由、エロ魔法に精通していたわけ、それらを知ってしまった今、隼平ももうトリクシーを簡単に悪とぶった切ることはできない。

「トリクシー、あいつは、前世の俺を直接知ってる、生き残りだったんだな……」

もし前世の自分がもっと上手くやっていたら、アルシエラは反乱を起こさなかったしトリクシーも不幸にならず、今のエイミーたちはもっと幸せだったのかもしれない。そこまで考えてくよくよしている隼平に、エイミーが笑って云う。

「隼平、私ね、いつかトリクシーをあの冷たい牢獄から解き放って、『この世界も捨てたもんじゃないでしょ？』って云ってやりたいの。それでトリクシーが自分のしたことを悔いたら、私の勝ちよ。そのために世界をもっと良くするわ」

「……そうか。なら、トリクシーが君の体に刻んだ奴隷の印は、俺が消してやる」

「ふふっ、期待してるわ。それじゃ、魔力も吸ってもらって落ち着いてきたことだし、ギャリックを懲らしめに行こうと思うんだけど、隼平はどうする？」

「一緒《いっしょ》に行くよ。でも一つだけ教えてくれ。君は復讐《ふくしゅう》せずにいられるのか？」

ギャリックはエイミーの目の前でその両親を殺害している。憎《にく》んで当然、仇討《あだ う》ちは必然、しかしギャリックは憎まれるほど強くなる異端の魔法使いだと云う。果たして。

「正直、わからないわ。どんな悪い人だって、罪を償い、悔い改《あらた》めてくれるなら、それが一番いい。許せるなら許したい。でも、だけど、あいつだけは……！」

そのときエイミーの青い瞳には、まぎれもない憎悪《ぞうお》の炎が燃えていた。

「ギャリックとはもう何度も戦ったけど、そのたびに私は憎しみの虜になった。だから負けたのよ。でも、今度こそ、次こそは、勝ってみせる。私が決着をつける。いいわね？」

「ああ……」

駄目《だめ》とは云えなかった。エイミーは親の仇《かたき》と戦っているのと同時に、自分のなかの憎しみとも戦っているのだ。それを邪魔《じゃま》することは誰にもできない。

「でも、手助けはさせてくれよな」

「あなたが？　あなたのエロ魔法《まほう》って基本的に男には効かないんでしょう？」

「そうだけど、君の唇《くちびる》から魔力を吸ったせいかな。今、俺の体にはもっと修行《しゅぎょう》しなきゃ手に入らないはずの魔力が充《み》ちてるんだ。今なら、なんか凄《すご》いことができそうな気がする」

「そう。ま、手伝ってくれるなら止めやしないわ。借り物の魔力で怪我《けが》しないでね」

エイミーはそう憎まれ口《ぐち》を叩《たた》くと、さっきから黙《だま》っているメリルに眼差《まなざ》しを据《す》えた。

「さて、メリルさん。ギャリックの居場所を教えて」

「もう喋《しゃべ》っていい？　ていうか隼平、エイミーちゃんの記憶見たの？」

「ああ、ロード・オブ・ハートの副作用でな。おまえの昔の姿や、夕映って人のことも見た。トリクシーのこと、それにレッドゾーンって……」

「あ、それメリルの奥《おく》の手《て》。切り札だから内緒《ないしょ》にしてね」

もちろんだと隼平が頷きを返したとき、エイミーが苛立《いらだ》たしげに繰り返す。

「それで、ギャリックは？」

「大丈夫《だいじょうぶ》、見つけてきたよ。でもちょっとややこしいことなってるから、ついてきて」

メリルはそう云うや、着替えの魔法で光輪をくぐって青い猫耳《ねこみみ》衣装に着替えると、

「どこでもゲート！」

得意そうにそう云ったメリルの前に、今度はまた別の光輪が生じた。その光輪の向こう側に広がる景色を、エイミーが神妙《しんみょう》な顔をして睨《にら》みつける。

「この先にギャリックが？」

「行けばわかるメリルよ」

エイミーはちょっと不審《ふしん》そうに眉をひそめたけれど、道は一つしかない。やがて彼女はまなじりを決すると、勇ましい足取りでゲートをくぐっていった。隼平はそのあとを、しかしすぐには追いかけない。それを見てメリルが不思議そうに首を傾《かし》げる。

「あれれ、どうしたの？　隼平も行くんでしょ？」

「もちろんだ。エイミーを放ってはおかない。ただ事が大きくなってきたからな……」

一度ソニアに連絡すべきか。そう思ったとき、近藤教諭《こんどうきょうゆ》の言葉が脳裏《のうり》を過ぎった。

――君一人の力でやり遂《と》げてください。特にソニアくんの手を借りてはいけません。

「……いや、そうだな。これは俺が、俺の力で、やり遂げなくちゃ！　行くぜ！」

そうして隼平は弾《はず》みをつけて歩き出し、どこでもゲートの向こうへ飛び込んだ。

第四話　ダークネス・ウィル・カバー・ザ・ライト

ゲートを潜《くぐ》った先は、小さな山の中腹にある廃寺だった。隼平《じゅんぺい》の立っているところから短い石段を上った先にある総門は屋根が腐《くさ》り落ちていて、もはや扁額もない。その不気味な外観と夜の冷気に震《ふる》えながらも、隼平は既視感《きしかん》を覚えていた。

「ここって、さっきエイミーの記憶のなかで見た……」

「東京の近くにある、トリクシーの拠点だったところよ。見た目は朽《く》ち果《は》てた寺院だけど、地下に彼女が構えた旧魔術工房《まじゅつこうぼう》があるわ」

そう話したエイミーは、最後にゲートをくぐってきたメリルに目をやった。ゲートを閉じたメリルは、早くも着替えの魔法で猫耳衣装から巫女《みこ》装束に変身を遂げている。その可《か》憐《れん》な姿を一目見るなり、隼平は微笑みを浮《う》かべた。

「おお、その巫女さんの服は、結界系の魔法が使えるんだよな」

「そうだよ。憶《おぼ》えてたんだね、隼平。偉《えら》い偉い。褒《ほ》めてあげるメリル」

そう云ってころころと笑うメリルに、エイミーが苛立ちを含《ふく》んだ声をぶつけた。

「どうして今さらここに？　ギャリックはどこ？　なぜ着替えたの？」

「まあ落ち着いて。隼平、Yちゃんのことは憶えてる？」

「もちろん憶えてる。十年前、おまえに協力してトリクシーと戦い、楓《かえで》さんやエイミーたちの身の振《ふ》り方のことを任せられたって云うYちゃん……エイミーの記憶を見た今ならわかる。Yちゃんって云うのは、秋篠夕映《あきしのゆうばえ》さんのことだな。でも彼女は……」

「うん。メリルに連絡をくれたあと、操《あやつ》られた楓ちんの切断魔法で意識を断《た》たれて病院送りになってたメリル。その夕映ちゃんがね、今、ここにいるの」

　隼平は絶句し、エイミーは顔色を変えた。

「夕映さん？　嘘！　あの人が、ここに？」

「ど、どういうことだ！　楓さんは自分が意識不明にしてしまった人たちを助ける方法を探して……それなのに、ここにいる？」

「夕映ちゃんだけ自力で復活したんだよ。まあ詳《くわ》しい話は本人に聞いてほしいメリル」

　メリルはそう云うと、総門に向かって呼びかけた。

「おーい、夕映ちゃん。メリルだよ！」

「……呼ばれるまでもなく、聞こえているさ。まったくもう、騒《さわ》がしい」

　ハスキーボイスでそうぼやきながら、黒髪《くろかみ》を纏めた眼鏡の美女が、総門をくぐって月明かりの下に姿を現した。その姿は、間違いない。十年分の年齢を重ねてはいるが、エイミーの記憶で見た秋篠夕映その人だ。その姿を見たエイミーが目を丸くして叫《さけ》ぶ。

「ゆ、夕映さん！　本当に、あなたなの？」

「そう、私だ。平和に引きこもっていたのにメリルちゃんに目をつけられたせいで表に引きずり出され、子供十人の後始末を頼まれた不幸な女だよ。久しぶりだな、エイミー。大きくなった。ジャスウィズとしての君の活躍《かつやく》は日本から見ていたよ」

夕映はにっと笑うと、石段を下りてきて隼平に眼差しを据えた。

「秋篠夕映、三十一歳独身だ。よろしく、エロ魔法使い」

「一ノ瀬《いちのせ》隼平です。その口ぶりだと、俺のことはもうメリルから聞いてるみたいですね」

ああ、と夕映が頷いたとき、エイミーが懐かしそうに微笑みながら云った。

「お久しぶりです、夕映さん。その節はどうも。今の私があるのは、あなたのおかげよ」

「いや、頑張《がんば》ったのは君さ《え》」

その言葉にエイミーは笑みを深めたが、それもすぐに厳しい表情に取って代わられた。

「それで、いったいどういうことなの？　楓の手で病院送りにされたって聞いてたけど、どうしてあなたがここに？　それにギャリックは……」

「それにはまず、しんちゃんのことから話さねばならない」

真面目《まじめ》な顔で『しんちゃん』と云われて、隼平は肩透《かたす》かしを喰ったような気がした。

「しんちゃん？　誰それ？」

「奥村進輔《おくむらしんすけ》……君の通っている魔法学校で教鞭《きょうべん》を執《と》っている教師のことだが？」

夕映は淡々《たんたん》と述べたが、隼平は頭上に雷鳴《らいめい》を聞く思いだった。

「お、奥村先生だと！　なんであの人の名前が、ここで出てくる？」

「私は魔道具師。トリクシーの氷の魔法を反射した鏡を拵《こしら》えたのが私なら、楓の刻印を分《ぶん》析《せき》し、それと同じ効力を発揮する首輪型の魔道具を作ったのもまた、この私なのだ」

「なあっ！」

普段なら上げないような声が口から出てきた。衝撃《しょうげき》のあまりふらついたほどである。

「ちょっと、待って……たしかその人、奥村先生がやっちまったって……」

「君はメリルちゃんからYちゃんが意識不明にされたと聞いていた。しんちゃんは楓を指輪で操り、首輪を拵えた魔法使いを意識不明にした。なにか矛盾《むじゅん》があるか？」

夕映は素っ気なく云うと、驚きに打たれている隼平たちに自分の身の上話から入った。

秋篠家は魔法使いのなかでも、代々魔道具を拵える家系であった。魔道具とは文字通《どお》り魔法の道具である。魔道具、呪具、宝具、術具、神器《じんぎ》、マジックアイテム……実にさまざまな呼ばれ方をするが、本質的にはどれも同じものである。すなわち魔法の効果を発揮する道具ということだ。これを用いれば魔法使いでなくとも魔法を使うことができる。

「私が普段、変装に使ってる眼鏡も、マジックアイテムね」

「そして支配の魔法の指輪も、魔道具の一種と云えるだろう」

そんな魔道具を拵える秋篠一族のなかでも、夕映は傑出《けっしゅつ》した天才だった。そして天才にありがちなことだが、周囲と上手くいかず、魔法学校を劣等生《れっとうせい》として卒業するや実家の工房に引きこもり、魔道具作りに没頭《ぼっとう》する日々を送っていたと云う。

「そんな私の不幸はメリルちゃんに見つかってしまったことだった……」

「いい魔道具つくるから、どんな人か興味湧《わ》いちゃって」

メリルにその存在と有用性を知られた夕映は、引きこもりだったはずが無理やり外に引きずり出され、トリクシーとの事件では強制的に協力させられたと云う。

「あの事件の後始末が終わり、メリルちゃんもいなくなって平穏《へいおん》を取り戻した私は、トリクシーが改造したこの寺を貰《もら》い受け、ここを私専用の魔術工房にした」

「えっ、夕映さん、ここを引き取ったの？」

驚くエイミーに、夕映は笑いながら頷き返した。

「あれだけ骨を折ったんだ。工房の一つくらい、貰ったっていいだろう。そして私はここに引きこもって魔道具作りに明け暮れた。だがそれから一年後、まだデブだったしんちゃんと楓がやってきて、奴隷の刻印と同じ効果を発揮する魔道具を作ってほしいと云う。理由を訊《き》いたら、しんちゃんは刻印を分析する過程で刻印を消す方法が見つかるかもしれないから、ともっともらしいことを云ったが、私にはすぐにそれが嘘だとわかった」

「じゃあ、どうして……」

そう先を訊ねる隼平の胸には怒《いか》りが渦巻《うずま》き始めていた。ひょっとするとこの女は奥村の共犯者ではないのか。果たせるかな、夕映は悪びれた様子もなく云う。

「魔道具師として興味があったんだよ。本来であれば、その魔法使いにしか使えない魔法を道具のなかに封《ふう》じ込め、誰《だれ》にでも使える魔道具にしてしまうのが我々だ。支配の魔法の部分的な複製が私にできるのかどうか、才能を試《ため》してみたかった。もちろん――」

と、夕映が矢継《やつ》ぎ早《ばや》に言葉を続けたのは、隼平の険しい視線に気づいたからだろう。

「本当に刻印の代用を為す魔道具ができたら、それだけで満足するつもりだった。しんちゃんには渡さず、破棄《はき》して行方《ゆくえ》をくらまそうと思っていた。しかし、私にも予期せぬ出来事が起きたのだ。そう、たとえるならあれは交通事故みたいなものだった。私は自分で自分にびっくりした。私にあんなことが起こるとは、思ってもみなかったんだ」

「いったい、なにが起きたんです！」

隼平がじれて口調を荒《あら》らげると、夕映は恥《は》ずかしそうに俯《うつむ》いて、三十一歳の大人の女性とは思えないほど稚《いとけな》い感じで頰《ほお》を赤らめながら云った。

「しんちゃんのことを、好きになってしまったのだ」

今度こそ、隼平はその場にがっくりと片膝《かたひざ》をついて項垂《うなだ》れた。エイミーの方は頭を抱《かか》えている。映画などでよく見るが、アメリカ人は本当にこういう仕草をするのだ。

「それで奥村の共犯者になったってわけ？　信じられない！」

「いやいや、結論を急がないでくれ。恋《こい》に落ちた私は、しんちゃんと少しでも長く一緒にいるために、あれこれ理由をつけて首輪の研究を引き延ばすことにしただけだよ」

「……奥村先生の、どこがよかったんですか？」

と、そう訊ねた隼平に、夕映はよくぞ聞いてくれたとばかりに捲《まく》し立《た》てる。

「魔法使いに本気で怯《おび》えて支配の魔法を復活させようと必死なところが最高に可愛《かわい》いじゃないか。出会ったときは太っていたのに、過去を知る者に見つかりたくないあまりみるみる痩《や》せていくところなんて傑作《けっさく》だったよ。ずっと見ていたいと思った。だが無理だったな。とうとう、刻印の力を持つ首輪が完成してしまったから」

夕映がそこで言葉を切ると、隼平はすっくりと立ち上がった。話の展開次第《しだい》では、この女をどうするか考えねばならぬ。しかし夕映は淡《あわ》い笑みとともにかぶりを振った。

「誓って云うが、私はそれをしんちゃんに渡す気はなかった。首輪が完成したことは正直に伝えた上で、彼を説得しようとしたんだ。もちろん、保険はかけた。メリルちゃんに連絡を取り、『日本でまた指輪を巡《めぐ》る事件が起こるかもしれない』と云ったんだよ。それだけでメリルちゃんは来ると思った。実際、来ただろう?」

それで隼平は、自分のなかにあった夕映への敵意が薄《うす》れていくのを感じていた。

「ああ、そうか。そうだったな。あんたがメリルを呼んだんだよな。そして俺はメリルに出会い、そこからすべてが始まった……」

だがその十年前の協力者Yちゃんと、奥村に依頼《いらい》されて奴隷《どれい》の首輪を拵えた者が同一人物であったとは、まさかまさかの予想外である。

「そして私はしんちゃんに会って、君の本性《ほんしょう》や企《たくら》みに気づいていること、それでもそんな君を好きになってしまったことを伝えて、馬鹿《ばか》な夢は捨ててほしいと懇願《こんがん》した。でもやっぱり、彼は私のことなんか信じてくれなかった。人一倍臆病《おくびょう》な人だからね。そしてしんちゃんは指輪で楓を操り、メイプルと呼ばれた楓の切断魔法で私の意識を断ち切《き》った――」

夕映は寂《さび》しげにそう云ったが、そこから先が隼平にはわからない。

「楓さんの切断魔法で意識を断ち切られた人は、全員寝《ね》たきりだって聞いてるけど?」

「メリルが病院で見つけたときは、完全に意識不明だったよね」

「そうだ。だがその数日後に、自力で起き上がったんだよ。事前に、特別強力な形代《かたしろ》の魔道具を作って懐に忍《しの》ばせておいたからね」

「形代？」

　小首を傾げた隼平に、夕映は微笑んで続けた。

「平たく云えば身代わり人形だよ。自分に危害が及《およ》んだとき、その人形にダメージを肩代《かたが》わりさせることで、自分は無傷でいられる仕組みさ。もっとも楓の魔法が強力すぎて、形代に背負い切れなかったダメージが来て私の精神も切り裂《さ》かれ、しばらく人事不省《じんじふせい》に陥《おちい》ってしまったがね。それでもほかの被害者《ひがいしゃ》と違《ちが》って意識を取り戻したのはさすがだろう？」

「そうか。あんただけが例外なのか……」

　隼平は少しばかり残念に思った。切断魔法で意識不明になっている人々を目覚めさせる方法が見つかれば、楓の贖罪《しょくざい》も一区切りつくだろうに。

「そしてリハビリを終えて退院した私はメリルちゃんに連絡を取って事の顛末を問いただし、しんちゃんが私のことをすべて忘れていると知った。私の恋もほぼ終わった……」

「指輪関連の記憶、メリルが全部壊したからね。でも夕映ちゃんがメリルに連絡してきたときは本当にびっくりしたメリル。おかげで日本を発《た》つ前に情報交換《こうかん》できて、メリルはラッキーだったけど。エイミーちゃんの居場所や、ほかの八人の手がかりが掴《つか》めたので」

「ああ、それって八月の終わりごろの話なのか……だったらメリル、おまえ、そういうことは旅立つ前にちゃんと説明していけよ。どうせ楓さんにも話してないんだろ」

「うん、まあね。だって別にいいかなって思ったし」

絶対喜ぶだろうに、とため息をついてから、隼平は夕映に目を戻した。

「話を戻しましょう。それで、奥村先生が記憶喪失《きおくそうしつ》だと知って、どうしたんです？」

「どうもこうもないさ。あの男、ギャリックが現れたからね」

いよいよ話が核心《かくしん》に近づいてきて、エイミーが身を乗り出した。

「あいつが日本に来た目的は支配の魔法よね。それであなたに接触《せっしょく》したってことは、あなたが奴隷の刻印を分析したことがばれたの？」

「その通り。トリクシーの魔術工房《こうぼう》を引き取ったのがいけなかった。やつは工房の場所を知っていて、それを引《ひ》き継《つ》いだ私を怪《あや》しいと睨んだのだ。私の入院中にここを荒《あ》らし、私やしんちゃんのこと、奴隷の首輪のことなどを全部知られてしまった……最悪なことに、私がしんちゃんのことを想《おも》って綴《つづ》ったポエムまで見られてしまったらしい」

「ポエムって……」

思わず笑ってしまった隼平を、夕映は咎《とが》めるように睨んでくる。

「笑いごとではない。私の恋心《こいごころ》を知った奴《やつ》は、しんちゃんを人質《ひとじち》に取って私に云うことを聞かせようとしたのだぞ」

「奥村先生が、人質！　長期休職届を出して、仕事を休んでるんじゃ……」

いや、だが近藤《こんどう》教諭が奥村と連絡が取れなくなったと云っていた。つまり休職中にギャリックに拉致《らち》されたということなのか。

「私は愛する人を盾《たて》にとられて実に困った。しんちゃんが奪《うば》っていった奴隷の首輪のプロトタイプは、君の恋人《こいびと》が燃やしてしまったそうだが、新しく作ることはできるからな。結局、私は首輪のプロトタイプをもう一度作ってギャリックに渡《わた》したよ」

「最悪……」

そう吐《は》き捨《す》てたエイミーに、夕映は皮肉な口調で続ける。

「最悪なのはここからだ。やつは手に入れた首輪を私に嵌めて指輪で私を支配し、私を忠実な部下にしようとした。さらなる首輪の量産のためにな」

隼平はたちまち青ざめた。ギャリックは支配の指輪を持っている。奴隷の印を刻まれた少女は十人しかいないが、奴隷の首輪の量産ができれば、話はまったく違ってくる。

「でも、あなたが今、ここにいるってことは……」と、エイミー。

「メリルちゃんが私としんちゃんを助けてくれたのだ。しんちゃんは今、私の名前でスターリングシルバーの日本支部に保護してもらっている。そしてギャリックは……」

「エイミーちゃんとの約束があったからね」

巫女装束姿のメリルはそう云うと、廃寺の総門を見上げて得意そうに笑った。

「あのね、このお寺の地下が工房になってるの。だからメリル、そこにこの巫女装束を着てるときに使える結界の魔法で、ギャリックおじさんを閉じ込めちゃった」

「そのまま永久に閉じ込めておこうぜ」

隼平は力を込めて云ったが、メリルはあっさりかぶりを振った。

「閉じ込めたと云っても完全に封印《ふういん》したんじゃなくて、空間をいじってでっかい迷路《めいろ》を作ったの。迷宮《めいきゅう》の結界ってやつだね。だからそのうち出てきちゃうよ。時間の問題」

「なんだ……」

あてが外れて隼平はがっくりきた。一方、夕映は「えっ」と一声発して驚いている。

「時間が経《た》てば自力で出てくるというのなら、なぜ私をここで待たせたのだ？」

「えっ？　だって別に平気かと思って」

だがもしメリルたちが戻ってくる前にギャリックが自力で迷路の結界を突破《とっぱ》していたら、夕映はどうなっていたのか。夕映は頭痛を覚えたようにこめかみを指で押さえた。

「メリルちゃん。そういう適当なところ、どうにかしてくれないかな……」

「そんなことより！」

と、声をあげたエイミーが、メリルに厳しい眼差しを注いで云う。

「メリルさん、今すぐ結界を解除してちょうだい。ギャリックが迷路を抜《ぬ》けてくるのなんて待ってられないわ。ギャリックは、私が倒《たお》す！　今夜で決着をつけてやる！」

「私も、私の愛のポエムを見たあの男を、このままにはしておけん」

「そう？　でもあの人を出すなら、夕映ちゃんは今のうちに逃《に》げた方がいいと思うな」

メリルの言葉に夕映は渋《しぶ》い顔をしたが、隼平もまた相槌を打って云った。

「それは俺も同意見です。さしあたって今、一番最悪な展開は、あなたがギャリックに捕《つか》まって奴隷の首輪を嵌《は》められることだと思うので」

「たしかに私も、あの男の許《もと》で奴隷の首輪を作り続ける人形になるのは絶対に御免《ごめん》だが」

……少年、君はどうする？　エロ魔法使《まほうつか》いでは、男相手には分《ぶ》が悪かろう」

「俺は残りますよ。男の武器なんて拳《こぶし》があれば十分ですから」

それにエイミーから吸った魔力《まりょく》が横溢《おういつ》していて、今ならなんでもできそうな気がした。

「夕映さん、私もあなたを気にしていたら、思い切り戦えないわ」

エイミーまでもにそう云われては、夕映も諦《あきら》めるよりほかにない。

「……わかった。山を下りるよ。ふもとに車を駐《と》めてあるんだ。そこで待ってる」

夕映は無念そうに踵《きびす》を返すと、こちらに背中を向けたままバイバイと手を振り、山道を下っていった。その後ろ姿が夜陰《やいん》に紛《まぎ》れて見えなくなったとき、隼平はふと訊ねた。

「なあメリル。俺、おまえならギャリックにも勝てそうな気がするんだけど……」

「どうかな？　メリルわかんない。あっさり負けちゃうかもよ」

本気とも冗談《じょうだん》ともつかぬ言葉で煙《けむ》に巻《ま》いて笑ったメリルは、エイミーをちらりと見た。エイミーは胸の前で腕《うで》組みし、寺の総門を睨んで動かない。気魄《きはく》に満ちていて、戦いのゴングが鳴るのを待っている感じだ。そんなエイミーに向かってメリルが云う。

「それじゃあ結界解くよ。準備はいーい？　はいっ！」

そのとき寺の方に起こった変化を、隼平はその魔法的感覚で感知した。そしてエイミーが戦闘的《せんとうてき》で恐《おそ》ろしい気配を身にまとう。とても正義のヒロインとは思えない。

「エイミー、心を落ち着けろ。ギャリックの特性を考えたら、それじゃ勝てないぞ」

「わかってる。わかってるわ……」

そうしてエイミーが深呼吸をしていると、その男は悠然《ゆうぜん》として総門の下に現れた。年齢は三十代後半、昔はチンピラのようだったが、今は悪党なりに貫録《かんろく》を身に着けている。灰色の髪《かみ》と瞳《ひとみ》、スリーピースのグレースーツに袖を通した、マフィアのようなその男。

「ギャリック……！」

エイミーのそのつぶやきは、声だけで相手を燃やせそうなほどだった。ギャリックの方はエイミーを見て露骨《ろこつ》にため息をついている。

「ああ、疲《つか》れるぜ。やっと迷宮を突破して外に出られたかと思ったら、なんでおまえがここにいるんだ、エクセルシア？」

「あなたを追いかけてきたに決まってるでしょう！　指輪をめぐる邪悪《じゃあく》な企み、このエクセルシアがぶっ潰《つぶ》してやるわ！」

「ほう、事情は全部御存《ごぞん》じってわけか。なら話は早いや。夕映はどこへやった？」

「云うもんですか」

その閂《かんぬき》をかけるがごとき返答にギャリックは苦笑《くしょう》すると、灰色の瞳をメリルに向けた。

「魔女《まじょ》メリル。十年前にトリクシーの計画をぶっ潰した張本人で、十年後にまた日本で騒《そう》動《どう》を起こした女。おまえのおかげで日本に来ようと云う気になった。そして実際、支配の魔法を俺のものにするチャンスを得た。ありがとうよ。だが、俺を執拗《しつよう》に狙《ねら》う鬱陶《うっとう》しいジャスウィズ・エクセルシアと組んでいるとは、思わなかったぜ。そして……」

次に隼平を見たギャリックが、はてなと小首を傾げた。

「ぼっちゃん。誰だ、てめえ？」

「俺の名前は一ノ瀬隼平。ただの学生だよ」

隼平が危険な発想をしたのはそのときだ。ギャリックは憎しみを浴びるほど強くなる。とすれば恨《うら》みのない自分なら、いい勝負ができるのではないか。そう思ったら、隼平はもう走り出していた。あるいはエイミーから吸った溢《あふ》れる魔力に酔《よ》ったのかもしれない。

――今の俺なら、なんでもできる！

「隼平！」

驚《おどろ》き、叫ぶエイミーを置き去りにして、隼平はギャリックに跳《と》び蹴《げ》りをかけた。ギャリックはさすがに面食らったようだが、それでも楽々と躱《かわ》す。奇襲《きしゅう》失敗、下手な着地をして体勢の整わない隼平を、ギャリックが静かで不敵な笑顔とともに見下ろした。

「おいおい、パパとママになにを教わってきた。初対面のおじさんに跳び蹴りかますなんて、悪いガキだな、オラ！」

そしてギャリックは右足で隼平を踏《ふ》み潰そうとした。それを隼平は咄嗟《とっさ》に躱したが、直後に揺《ゆ》れと衝撃が来て愕然《がくぜん》とした。ギャリックの踏み抜いた地面が大きく陥没《かんぼつ》している。

「……嘘《うそ》だろ！」

「カカッ！　俺の強さは世界中の人間が、現に俺に向けている怒りや憎しみの総量で決まる。だっていうのに、あれだけ悪名を轟かせても、普段はみんな俺のことを忘れてやがるんだから困ったものさ。だがエクセルシアの嬢《じょう》ちゃんは一味違うぜ。俺の前に立ったときは、いつも俺を最強にしてくれる、本当にありがたいスーパーヒロイン様さ！」

ギャリックは笑いながら、隼平を目掛《めが》けて突進《とっしん》してきた。そのとき巨大化《きょだいか》したコスモフイストが隼平を後ろから鷲掴《わしづか》みにし、引っ張ってきてエイミーの前に転がした。

「馬鹿！　なにやってるの！」

「あいつにちょっとくらいダメージ与《あた》えられたら、君が楽に戦えるかと思って」

するとと鬼《おに》の目をして隼平を見下ろしていたエイミーが、仕方のなさそうに笑う。

「……本当に馬鹿ね！　いいから私を信じて見てなさい！　私は勝つわ！」

エイミーはそう云うと、ギャリックを睨みつけた。隼平という獲物《えもの》を逃《のが》して物足りなさそうにしていたギャリックが、エイミーの視線を受けて嗤《わら》う。

「……仕方ねえ。夕映も奥村も見当たらないし、相手してやるぜ、エクセルシア！」

「上等よ！」

怒りを爆発《ばくはつ》させたエイミーが、大地を蹴《け》って短い石段を駆《か》け上《あ》がっていく。その一番上で、総門を背にしたギャリックが待っている。あの様子で、果たして本当に勝てるのか。

隼平がそんなことを思いながら立ち上がったとき、メリルが隼平の隣《となり》に立った。

「メリル、エイミーは……」

「また負けちゃうかもね。でもそのときはメリルが助けてあげるよ」

「そう、か……」

隼平はエイミーのことを我《わ》がことのように思って唇を噛《か》んだ。ギャリックが憎しみを力にする以上、エイミーは自らの憎しみを克服《こくふく》しない限り、ギャリックに勝てはしないだろう。だが目の前で自分の両親を惨殺《ざんさつ》した男を相手に、憎むなと云うのは無理がある。

まったく、親を殺された子供の怒りや憎しみを自分の力に換えてしまうとは、ギャリックとは悪魔《あくま》のような力の持ち主と云わざるを得ない。

「憎まれるほど、嫌《きら》われるほど、恐れられるほど、強くなる。そんなの反則だろ……」

そして隼平の見守る先で、ついにエイミーとギャリックが激突《げきとつ》した！

◇

二人が拳を交えてすぐ、戦いの場は寺の荒れ果てた境内《けいだい》へともつれこんだ。クアドラプル・フィストの二つ名を持つエイミーが、コスモフィストを含めた四つの拳で乱打を浴びせると、ギャリックは腕《うで》で頭を守りつつ、足元から巻き起こした電撃《でんげき》の鞭《むち》を派手に振り回《まわ》した。たまらず後退したエイミーにギャリックが火の弾《たま》を投げつけ、エイミーがそれをコスモフィストで握《にぎ》り潰したとき、隼平たちがエイミーを追いかけて境内に入ってきた。

「エクセルシア！」

「近づかないで！　邪魔したら絶対許さない！」

振り返《かえ》りもせずそう声を張り上げるエイミーの眼前で、ギャリックは苦笑している。

「やれやれ、やる気満々だな。しかしこれで何度目だ？　最初に会ったのは三年前か。オブシダンソードを仕留めようってところで邪魔しにきたのがてめえだった。あれがてめえのジャスウィズ・デビューだ。それから事あるごとに俺《おれ》の前に立ちはだかりやがって。まさか日本にまで俺を追いかけてくるとは、いい加減うんざりだぜ、エクセルシア！」

ギャリックがそう云いながら腕を振ると、氷の短槍《たんそう》が五本まとめて放たれた。それをエイミーのコスモフィストが素晴《すば》らしい連打で打《う》ち砕《くだ》くが、コスモフィストと繋《つな》がっているエイミーはかなりの手ごたえを感覚して眉《まゆ》をひそめた。

「なんて威力《いりょく》……！」

ギャリックは火、氷、雷《かみなり》の魔法に適性があったが、それらの元々の能力は大したことがない。問題は彼《かれ》の固有魔法、負の感情を浴びることで自己を強化するという他《ほか》に類を見ない魔法によって、魔法も身体能力もすべてが強化されることだ。

「おまえが俺のことを、相当嫌いらしいからな。おまえと相対しているあいだ、俺はいつもの十倍は強くなれる。だがなぜだ？　今まで多くのジャスウィズが俺に戦いを挑《いど》み、そして敗れてきた。なかには命を落としたやつもいる。なのになぜ、てめえだけが、何度負けても諦めねえんだ？　正義感か？　使命感か？　それとも……」

そのときのギャリックのエイミーを見る目は、ナイフで相手を傷つけるかのようだった。

「噂《うわさ》されてるように、おまえはジャスウィズ・グランディアの娘《むすめ》なのか？」

「そうよ！」

エイミーは血を吐くように叫び、相手を燃やすような目でギャリックを睨みつけた。

「私はジャスウィズ・グランディアの娘！　それなのにあなたは、あのとき……」

私を人質に取って、とは云《い》えない。そうすればエクセルシアの正体に辿《たど》り着《つ》かれてしまう。だからエイミーは咄嗟に言葉を捻《ね》じ曲《ま》げた。

「……幼い女の子を人質に取って、卑怯《ひきょう》にもパパを殺した。絶対に、許さない！」

「ほお、幼い女の子を人質に取って？　私を人質に取っての間違《まちが》いじゃないのか、エクセルシア。いや、エイミー・マックイーン」

自分の正体をはっきりと口に出されて、エイミーは愕然と息を呑《の》んだ。

◇

ひやひやしながら二人の戦いを見守っていた隼平も、ギャリックの口からエイミーの名が出てきたことには衝撃を受けていた。いったいなぜ、あの男がエクセルシアの正体を知っているのか？　答えは、ギャリック自身が悪意に塗《まみ》れた声で語ってくれた。

「魔女メリルのみょうちきりんな魔法で地下の工房に閉じ込められちまった俺は、結構必死で出口を探してた。元は大魔女トリクシーの拠点《きよてん》だ。秘密の脱出《だっしゅつ》通路とか、あってもおかしくないと思ってよ。そうして本棚《ほんだな》を倒したら、後ろの壁《かべ》にメッセージを見つけたのさ」

「メッセージ？」

眉をひそめたエイミーに、ギャリックは吟《ぎん》ずるような調子で云う。

「私、エイミー・マックイーンはここに誓《ちか》う。パパの後を継いでジャスウィズとなり、トリクシーが絶望したこの世界を新しく素晴らしいものに変えてみせる。そうしたらトリクシーを氷の棺《ひつぎ》から出してあげて、彼女《かのじょ》を笑顔《えがお》にしてみせるわ……だとよ」

「あ……」

エイミーがそう声を漏《も》らす。隼平もまた衝撃を受けていた。それはエイミーの記憶のなかで見た、幼い日のエイミーが壁に書きなぐった彼女の宣誓《せんせい》である。

「以前に工房を漁《あさ》ったときは気づかなかったが、字の高さからして子供の書いたもんだ。消しときゃいいものを、夕映が残したんだろう。それにしても俺は思ったね。エイミー……聞いたことのある名前だ。十年前、俺が人質に取り、トリクシーが助けにきたあのときのガキ。だがトリクシーはなぜあいつを助けた？　それは自分の計画に必要だったから。

奴隷魔法《どれいまほう》の実験台にする以外に、あんな子供を必要とする理由がない」

　ぶるぶると震えるエイミーをせせら笑って、ギャリックは推理を続けた。

「だがあの宣言を見る限り、あのガキはジャスウィズになると云う。そしてグランディアの娘と噂されてて、なにかと俺を目の仇にしやがるエクセルシア。この二人が、俺のなかで初めて繋がった。感動したぜ。自分に奴隷の印を刻んだ悪い魔女に手を差《さ》し伸《の》べようなんて、底抜《そこぬ》けのお人好《ひとよ》しがいるとはよ！　馬鹿が、あんな落書き残しやがって！」

「黙れ、クソ野郎《やろう》！」

雄叫《おたけ》びをあげて、エイミーはギャリックに向かって突っ込んだ。そんな彼女に対し、ギャリックは右の中指を立てる。そこに輝《かがや》くのはプラチナ色の指輪、支配の指輪だ。

「くだらねえこと書き残すからこうなるのさ——跪《ひざまず》けや！」

　突進していたエイミーの膝《ひざ》ががくんと折れた。恐怖《きょうふ》をその表情に濃《こ》く描《えが》いたエイミーが、ちょうどギャリックの目の前に来たところで片膝をつき、恭《うやうや》しく頭を垂《こうべ》れる。その屈辱的《くつじょくてき》な光景に隼平は息を呑み、ギャリックが瞳を輝かせて呵々大笑《かかたいしょう》した。

「はーははは！　こいつは面白《おもしろ》いことになったぜ。まさか世界中で大人気のスーパーヒロイン様が、指輪一つで奴隷に成り下がるとはな！」

「か、体が……！」

エイミーがどうにか立ち上がろうともがいているのが感じられた。だが叶《かな》わない。彼女の魂《たましい》が己の意にそぐわぬ悪魔の力によって支配され、圧し拉《ひし》がれようとしている。

「エイミー！」

隼平がそう叫んで飛び出したとき、黒い風がすぐ横を追《お》い抜いていった。いったい、いつの間に着替《きが》えたのだろう。巫女装束から忍者装束《にんじゃしょうぞく》にドレスチェンジしていたメリルがギャリックの背後に回り込み、電光石火に忍者刀を振り下《お》ろす。しかし。

「あれ？」

メリルの忍者刀は、ギャリックの肩《かた》にあたった瞬間《しゅんかん》、脆《もろ》くも折れ飛んでいた。そんなメリルを肩越《かたご》しに振り返って、ギャリックが得意そうに云う。

「悪いな。今の俺の体は銃弾《じゅうだん》でも通らないぜ」

そう自慢《じまん》げに云ったギャリックの頬に、隼平の拳がめり込んだのはそのときだ。メリルに気を取られた隙《すき》をついての、不意打ちの一撃《いちげき》だった。手応《てごた》えはあったが、しかし、ギャリックはけろりとしており、目だけを動かして隼平を見ると笑った。

「ぼっちゃん、そんなに死にたいか？」

次の瞬間、隼平は冷気とともに死を感じた。ギャリックの拳が唸《うな》りをあげて隼平の顔面に迫《せま》ってくる。避《さ》けられないのに、それがやけにゆっくりと見える。

——あ、これ死ぬやつだ。

隼平がそう悟《さと》って凍《こお》りついたとき、エイミーのコスモフィストが目の前に割り込んできてギャリックの拳を受け止めてくれた。そのときの凄《すさ》まじい音と衝撃に隼平が度肝《どぎも》を抜かれていると、走ってきたメリルが隼平の腕を引っ張ってギャリックから引き離《はな》した。

「もうなにやってるの、隼平。メリルの不意打ちでもダメだったのに隼平のパンチでどうにかなるわけないじゃん」

「うるせえ。俺だって、エイミーを助けようと思ったんだよ……」

だが逆に助けられてしまった。エイミーのコスモフィストがなければ、隼平は今ごろ三《さん》途《ず》の川《かわ》を渡っていただろう。そのエイミーは今、ギャリックを決死の瞳で睨みつけている。

相対するギャリックは、メリルたちを警戒《けいかい》しつつもエイミーを見下ろして苦笑いだ。

「おいおいエクセルシア。御主人様《ごしゅじんさま》の邪魔《じゃま》をするとはどういう了見《りょうけん》だ？」

「誰が御主人様よ、ふざけんじゃないわよ。だいたい、跪けとしか云われてないわ。あなたの命令の仕方が悪いのよ！」

「おお、生意気な目だ。指輪で支配されてるのに闘志《とうし》を失っちゃいない。生意気だから、てめえの人格をこの世から消し飛ばしてやろうか。支配の魔法《まほう》は、体だけじゃなく心にも命令できるんだろう？　だったら俺の下僕《げぼく》に相応《ふさわ》しい、まったく別の人間にしてやるぜ」

それにはさすがのエイミーも青ざめた。

「やめろ！」

隼平もまた全身で叫んだが、それでギャリックがやめてくれるはずはない。しかし。

「そんなことしたら廃人《はいじん》になっちゃうよ？　おじさんはそれでいいの？」

「なに？」

ギャリックは口を挟《はさ》んできたメリルを胡散臭《うさんくさ》そうに見た。隼平もまた訝《いぶか》しげである。

「メリル？」

「えっとね、メリルね、前に夕映ちゃんと支配の魔法について改めて色々話したの。夕映ちゃんは奥村君を間近で見てるし、楓ちんのことがちょっと心配だったからね。それによると、支配の魔法はたしかに相手の精神面にも命令できるけど、人の心はとってもデリケートだから、相手が本気で嫌《いや》がってることを命令すると、あっさり心が壊《こわ》れて錯乱《さくらん》したり記憶《きおく》の連続性が途《と》切れたりして、自分の身の回りのこともできなくなるんだって」

「……えぐいな」

顔をしかめて怖気《おじけ》をふるっている隼平を尻目《しりめ》に、メリルはなおも滔々《とうとう》と語る。

「それを回避《かいひ》するには心理学をちゃんと勉強して手順を踏むか、奥村君が楓ちんにしたみたいに、人形みたいな別モードを構築するしかないみたい。それでおじさんに質問だけど、おじさんはエイミーちゃんを壊れたロボットみたいにしちゃっていいの？」

「……けっ。どうやらあながち嘘ってわけでもなさそうだな」

「もちろんだよ。メリル嘘つかない。本当、本当。でもおじさんがどうしてもエイミーちゃんを壊すって云うなら、メリルも本気出すしかないよね。どのドレスにしよう？」

メリルは魔法のクローゼットに収められているらしい自分の無数の衣装から、このシーンにもっとも相応しいものを早くも探し始めたようである。だがその必要はなかった。ギャリックがふっと笑って、自分の前に片膝をつくエイミーを見下ろして云う。

「そうだな。たしかに人間、壊れちまったらつまらねえ。反抗的《はんこうてき》な方が楽しいぜ。だからおまえの心に命令するのは勘弁《かんべん》してやらあ」

「……フン。いっそ壊せば？　あなたのいいなりになるくらいなら、その方がマシよ」

隼平は肝《きも》を冷やした。そんな挑発《ちょうはつ》をして、ギャリックがその気になったらどうするのか。しかしギャリックはエイミーの啖呵《たんか》に、肩を揺すって笑っている。

「そうかい。じゃあますます俺はおまえの体にしか命令しないことにするぜ。心はそのまま、俺の命令で悪いことをいっぱいするんだ。するとおまえは俺の隣で憎悪《ぞうお》を募《つの》らせて、俺を強化するブースターになるって寸法だ。どうだ？」

「おまえ……！」

　エイミーの感情が燃え上がるのがわかった。だが体は相変わらず跪いたままである。ギャリックはにやにや笑いながら、エイミーの頭を犬にするように撫《な》でた。

「さてなにを命令してやろうか。夕映を捕まえる作戦はまた改めて考えるとしてだ、とりあえず邪魔になりそうなあの二人、隼平とかいうガキと魔女メリルを、殺せ」

　エイミーは息を呑んだが、その体は心と裏腹に迅速《じんそく》無比だった。立ち上がり、振《ふ》り向《む》きざまに駆け出《だ》して、隼平に真一文字に向かってくる。

「隼平、逃げて！」

　そう叫んだときには、双《そう》のコスモフィストが時間差をつけて放たれた。愕然とした隼平の横で、メリルが光る不思議な手裏剣《しゅりけん》を放つ。

「八《や》つ裂《ざ》き手裏剣！　てやてやてやあ！」

　手裏剣がコスモフィストに激突してその軌道《きどう》を大きく変えてくれたが、エイミー本人はもう隼平の目の前だ。彼女は口元を引きつらせながら、隼平に殴《なぐ》りかかっていた。

「逃げなさいってば！」

「君を置いて逃げられるかよ！」

　隼平はそう叫《さけ》びながら腹を括《くく》った。ギャリックに指輪で支配された状態のエイミーを置いてはいけない。だがどうするか？　エイミーの鉄腕《てつわん》はもう唸りをあげている。

「避けて！」

悲鳴のようなエイミーの叫びとともに、体重の乗った渾身《こんしん》の右ストレートが閃《ひらめ》いた。それを紙一重《かみひとえ》で躱した隼平は、体をぶつけるようにしてエイミーに抱《だ》き着いた。

「えっ！　ちょっと、どこ触《さわ》ってるのよ！」

「暴れるな！　コスモフィストはメリルが引き受けてくれてる！　あとはなんとかこのまま押《お》さえ込んで、ギャリックの命令が届かないところまで引っ張っていけば……」

「あなたに私を押さえられると思う？」

云った傍《そば》からエイミーはジャンプして両足を地面から離してしまう。当然、お尻《しり》から落下することになるのだが、それを隼平は自分の腕力《わんりょく》で支えきれず、エイミーは隼平の拘束《こうそく》から楽々と逃れて自由になると、

「足払《あしばら》い！」

それが警告だと悟った隼平は跳び上がって後ろへ避けた。そこへ体勢を立て直したエイミーが詰《つ》め寄《よ》ってきて素晴らしいハイキックを放つが、隼平はそれも避けた。

ピュウ、とエイミーが口笛を吹《ふ》く。

「よく躱したわ！　でもなんかちょっと悔《くや》しい」

「夏休み中、ソニアと楓さんに揉《も》まれたからな。ていうか、抵抗《ていこう》するなって！」

「指輪で命令されてるから無理！」

時に警告を発し、時に軽口を叩《たた》き合《あ》うのに、エイミーの体の動きは隼平の息の根を止めようと苛烈《かれつ》に動いている。

「隼平、そろそろ本当に逃げなさい！　私にあなたを傷つけさせないで！」

「何度も云わせるな！　君を置いて俺だけ逃げるなんて――」

「むぎゅー！」

そのとき、そんな愉快《ゆかい》な声をあげて忍者装束のメリルが転がってきた。どうやらコスモフィストの一撃をまともにくらって吹き飛《と》ばされたらしい。隼平は思わず目が釘付《くぎづ》けになった。その隙をついて、エイミーがふたたび迫ってくる。今度は、避けられない。

「後ろに跳んで！」

警告の直後、エイミーの蹴りが腹部に炸裂《さくれつ》し、隼平は大きく後ろへ吹き飛ばされて転がった。凄《すご》い音がして、実際、想像を絶する痛みと衝撃《しょうげき》に息もできないくらいだ。咄嗟に自分で後ろへ跳んで衝撃を逃がさなかったら内臓が破裂《はれつ》していたかもしれない。

――なんて蹴りだよ。警告があって助かった。でも駄目《だめ》だ、立てねえ！

立って次の攻撃《こうげき》に備えねばやられるとわかっているのに、浅い呼吸を繰《く》り返すばかりで体を御《ぎょ》しきれない。プロの格闘家《かくとうか》だってこういうときはテンカウントの猶予《ゆうよ》がもらえるのだから、隼平だって回復する時間がほしかった。けれど時間を置かずにコスモフィストが飛んでくる。あの強力無比な魔法の手が、隼平の頭を鷲掴みにしようとする。

頭を柘榴《ざくろ》のように握り潰されるのかと隼平が覚悟《かくご》したそのとき、隼平を抱えて、掻《か》っ攫《さら》うように助けてくれたのがメリルだった。

「……メリル！」

忍者メリルが助けてくれた。そのことにほっとしつつも、隼平は急いで云う。

「俺のことはいいからエイミーを――」

隼平の言葉は途中《とちゅう》で消えてなくなった。こちらを向いたメリルの、その瞳が、いつもの紫《むらさき》ではなく、火を点《とも》したように赤くなっていたからだ。

「……おまえ、それ、レッドゾーンか？」

「エイミー殿《どの》の記憶でトリクシーとの一戦を見たでござるな？　さればわかっているはず。今の拙者《せっしゃ》はメリルにあってメリルにあらず。別人でござる」

メリルは着る服によってスタイルの変わる魔法使いだ。だが普通《ふつう》に着替えただけでは、衣装の力を完全には引き出せないらしい。完全に引き出すには、そのドレスに相応しい人格になりきる必要があり、それはほとんど二重人格に近いと云う。

「レッドゾーンに入ったってことは……悪夢だ。メリルが本気だ」

「いかにも本気。そうでなければ切り抜けられぬ、逃げ切れぬ」

「逃げる？　今、逃げると云ったのか？　エイミーを置いて俺たちだけで？」

「左様。一度退いて体勢を立て直すでござる」

隼平は忍者メリルの判断に頭が真っ白になった。一方、エイミーは笑っている。

「いい判断だわ！　さっさと逃げて！」

そう云いながらも、指輪に命令されているエイミーは攻撃の手を緩《ゆる》めない。双のコスモフィストが飛び掛《か》かってくるのを見たメリルは、隼平をまるで荷物のように肩に担《かつ》ぐと、

「メリル忍法《にんぽう》、大地転覆《てんぷく》！」

いつもより武張った声でそう云って、メリルが足元の地面を力いっぱい踏み抜いたその瞬間、大地が傾《かたむ》いた。いや、現実にそんなことが起こるはずはない。ただこの場にいる全員の錯覚《さっかく》として、地面が斜《なな》めに傾いてしまったように感じる魔法がかかった。

「おっ、ととと……！」

エイミーがその場で体を泳がせ、片膝をつく。ギャリックもまた体勢を崩《くず》していたが、彼は苛立《いらだ》たしそうに叫んだ。

「ちっ！　逃がすんじゃねえぞ、エクセルシア！」

「……ギャリック。エイミー殿のことはしばしお主に預けおく。無体《むたい》なことをすればお主

の屍《しかばね》に血の雨が降ると知れ。そしてエイミー殿、必ず助けにくるでござる」

「……期待しないで待ってるわ」

「しからば御免！」

そしてメリルは隼平を肩に担いだまま高々と跳躍《ちょうやく》し、鳥のように飛んで総門の屋根を蹴り、廃寺《はいじ》の外へ向かってもう一度跳躍する。そんなメリルに担がれている隼平は、エイミーが遠ざかっていく事実に、自分の宝物が掴み取《と》られるような悔しさを味わっていた。

「メリル、頼《たの》む、戻《もど》ってくれ……」

「お断りでござる」

「なんでだよ。いつもならノリと勢いで適当に行動するくせに！」

「今の拙者は別人でござるからな。スーパー忍者らしく冷静沈着《ちんちゃく》に判断するでござるよ。エイミー殿は強い。正面から戦ってはとても敵《かな》わぬ。そこにギャリックが加わり、隼平殿を守りながらとあっては、拙者はともかく隼平殿が命を落とすかもしれんでござるよ」

「うっ！」

その言葉は、未《いま》だかつてないほど隼平の心を深く深くえぐった。

「それは、つまり、俺がお荷物ってことか……」

メリルはそれを肯定《こうてい》も否定もしない。それが優《やさ》しく、また残酷《ざんこく》でもある。今こうしてメリルに担がれて逃げている現状が、隼平の現在地をはっきりと示しているのに。

「だったら、俺なんか……」

「顧《かえり》みるなと云いたいでござるか？　それで本当に死んだらどうするでござる？　楓殿《どの》たちの肉体から奴隷《どれい》の刻印を消すという誓いの行方《ゆくえ》は？」

もはやぐうの音《ね》も出ず、隼平は完全に黙《だま》ってしまった。そのあいだもメリルは風に飛ばされる木の葉のように舞《ま》い、猿《ましら》そこのけの勢いで飛ぶように走り、山野《さんや》を駆け下《くだ》っていく。

エイミーは追ってこない。ギャリックの本来の目的は夕映であるし、隼平たちを仕留めるという命令はひとまず撤回《てっかい》されたのかもしれない。

事ここに至って、隼平は暗い目をしてぽつりと云った。

「エイミーからもらった魔力は、今もまだ俺のなかで渦巻《うずま》いてるんだ。凄い力を感じて、なんでもできそうな気がしたのに、なんにもできなかった……」

「落ち込んでいる暇《ひま》はござらん。仕切り直しでござる。ソニア殿の協力も仰《あお》いでエイミー殿を救出する作戦を立てるでござるよ。それとも諦めるでござるか？」

そう迫られて、隼平の瞳に光りが戻った。諦めるかだって？

「そんなことはありえない。エイミーは必ず俺が助ける。あのギャリックとかいうクソ野郎をぶちのめして、支配の指輪から解放する！」

隼平は顔を上げ、メリルに担がれているのが厭《いや》で暴れ始めた。そのときだ。

「それでこそメリルが見込んだ隼平だね！」

「えっ？　メリル、おまえ――」

「舌、噛むよ」

その警告の直後、忍者メリルはひときわ高く跳び上がり、舗装《ほそう》された路面に着地した。そこに駐《と》まっていた黒いセダンの傍に転がされた隼平は、運転席で目を丸くしている夕映を尻目に、すぐさま立ち上がってメリルを見た。メリルの瞳は紫色《むらさきいろ》に戻っている。

「もとに戻ったのか、メリル」

「うん。忍者ちゃんはわりとまともな方だからね。ちゃんと自主的にレッドゾーンを解除してくれるの。これが悪の女幹部ちゃんだったりすると、あっちの人格が肉体の明《あ》け渡しを拒《こば》んで、魔力切れを起こすまでメリルが戻ってこれなくなっちゃったりするんだけど」

そのとき慌《あわ》てた様子で運転席から降りてきた夕映が声をあげた。

「メリルちゃん！　いったい、どうなった？　エイミーは？」

「ギャリックに捕まっちゃったので救出作戦を考えるメリル。ねえ、隼平？」

「ああ、もちろんだ。このままでは終わらせない。躓《つまず》いたなら立ち上がるだけさ」

第五話　真なる王の指輪

次の日の朝、隼平《じゅんぺい》が制服に着替えたところで、ソニアが部屋を訪ねてきた。

「おはようございます、隼平さん」

「よお……」

昨夜、隼平たちは遅《おそ》まきながらソニアに窮状《きゅうじょう》を打ち明け、学生寮《がくせいりょう》一階のエントランスにあるテーブルスペースにてエイミー救出の作戦を立てた。作戦の大略が固まったところで夜も更《ふ》け解散となり、悔しさでまんじりともできぬ一夜を過ごして、今が月曜日の朝だ。

「ひどい顔をしてますわね。きちんと眠《ねむ》るように云ったはずですけれど」

「ちょっとは眠れたよ」

そう力なく答えた隼平に相槌《あいづち》を打ち、ソニアは自分の携帯《けいたい》デバイスを突《つ》きつけてきた。

「向こうに先手を打たれました。宣戦布告ですわ」

突然《とつぜん》のことに目を白黒させる隼平の見ている前で、ソニアがユニチューブにアップされている動画の再生を始めた。東京の映像だ。空の色、通勤通学途中の人々、まだシャッターの上がっていない店舗《てんぽ》が多くあることから、時間帯は早朝だろう。

「つい三十分ほど前に投稿《とうこう》されましたの」

ソニアがそう補足したとき、動画にエイミーとギャリックが肩を並べて登場した。

「よお、みんな。俺はギャリック、アメリカじゃちょいと名の知れた悪党さ。よくニュースになってるから、日本の奴《やつ》らも知ってるよな？　そしてこいつはエクセルシア。みんなが大好き、正義のスーパーヒロイン様だ。アメリカじゃ何度も激しくやりあった俺たちだが、日本では手を組むことにした。目的はなにかって？　それはYちゃんさ」

隼平は驚きに包まれつつも、動画の意図が見えてきて、思わず獅子《しし》のように唸った。

「Yちゃん……夕映さんのことか」

「ええ。名前をぼかしたのは、警察が先に彼女を確保するのを嫌ってのことでしょう」

果たして映像のなかのギャリックは、執念深《しゅうねんぶか》そうな顔をして云う。

「Yちゃん。俺はおまえを諦めちゃいねえ。なにがなんでも追い詰める。たとえばこんな風にな――エクセルシア」

ギャリックはそう云って、とあるビルを指差した。見たところ建設中のもので、まだ朝早いせいか、工事が始まっている気配はない。

「ぶっ壊してこい」

そのときエイミーの表情が引きつったが、指輪の支配には逆らえない。彼女は回れ右して建設中のビルに向き直ると、右のコスモフィストを鉄球ほどに巨大化させた。

「おいおいおい……よせよ」

だがこれはライブ配信ではない。もう起きてしまったことなのだ。果たしてエイミーのコスモフィストが暴虐《ぼうぎゃく》を始めた。建設途中の高層ビルを、殴り、壊し、倒《たお》していく。物凄《ものすご》い音がして、異変を察知した人々が悲鳴をあげて逃《に》げ出したり、携帯デバイスを構えて撮《さつ》影《えい》したりする。正義のヒロインが悪に与《くみ》した瞬間が、決定的に撮《と》られていた。

それから数分後、鉄屑《てつくず》の山を背景にギャリックが得意顔で云う。

「とりあえず人が死なねえ配慮《はいりょ》はしてやった。脅《おど》しってやつには段階があるからな。今日はこのくらいにしておいてやる。だがこれでおまえが戻ってこなけりゃ、明日はもっとひでえ。わかったら早く戻ってこい。てめえの素敵《すてき》な工房《こうぼう》で待ってるぜ、Yちゃん」

動画はそこで終わりだった。麻痺《まひ》したように動けないでいる隼平に、手首を返して携帯デバイスの画面を自分の方に向けたソニアが云う。

「この一件はもうニュースになっていますわ。世間の反応、御覧《ごらん》になります？」

見るまでもないと思ったが、それでもソニアの携帯デバイスを借りて各種ＳＮＳに目を通すと、やはり怒《いか》りと戸《と》惑《まど》い、そして騒動に便乗する悪意で溢れかえっていた。日本中、いや世界中が、エクセルシアの突然の変節に騒然《そうぜん》となっていた。これ以上見たくなくて目を閉じると、ソニアが隼平の手からそっとデバイスを取り上げて云った。

「月並みな言葉ですが、信頼《しんらい》は積み上げるのに時間がかかるのに、崩れるのは一瞬《いっしゅん》ですのね。さりとて、支配の魔法によって強制されているなどということは明かせません」

だからエイミーの名誉《めいよ》をどう回復すればいいのか、今は見当もつかない。

「それともう一つ、近藤《こんどう》先生から連絡《れんらく》ですわ。登校次第《しだい》、レッドルームに来るようにと」

「そうか……近藤先生にとって、この件は青天《せいてん》の霹靂《へきれき》だよな」

「ええ、なにも御存じないはずですわ。ですからエクセルシアを追わせていた隼平さんに念のため話を聞いた上で、例のミッションの中止を命じることでしょう。ですが——」

「この件を他人任せにする気はない。俺はこの手でエイミーを助けたいんだ」

隼平が雄々《おお》しく宣言すると、ソニアがふっと嬉《うれ》しそうに笑った。

「そうですわね。あのギャリックなる男は支配の魔法に手を出したのです。これを解決するのは勇者の末裔《まつえい》としての、わたくしの使命ですわ。協力してさしあげます。まあわたくしとメリルさんでカバーに入れば、隼平さんでもなんとか戦えるでしょう。たぶん」

「ありがとう、ソニア！」

隼平が感極《かんきわ》まって思わずソニアを抱きしめると、ソニアはたちまち赤くなった。

「ちょ、ちょっと、駄目ですわ！　こんな、朝から……と、とにかく学校には行きましょう。近藤先生の呼び出しを無視すると、あとあと面倒《めんどう》ですもの」

◇

近藤教諭《きょうゆ》にエクセルシアのことは忘れるよう云い渡《わた》されたのは予想通りだった。その場では了承《りょうしょう》した隼平だったけれど、授業が終わるやソニアと二人で学校を飛び出したのは云うまでもない。学校の近くまで夕映の車が迎《むか》えに来ており、助手席にはメリルもいた。

「乗って乗って」

メリルはなんてことのないカジュアルスタイルだった。隼平たちが後部座席に乗り込むや、夕映が車を発進させる。目指すは昨夜、はがゆくも撤退《てったい》するよりなかったあの廃寺。かつてトリクシーが造り上げ、夕映が引《ひ》き継《つ》ぎ、そして今夜はギャリックがエイミーを従えて待ち構えるあの伏魔殿《ふくまでん》である。その道中、会話の先鞭《せんべん》をつけたのはソニアであった。

「一つ質問ですが、夕映さん、あなたの工房、余人を巻き込む可能性はありますの？」

「ない。あの寺の付近は過疎地《かそち》になっている。だから潰《つぶ》れたんだ。トリクシーが自分の工房にしようと目をつけたのも人が来ないからだろう。私にとっても楽園だった」

「なるほど。ならば周りを気にしなくて済みそうですわ。それで作戦ですが――」

するとハンドルを切っている夕映が、ソニアの言葉を待たずにすらすらと云う。

「昨夜の話だとこうだ。女性に強い隼平がエイミーを引き受け、そのあいだに君とメリルちゃんがギャリックを倒して指輪を奪《うば》い、エイミーを解放する。向こうの狙《ねら》いは私だから、状況《じょうきょう》に応じて私を上手《うま》く囮《おとり》に使ってくれればいい。オーケー？」

「俺はオーケーです」

隼平は意気込んでそう云ったが、ソニアの方は口元に指をあてて思案顔である。

「隼平さんがエイミーさんを相手にするというのが甚《はなは》だ不安ではありますが、男性に対しては無力でも女性に対しては無敵というのがエロ魔法ですからね……」

「ああ。エイミーが相手ならオーバーフィーリングで動きを封《ふう》じるくらいできると思う」

「それでも、かなりのリスクを伴《ともな》いますわよ？」

「わかってる。だからオーバーフィーリングでまともに動けないうちに、ロード・オブ・ハートを使ってエイミーから魔力《まりょく》を吸い取ろうと思う」

するとソニアが唇《くちびる》を歪《ゆが》めて、なんとも云えぬ刺々《とげとげ》しい薔薇《ばら》の笑《え》みを浮《う》かべた。

「それはキスで、ということですの？」

「う、うん。まあ……」

　隼平がちょっと気後《きおく》れしつつも肯定すると、夕映がうっそりと云った。

「エイミーの魔力は無限に等しい。多少吸ったところで焼け石に水だと思うがな」

「でも体や心の繋がりが深ければ深いほど、一度に移動する魔力量が大きいって話ですから。エイミーとは仲良くなったし、信じてやるしかないですよ」

「つまりエイミーさんとは、もう心が通じ合っているという自信がおありですのね」

　ソニアの言葉がますますの雷雲《らいうん》を孕《はら》んできて、隼平は思わず目を泳がせた。そこへメリルが助手席から隼平たちを振り返ってのんきに云う。

「やったね、隼平！　エイミーちゃんのことは任せたよ！　ソニアちゃんも怒《おこ》らないの。危ないのは隼平なんだし、別にいいじゃん」

「よくありませんわ。隼平さんが危ないのも、エイミーさんといちゃいちゃするのも、全然まったくよくありません。でも……」

　ソニアはそこで言葉を切ると、メリルを睨《にら》んでいた瞳《ひとみ》で隼平を悔しそうに見た。

「でも実際のところ、ほかに手はありませんわね。四人しかいませんし」

「そうだ。云っておくけど、そっちはそっちで大変なんだぞ。ギャリックを倒して指輪を奪う。しかもあいつは憎《にく》まれるほど強くなるから、怒りや敵意を向けないで、聖人みたいな心で最後まで戦わなくちゃいけない。完璧《かんぺき》にやれるか？」

するとソニアは表情を一変させ、得意そうに微笑《ほほえ》んだ。

「ふふん。誰《だれ》にものを云っていますの？　わたくしは勇者の末裔にしてレッドハート・ブレイブ所属、スーパーエリートのソニア・ライトフェローですわ」

「うんうん。ソニアちゃんと二人なら、きっとなんとかなるメリル」

「ははっ、頼もしいぜ。いや、マジで」

隼平はちょっと笑ったけれど、すぐにまた暗い顔をしてしまう。ギャリックは敵意や憎悪を浴びて自己強化する特性を持っているから、たとえばＡＩ制御《せいぎょ》の無人兵器が相手だったら、ひとたまりもないだろう。逆に憎しみを向けてくる相手にはめっぽう強い。

「隼平さん、なにを考えていますの？」

「そりゃ、エイミーのことだよ。エイミーにとってギャリックは親の仇《かたき》だ。憎んで当然、相性《あいしょう》が悪かったなって。そしてそんな仇敵《きゅうてき》にいいように使われた挙げ句、ソニアたちにギャリックを倒されてしまったとしたら、エイミーは、胸の裡《うち》の憎しみをどうするんだろう。俺たちはエイミーをもちろん助ける。絶対に助ける。でも、彼女の心は……」

やるせなさに体が震《ふる》えたそのとき、ソニアが隼平の手にそっと自分の手を重ねた。

「隼平さん。それは全部が終わってからにしましょう」

「……そうだな。今はとにかく、エイミーを助けなきゃ」

その先のことはそれからである。

……。

日没《にちぼつ》と同時に夕映の運転する車は例の山の麓《ふもと》までやってきた。四方を緑に囲まれた恐《おそ》るべき僻地《へきち》だ。車を降りた隼平は、深山の味わい深い空気を呼吸して云った。

「東京から車で数時間でこんなところに来るとはね……」

「素晴《すば》らしいだろう。ここに工房を構えてからの私は幸せだった。しんちゃんと楓《かえで》がたまに訪ねてくるほかは誰も来ない、大自然に囲まれた私の聖域だったのだ」

したたるような笑みを浮かべてそう語る夕映に、隼平はちょっと口元を引きつらせた。

「だけどあの寺、すごく不気味でしたよ。よくあんなところに一人で住んでましたね」

「そうか？　風情《ふぜい》があっていいと思うんだが……」

そんなことを話していると、ソニアが声をかけてきた。

「さて、今から勇者の武具を召喚《しょうかん》いたします。初代勇者のアルシエラが女性であったため、鎧《よろい》は女性用かつ裸《はだか》で着用するのが正式ですの。服の上から着用することもできますが、その場合、着心地《きごこち》が悪くてパフォーマンスが低下しますからね。ですから隼平さん……」

「わかってる、見ないよ。おまえがいいって云うまで振り向かない」

「結構《よろしい》」

ソニアは満足そうに微笑むと、車の傍に行ってそこで服を脱《ぬ》ぎ始めた。脱いだ服は車の後部座席に畳《たた》んで置き、どうやら裸になると、勇者の武具を召喚する呪文《じゅもん》を唱え始める。

そんなソニアの様子を見ないよう努力していた隼平に、メリルが話しかけてきた。

「気になるよね、隼平？」

「ああ……って、それよりおまえは着替えなくていいのか？　ただのカジュアル・コーディネートだと、これといった魔法は使えないんだろう？」

「そうだけど、どんなお洋服にするかは、向こうの出方を見てからにしようと思うの」

ふうんと隼平が相槌を打ったとき、呪文が終わり、大気が鳴動《めいどう》した。そして。

「もうよろしくてよ」

その言葉に振り返《かえ》ると、青き勇者の鎧と盾《たて》を装備して聖剣《せいけん》オーロラスパークを手にした完全武装のソニアが立っていた。ソニアは隼平の視線を受けて微笑んだあと、山の奥《おく》へと続く朽《く》ち果《は》てた階段を見上げて云《い》う。

「ここを上っていった先が、夕映さんの工房となっている廃寺ですのね……」

「そうだ。そこでギャリックとエイミーが私たちを待っている。準備はいいか？」

夕映の言葉に隼平とソニアが頷《うなず》き、そしてメリルが元気に腕《うで》を突き上《あ》げる。

「おー！　というわけで出発メリル！」

　そんなメリルを先頭に、一行は日も落ちて薄暗《うすぐら》い山道を上り始めた。隼平が黙々《もくもく》と足を動かしていると、夕映が隣《となり》について話しかけてくる。

「怖《こわ》いか、少年？」

「……正直、少し。でも人間、勇気を失ったらおしまいなんで、がんばります」

「ふふっ、そうか。では一ついいことを教えてやろう。ギャリックの狙いは私だ。つまり私に対しては苛烈な攻撃はできない。いざとなれば、私を盾にするがいい」

「いや、女性を盾にして戦うくらいなら死んだ方がましなので」

「ほう、口だけは一丁前だな。あとは実力が伴うといいな」

「励《はげ》ましてるのか挑発してるのか、どっちですか」

　そんなことを話しているあいだに、寺の総門が見えてきた。昨夜は撤退するよりほかになかったけれど、今夜はソニアがいる。夕映もいる。

　――エイミー。丸一日待たせてしまったが、今度はきっと。

　そうして門をくぐると、寺の本堂の前にエイミーが立っていた。昨夜別れたときのまま、エクセルシアとしての衣装を身に着けている。それがいかにもつらそうな顔だ。

「隼平……」

「エイミー！」

隼平はエイミーに向かって飛び出そうとしたが、それを片腕《かたうで》で制した夕映が前に出た。

「やあ、来たぞ。エイミー。ギャリックはどこだ?」

「夕映さん、どうして来てしまったの?」

「見捨てることなどできないさ。それでギャリックは? 私に用があるんだろう。ならば君ではなくギャリック自身が出迎《でむか》えるのが、礼儀《れいぎ》というものではないのか!」

夕映がそう声を張り上げると、空の上から笑い声が降ってきた。見上げれば、本堂の屋根の上にギャリックが立っている。

「よお、やっと会えたな、夕映。待ってたぜ。そして魔女《まじょ》メリル、昨夜のぼっちゃんと、あと一人は誰だ? 見ない顔だな」

するとソニアが勇ましく声を張り上げた。

「クリミナル・ウィザード、ギャリック! 大人しくエイミーさんを解放し、武装解除して縛《ばく》につきなさい! さもなくばこのソニア・ライトフェローがあなたを倒します!」

「そう云われて大人しくお縄《なわ》につく悪党がいるかよ。夕映、一人では来なかったんだな」

「狼《おおかみ》の口に飛び込もうというのだから、護衛くらいつけるさ。なにか問題でも?」

「いや、ない。よかったぜ。一人で来てもらっちゃ、がっかりだからな」

「がっかり……?」

皮肉が通じず小首を傾《かし》げた夕映に、このときエイミーが必死の目をして声をあげた。

「夕映さん、夕映さん！　指輪のせいでなにも云えない！　だけどお願い、わかって！」

そんなエイミーの様子を見て、隼平はわけもなく不吉《ふきつ》な予感に駆《か》られた。だがそのときにはもう、夕映は怪訝《けげん》そうな顔をして、一歩前に出ている。

「エイミー、いったいどうした……」

しかしそのたった一歩に、奈落《ならく》への落とし穴があったのだ。

「エクセルシア、夕映を殺せ」

ギャリックの号令一下、銃弾《じゅうだん》のような速度で放たれたコスモフィストが夕映の腹部で炸裂した。凄い音がした。放物線を描《えが》いて嘘《うそ》みたいに吹き飛び、地面に叩きつけられてバウンドする夕映を、隼平たちは呆気《あっけ》に取られて見ていることしかできなかった。

「ああっ！」

痛々しい悲鳴をあげたエイミーが、それでも夕映の息の根を完全に止めようとしてか足を前に踏《ふ》み出す。そこへいち早く立ち直ったソニアが横から魔法を放った。

「エアリアル・ロアー！」

凄まじい風の咆哮《ほうこう》がエイミーを吹き飛ばした。エイミーは咄嗟《とっさ》に巨大化《きょだいか》させたコスモフィストの両手で自分を包み込み、敷地《しきち》の片隅《かたすみ》へ叩きつけられつつもコスモフィストのなかから無傷で出てくる。しかし、距離《きょり》を稼《かせ》げたのだ。その隙《すき》に隼平は夕映に駆け寄り、片膝《かたひざ》をついて夕映を抱き起《お》こした。無残な死に顔を見ることになるのではないかと覚悟していたが、嬉しいことに夕映は目を開けてくれた。隼平は顔を輝《かがや》かせて叫ぶ。

「生きてる！　生きてるぞ！」

「ふふっ。楓のときに使った形代の魔道具がまだ残っていたんで、そっちにダメージを移したのだ。だが威力《いりょく》がありすぎて、いくらか跳《は》ね返ってきた……」

楓のときも、楓の意識を切断する魔法が夕映の想定した威力を超《こ》えており、しばらく意識不明になっていたのだと云う。つまりそのダメージを肩代《かたが》わりさせる形代には一定のキャパシティが設定されており、それを超過《ちょうか》するダメージは夕映本人に行くのだろう。

「さすが夕映ちゃん。今ので死なないなんて、メリルのお友達なだけあるね！」

「軽口を叩いている場合ではありませんわ！」

駆けつけてきたソニアが振り向きざまに盾を構えると、夕映を狙ったエイミーのコスモフィストと勇者の盾がぶっつかった。踏《ふ》ん張って跳ね返したのは、さすがソニアである。だがこのままでは危ない。混乱しつつも隼平は夕映に話しかけた。

「夕映さん、立てるか？」

「無理だ。めちゃくちゃ痛い。死ぬかも……」

実際、命があっただけでも僥倖《ぎょうこう》である。今すぐソニアに回復魔法《まほう》をかけてもらいたいところだが、ソニアは既《すで》にエイミーと相対している。そしてメリルは、本堂の屋根の上から高みの見物を決め込んでいるギャリックに向かってのんきそうに叫んだ。

「ねーえ！　どうしてこんなことするの？」

「そ、そうだ！　なぜ……」

隼平は夕映を抱きかかえたままギャリックを睨みつける。

「おまえの目的は支配の魔法を我《わ》が物とすることじゃなかったのか！　そのために夕映さんの技《わざ》と知識が必要で、だから夕映さんが新しく作った奴隷の首輪を使って彼女《かのじょ》を支配下に置こうとしたんだろう！　それがどうして、殺そうと……」

「話が変わったんだよ、ぼっちゃん」

ギャリックはそう云うと本堂の屋根から飛び降りて軽々と着地を決め、激しくぶつかりあうソニアとエイミーの横を通《とお》り抜《ぬ》けて、悠然《ゆうぜん》たる足取りで隼平たちに近づいてきた。

「隼平さん、メリルさん！　そっちに行きましたわよ！」

そう叫ぶソニアにはギャリックを止める余力がない。もう既にエイミーと竜巻《たつまき》のように争っていて手一杯《ていっぱい》なのだ。ギャリックはにやりと笑うとこう云った。

「エクセルシア、その金髪《きんぱつ》の女をきっちり殺す気で戦え。だが隙があれば夕映を狙え」

その言葉にソニアとエイミー、双方《そうほう》の顔が引きつった。これでソニアは夕映を守ることを意識しながらエイミーと戦わねばならなくなったのだ。

「魔女メリル。あっちの青い鎧のお嬢《じょう》ちゃん、夕映を守りながらエクセルシアの相手をするのは、荷が重そうだぜ。加勢してやったら、どうなんだ？」

「わたくしのことは構いません！　メリルさんは隼平さんと夕映さんを！」

「おお、健気《けなげ》だねえ。だがそれが命取りだな！」

その煽《あお》り文句は、隼平の胸に不安を植えつけた。ソニアは強い。本気になればエイミーが相手でもそう簡単に負けるとは思えない。しかし手加減の苦手な彼女が本気になるということは、殺す気でかかるということである。指輪で操《あやつ》られているだけのエイミーを相手にそれができるとは思えない。となるとソニアは、苦しい戦いを強《し》いられるだろう。

メリルもそれがわかっているはずだが、彼女はギャリックにしつこく訊《たず》ねた。

「ねえ、どうして？　夕映ちゃんが欲《ほ》しいんじゃなかったの？」

「ほしいさ。だがもっといいものを見つけちまったからな。指輪でエクセルシアから全部聞いた。ぼっちゃん、おまえ、魔王《まおう》の生まれ変わりで支配の魔法の大本《おおもと》らしいな」

そのとき心臓を鷲掴《わしづか》みにされたような愕《おどろ》きが隼平を襲《おそ》った。一瞬、息が止まった。

「お、おまえ、まさか……！」

震え上がった隼平を見るギャリックの目は冷たかった。人間であるはずの隼平を、狩《か》りの獲物《えもの》のように見ている目だ。

「情報はいくらあっても困らねえ。だから支配の魔法に関することを中心に、エクセルシアにはあいつが知ってることを洗いざらい喋《しゃべ》らせた。そのなかにおまえのこともあったのよ。おまえ、今はまだ支配の魔法を使えないらしいが、そのうち到達《とうたつ》するんだよな。だったら夕映よりおまえを手に入れた方がいいだろう？　指輪で支配してやるぜ」

「標的を、俺《おれ》に切《き》り替《か》えたってことか……」

人を平気で手に掛ける筋金入りの悪党に目をつけられた。その恐ろしさを初めて我が身《み》で味わっていた隼平だったが、そのときソニアがエイミーに盾ごと殴《なぐ》り倒され、尻餅《しりもち》をついたのを見てはっとなった。エイミーがソニアに襲い掛かりながら悲痛な声で叫ぶ。

「本気を出しなさい、ソニア！　あなたこのままじゃ私に殺されるわよ！」

「そうですわね。わたくし、手加減は苦手ですの。でも命を奪うわけにはいきません。いきませんから、ここは大人しく気絶なさい！　ショックウェーブ・パルサー！」

そう叫びながら立ち上がったソニアが盾を前に出し、輝く衝撃を放つ。まるで盾そのものが光りを放ったかのようなそれは、エイミーを傷つけることなくただ意識のみを奪おうという魔法だった。だがエイミーは咄嗟に後退しながら、目の前に巨大化したコスモフィストをかざす。それだけで、ショックウェーブ・パルサーを完璧に遮断《しゃだん》してのけた。

「な……！」

目を瞠《みは》るソニアに、コスモフィストを下ろしたエイミーが悲しそうに云う。

「コスモフィストは魔力の塊《かたまり》だから、盾として使えば物理も魔法も防げるの。あなた色んな魔法が使えるみたいだけど、単純なパワーじゃ私の方が上よ。だからコスモフィストを破れない。例外があるとすれば、たぶんその剣《けん》ね。不思議な力を感じるわ」

「聖剣オーロラスパーク……ですがこの剣を振《ふ》るえば、本当にあなたを……」

ためらうソニアに、二つのコスモフィストが時間差をつけて飛び掛かった。片方はグーで、もう片方はパーだ。殴られるより掴《つか》まれる方が厄介《やっかい》と判断したのか、ソニアはパーの方を切り払《はら》い、グーの方は甘《あま》んじて受けた。鎧越《よろいご》しの衝撃にソニアが呻《うめ》き声《ごえ》をあげたところへ、エイミーが掴みかかっていく。

「私を舐《な》めないで！　そう簡単に殺されたりしない！　それに、私、隼平の三号さんになっちゃうかもよ？　そう思ったらぶっ飛ばしたくならない？」

「なりますけど、だんだんあなたのことが好きになってきましたわ！」

エイミーは目を見開き、微笑んだ。

「あなたって馬鹿《ばか》ね！」

そしてエイミーの鉄拳《てっけん》とソニアの盾がぶっつかった。そんな二人の姿を見て、隼平もまた腹を括《くく》った。どのみち、当初の作戦はもう崩壊《ほうかい》している。ならば道は一つだ。

「メリル、作戦変更《へんこう》だ。ソニアの援護《えんご》に入れ。ギャリックは俺がやる！」

「うーん、それだと隼平、死ぬかもよ？」

「なに、殺されやしないさ。こいつには俺が必要なんだから」

「そうだな。両膝《りょうひざ》を砕《くだ》いて二度と歩けなくしてやるくらいで勘弁《かんべん》してやろう」

「ははは……」

隼平は思わず笑ったが、ギャリックはにこりともしない。本気なのだ。本気で隼平を半殺しにして、その首に奴隷の首輪を嵌《は》めて下僕《げぼく》とするつもりなのに違《ちが》いない。それでも。

「ソニアとエイミーが傷つけあうなんてまっぴらだ。だからメリル、俺はいいからソニアを助けろ！　エイミーが相手なのに、夕映さんを庇《かば》いながらじゃさすがにやられる！」

「おお、隼平、偉《えら》い！　男の子！　じゃあがんばってね！　変身！」

メリルが右腕《みぎうで》を天に向かって真っすぐ伸《の》ばし、着替《きが》えの魔法を発動させた。西部劇に出てきそうなガンスリンガー・スタイルとなったメリルは、腰《こし》のホルスターから二挺《ちょう》のリボルバー拳銃《けんじゅう》を抜き放ち、ソニアとエイミーが戦っているところへ向かって走っていく。

「バンバン、バーン！」

そんな掛け声とともに行われた素早《すばや》く的確な射撃《しゃげき》が、エイミーのコスモフィストを狙い撃《う》った。魔法の弾丸《だんがん》はそれ自体が通じなくとも、衝撃《しょうげき》でコスモフィストの軌道《きどう》を変えることはできる。ソニアの援護としては実に的確な衣装を選んだと云えるだろう。

そして隼平は夕映を巻き込んではいけないと思ってその場に残し、ソニアたちからも離《はな》れた場所へ向かって走り出しながら、ギャリックに向かって啖呵《たんか》を切った。

「こっち来いよ！　追ってこい！　俺が目的なんだろう？」

「ははは、いいぜ。男同士の勝負と行こうじゃねえか、ぼっちゃん！」

ギャリックが笑いながら大股《おおまた》で隼平に詰《つ》め寄《よ》ってくる。隼平は庫裏《くり》の前までやってくるとそこで振り返った。目を爛々《らんらん》と輝かせたギャリックが、もう意外なほど近くにいる。

――メリルとソニアがエイミーに勝てる保証はない。絶対勝てるなら逃げ回《まわ》って時間を稼げばいいけど、負けるかもしれない。でも俺がこいつを倒して指輪を奪えば、エイミーを止められるしソニアもメリルも助けられる！

幸い、勝算がないわけではない。ギャリックは隼平を殺すわけにはいかないのだから、ある程度の手加減はするはずだ。そこに付け入る隙がある。

「……決死の覚悟《かくご》で、やるしかないよな。やるしか！」

隼平は大きく息を吸い、今度は一転して自分からギャリックに向かって踏み込み、顎《あご》を狙ってパンチを繰《く》り出《だ》した。が、あっさりと躱《かわ》され、ギャリックは微笑んだ。

「まっすぐすぎるなあ。パンチってのはこう打つんだよ」

次の瞬間《しゅんかん》、蹴《け》りが来た。拳《こぶし》が来ると思っていた隼平は完全に読みを外され、左の太腿《ふともも》に叩《たた》き込まれたキックの衝撃に大きく顔を歪めた。

「手加減してやったぜ、ぼっちゃん。おまえ、あんまり喧嘩《けんか》したことないだろ」

「うるせえ……！」

手加減されただけあって、歯を食いしばって立っていることはできた。だが左脚《ひだりあし》は痺《しび》れている。その痺れが取れるまでの時間稼ぎにと思って、隼平は噛《か》みつくように訊ねた。

「指輪と首輪で人を奴隷にして、その先はどうするつもりだ？」

「先のことなんて知らねえよ。この世で一番偉くなりたい。邪魔《じゃま》するやつはぶっ殺す。俺はいつも、それだけさ」

「おまえ……！」

殺気立つ隼平をせせら笑って、今度はギャリックが訊ねてきた。

「そういうおまえはどうなんだ？　せっかく魔王の力を持って生まれてきたんだろ？　その力で帝王《ていおう》になろうとは思わねえのか？」

「思わん！」

あまりの怒りに声が大きくなった。奥村《おくむら》の操り人形《にんぎょう》となっていたことを知った楓がどれだけ傷ついたか。支配の魔法で望まぬ戦いを強いられているエイミーの苦しみはいかばかりか。そしてトリクシー。すべての元凶《げんきょう》となった彼女だが、その過《あやま》ちの大本が前世の自分の行いにあるのだとしたら、自分は後始末くらいしてやるべきではないだろうか。

「俺は、いつかエイミーたちの体から奴隷の刻印を消し、すべての指輪を、ぶっ壊《こわ》す！」

「……気に入らん。実に気に入らん答えだぜ、ぼっちゃん」

次の瞬間、ギャリックの拳が唸《うな》りをあげた。だがそのパンチは、隼平が躱してのけた。先ほどのキックのダメージはまだ残っていたが、そんなことを云ってはいられない。次から次へと放たれるギャリックの蹴りや拳を、隼平は意外なほど見切って躱していく。

「ほう！　喧嘩は下手だが逃げ回るのだけは得意らしいな。で、反撃《はんげき》は？」

「やってやる！」

挑発《ちょうはつ》だとわかっていたが、隼平は俄然《がぜん》と前のめりになった。逃げてばかりではなにもできない。体当たりでぶつかっていくしかない。

「おまえさえぶっ倒せば、エイミーを救えるんだ！」

それだけで、挑戦《ちょうせん》する価値はあった。あとは無心で挑《いど》むこと。ギャリックは敵意や憎悪《ぞうお》を自分の力に換《か》えてしまう。だから武道で云うところの、無の境地に立って挑まねばならぬと、隼平が白い心でギャリックに向かっていったときだった。

「エクセルシア、いい体してたぜ」

「このクソ野郎《やろう》が！」

隼平の拳がギャリックの頬《ほお》にめり込んだ。怒りの一撃《いちげき》に、ギャリックがにやりと笑う。

「冗談《じょうだん》だって。あいつはまだ若すぎて俺の好みじゃない。俺はもうちょっと色気のある大人の女が好きなんだ。それにあいつには、純潔を守る魔法とやらがかかってるんだろう？心配いらねえのに、挑発に乗っていい感じにブチ切れてくれたな。おかげで全身に力が行き渡ったぜ。さあ、こっからが本番だ」

次の瞬間、ギャリックの拳が隼平の腹にめり込んだ。想像を絶する衝撃に息ができない。音も聞こえない。膝《ひざ》から崩《くず》れ落《お》ちなかったのだけが、隼平がかろうじて見せた意地だった。

だが、さらにそこへギャリックのハイキックが隼平の側頭部を狙ってくる。

――頭はやばい！

隼平は斜《なな》め十字に組んだ両腕《りょううで》で頭を守った。ギャリックの蹴りが腕に入り、一瞬で腕の感覚を持っていかれる。折れてはいないだろうが痺れてしまって、腕が下がった。正面ががら空きになってしまう。そこへギャリックの手が手品師さながらの素早さで伸びてきて、意外なほど優《やさ》しい、ネクタイでも締《し》めるような手つきで隼平の首になにかを巻きつけた。

「チェックメイトだ、ぼっちゃん」

「あ……」

見なくてもわかる。奴隷《どれい》の首輪だ。それが隼平の首に嵌められてしまった。そしてギャリックは、隼平に向かって中指を立てた。プラチナの指輪が悪夢のように光《ひか》り輝く。

「跪《ひざまず》いて俺の靴《くつ》にキスをしな」

「ふ、ざけるな……！」

腹の底から燃え上がる怒りとは裏腹に、隼平はもう片膝をついていた。嫌《いや》で嫌で仕方がないのに、体は勝手に動いてしまう。

——指輪で支配されるっていうのは、こんな気持ちなのか。絶望的で苦しい。俺の魂《たましい》が、直接踏みにじられているような。いやだ、このまま、膝を屈《くっ》したくない。

このまま、指輪に命じられるままギャリックの靴に口づけなどしようものなら、心まで折れてしまいそうで、隼平は全身全霊《ぜんしんぜんれい》で抵抗《ていこう》した。片膝をつき、もう片膝はつかぬという不安定な恰好《かっこう》のまま、輝く瞳でギャリックを睨みつける。

「俺は絶対、おまえなんかには屈しない！」

「ほう、逆らうのか。まあ夕映もプロトタイプの首輪と云ってたしな。外付けの刻印だし、本物に比べたら多少は効き目が悪くても仕方ねえ。だが時間の問題だ」

ギャリックはにやにや笑いながら、声色《こわいろ》を優しいものに切り替えて続けた。

「なあ、ぼっちゃん。そう突っ張《ば》るなよ。もうおまえは詰んでるんだから。どうだ、この際、俺の手下に収まっちまうってのは？　おまえにも美味《おい》しい思いをさせてやるぜ？」

「なにが――」

「おまえ、魔法学校の落ちこぼれなんだってな」

突然《とつぜん》振《ふ》られたその話題に、隼平は胸につきんとした痛みを感じた。忘れていたみじめな気持ちが溢《あふ》れてきて、心までずぶ濡《ぬ》れになってしまいそうになる。

「……それもエイミーに、口を割らせて聞いたのか？」

「ああ。ひどい目に遭《あ》わされたんだろう？　いじめはどこの国でもあるからな」

「勝手に決めつけるな。俺はそこそこ上手くやってきた」

「なるほど、じゃあ周囲と距離を置くことで自分を守ってきたんだな。まあ、落ちこぼれがいじめられないためには、一人になるしかないもんな」

「な――」

図星であった。子供のころにいた友達が、一人また一人と去っていったのは、自分が周囲に引け目を感じて孤独《こどく》を選んだからだ。自分の心を、守るために。

「それでもおまえを馬鹿にする奴らの声は、いやでも聞こえてきたはずだぜ。そんな奴らを、見返してやりたいだろう？　後悔《こうかい》させてやりたいだろう？　名馬と駄馬《だば》も見極《みきわ》められない腐《くさ》れ伯楽《はくらく》どもが、思い知れ、ってよ。俺に忠誠を誓《ちか》うなら、手伝ってやるぜ？」

「ふざけるな！　俺はそんなことがしたいわけじゃない！」

「いや、したいはずさ。醜《みにく》いアヒルの子は誰の心にも棲《す》んでいる。自分を評価しなかったやつに、ざまあみやがれ、俺はこんなにも凄《すご》いぜって、云ってやりたいはずだ」

「黙《だま》れ！　さっきからなんなんだ、おまえは！　おまえに俺のなにがわかる！」

「わかるさ。俺も落ちこぼれだったからな」

突然《とつぜん》の告白に隼平は目を丸くした。ギャリックはつまらなそうな顔をすると横を向き、エイミーとソニアたちがまだ戦っているのを眺《なが》めながら憮然《ぶぜん》と云う。

「俺は孤児《こじ》でな。善き魔法使《まほうつか》いの親も師匠《ししょう》もいねえから強制的に魔法学校の寄宿舎にぶち込まれたんだが、そこじゃあ落ちこぼれだった。火と氷と雷《かみなり》の魔法は使えたが、どれも蛙《かえる》の小便みたいな威力しか出ねえのよ。もちろんいじめられたさ」

ギャリックがエイミーたちから隼平に視線を返す。暗い目をしていた。つまらない昔を見つめているせいだろうか。そんな目に見られ、隼平は息を呑《の》んだ。

——境遇《きょうぐう》が、俺と似てる。

いじめこそなかったけれど、ギャリックは両親に捨てられ、隼平は父親に去られた。そして魔法学校に閉じ込められ、灰色の日々を送ってきたのだ。

「馬鹿にされ、蔑《さげす》まれ、罵《ののし》られてきた。だがあるとき、俺の真の力が目覚めた。悪者になればなるほど強くなる魔法だ。人に嫌《きら》われると、その負の感情を力に転化し、肉体も魔法も強くなった。自分の魔法の正体に気づいたときの、俺の気持ちがわかるか？」

わかる、と隼平は思った。最初はショックだっただろう。自分の力が思《おも》い描いていた理想とはかけ離れていたことが受《う》け容《い》れられない。しかしひとたび受け容れてしまうと、嬉しくなるのだ。果たせるかな。

「震えが来るほど嬉しかったぜ。これで俺もやっと一人前の魔法使いになれる、ってな」

――ああ、ちくしょう。なんてことだ。こいつは俺と同じだ！

認めたくないが共感するものがある。心の隅《すみ》っこでいじけていた醜いアヒルが、白鳥となって美しい翼《つばさ》を広げたときのあの喜びを、ともに知っているのだ。だがギャリックは、白鳥というよりは黒鳥ではないか。彼《かれ》が広げているのは、忌《い》まわしい黒い翼だ。

「……それで、とことん嫌われ者《もの》になって、悪の道に突《つ》っ走《ぱし》ったのかよ」

「そうだ。手始めに俺を馬鹿にしてきたやつらを血祭りにあげてやった。すっきりしたぜ。やっと俺の心が伝わったんだなって」

「心が、伝わっただと？」

「そうさ。言葉なんかじゃ心は伝わらねえ。痛みと一緒《いっしょ》じゃねえと、伝わらねえんだ。傷つけてやって初めて、あいつらは俺が今までどう思っていたか、わかってくれたぜ」

「おまえ……」

「それから俺は魔法学校を飛び出して、ありとあらゆる悪事をやってのけた。あれから二十年になるが、俺はなんの報《むく》いも受けずにこうしてのびのびと生きている！」

その物云《ものい》いに隼平は胸のむかつきを覚えた。だがこれこそがギャリックの狙いなのだ。憎まれるほどに強くなるとは、なんと厄介な力なのか。

「クソ野郎め……」

そう毒づいた隼平の髪《かみ》を乱暴に掴んで顔を上げさせると、ギャリックは息を吐《は》きかけるように云う。

「おまえも俺と似たようなもんだろう。エロ魔法だって？　それは悪魔《あくま》の力だ。世界から受け容れられない邪悪《じゃあく》な魔法だ。だからおまえは悪になるしかない。俺と同じように」

「一緒にするな！」

「いいや、同じだ。まだ認めたくないかもしれないが、おまえは俺と同じになれる」

否定の言葉が、咄嗟に出てこない。実際、過去のギャリックと隼平はよく似ていた。落ちこぼれで、自分の無力を嘆《なげ》き、世の中のどん底で燻《くすぶ》っていた。もしもメリルや楓やソニ

ア と出会わないままエロ魔法に目覚めていたら、どんな道を歩んでいたのだろう？

だが、その仮定には意味がない。

「……俺は、出会った」

「なに？」

「俺は運がよかったんだ。いい出会いに、恵《めぐ》まれた。でもそれは俺が立派な人間だからじゃない。優《すぐ》れていたからでもない。ただ運がよかったんだよ」

楓が手を差《さ》し伸べてくれた。メリルと運命の出会いを果たした。そしてソニアが、キスしてくれた。

「だから、悪いな、ギャリック。俺はおまえとは違う」

「……そうかい。どうせ指輪で俺に支配されるんだったら、世の中を面白《おもしろ》おかしく渡っていけるようにしてやろうっていう、俺の親切を無下《むげ》にするんだな。よくわかったぜ。だったら俺がおまえのそのつまらない考えを、ぶっ壊してやる！」

ギャリックは掴んでいた隼平の頭を離すと、隼平に向かって思い切り中指を立てた。そのプラチナの指輪が、恐るべき輝きを放つ。

「恨《うら》め！ 憎め！ 自分を虚仮《こけ》にしたやつらに報復しろ！ なっちまえよ、化け物に！」

そのときのギャリックの目のなかを覗《のぞ》き込んで、隼平は不意に理解した。

――ああ、そうか。こんなやつでも、仲間を求めるのか。

溺《おぼ》れる者が手を伸ばしてくるのは、助けてほしいからとは限らない。一緒に溺れてほしい場合もあるのだ。ギャリックは容赦《ようしゃ》なく、暴力的な意思で隼平の心を荒《あ》らし始めた。すると心の底の方に溜《た》まっていた澱《おり》が、水を濁《にご》らせるように隼平の心を暗く染めていく。

――ああ、嫌だ。こんなのは我慢《がまん》ならない。

隼平は半ば指輪に支配されながら、悪に染まりながら、うわごとのように云う。

「俺は魔王になんかならない。楓さんの目を見て話せる人間でありたい。ソニアの恋人《こいびと》として、相応《ふさわ》しい男になるんだ。だから、だから、だから……」

「無駄《むだ》だ。俺にこの指輪がある限り、おまえは絶対逆らえん」

「……指輪？」

そう、支配の魔法は指輪と刻印からなる。指輪には等級があり、上位の指輪があれば下位の指輪の命令はキャンセルできる。

――そうだ。指輪だ、指輪だよ。一番強い、最上位の指輪があればいいんだ！

ギャリックが植えつけてきた悪に心の九割九分を支配された隼平は、そこに気づいた。

それが自分の心を塗《ぬ》り潰《つぶ》そうとしている闇《やみ》のなかで、たった一つの光りだった。

「……俺は、誰にも、支配されない！」

そのとき隼平は、自分の右手の人差し指に灼熱《しゃくねつ》を感じた。

◇

戦いのなかにあっても、ソニアは隼平のことを見守っていた。メリルがコスモフィストを受け持ってくれているとはいえ、エイミーと戦い、夕映を守り、隼平を気に掛《か》けるという三つのことを同時に行っていたのは、さすがソニアである。しかしだからこそ、ギャリックが隼平の首に奴隷の首輪をつけるのを見たときには心臓が凍《こお》る思いだった。

「隼平さん！」

駆けつけようにもエイミーが立ちはだかる。その目には涙《なみだ》が散っていた。心とは裏腹に戦わされているというのは、彼女もつらいだろう。

「ソニア！　もういいから、もっと本気で――」

「本気ですわよ。本気で、すべてを救うつもりで、戦っていますの！」

そうしてふたたびエイミーと激しくやり合っていると、突然、視界の端《はし》で赤金色《あかがね》の光りがたばしった。驚《おどろ》いてそちらに目をやったソニアは、その光りが隼平の右手から放たれているのを見た。よく見れば、そこに指輪が嵌まっている。

「あれは……」

夕焼け色の光りを放つその指輪を見て、ソニアは、西に没《ぼっ》した太陽がまた西から昇《のぼ》ってきたような、信じられない光景に戦いを忘れた。

「ソニア！」

エイミーが警告の叫《さけ》びを発しながらも襲い掛かってきた。はっと我に返ったソニアは、

しかしなにもかもが手遅《ておく》れなことを悟《さと》る。メリルの援護も間に合わない。エイミーの鉄拳

が自分の顔を叩き壊すだろう。それを覚悟したとき、遠くから隼平が声を張り上げた。

「止まれ、エイミー！　もうギャリックの云うことなんか聞かなくていい！」

その一言でエイミーは嘘みたいにぴたりと止まった。拳も寸止めされている。ソニアと

エイミーはまん丸の目をしてお互《たが》いを見て、やがてソニアの方が云った。

「あなたが止まったと云うことは……でも、ありえませんわ、こんなこと！」

「ねえ、いったいなにが起きてるの？　どうして私、自由になったの？　あの光りは？」

「隼平さんが支配の指輪を作って、その力でギャリックの指輪の命令を無効化したのです

わ。でも今の隼平さんにそんなことができるはずありません。いったい、なぜ……」

「もしかして、私から大量の魔力《まりょく》を吸ったからとか？」

それでソニアはやっと合点《がてん》がいった。それならばまだ、可能性はある。

「なるほど、首輪を嵌められ、追《お》い詰められた隼平さんが死《し》に物狂《ものぐる》いで抵抗しようとした結果、あなたから吸った魔力のありったけを込めれば……ありえなくもないですわ」

そのとき戦いの終わりを悟ったメリルが無防備な足取りで近づいてきて云った。

「ねえ、あれなに？」

「メリルさんでも知らないことがあるのですね」

ソニアはそう微笑《ほほえ》んだあと、まなじりを決して高らかに云った。

「あれはすべての指輪を統《す》べるもの。魔王の魔力によってのみ、その指に顕現《けんげん》する、真なる王の指輪ですわ！」

◇

いったい誰《だれ》の記憶《きおく》だろう。そのとき自分は大層腹を立てていた。信じて指輪を下賜《かし》した男がその指輪を悪用したのだ。それで自分は、男に向かってこう云った。

「指輪の王が王の指輪を以《もっ》て命ずる。砕け散《ち》れ」

次の瞬間、ギャリックのプラチナの指輪がきらめく銀の光りとなって砕け散った。

「ば、馬鹿な！」

ギャリックが愕然《がくぜん》と叫ぶ一方、メリルは目をきらきらさせている。

「へえ、真なる王の指輪って、そんなこともできるの」

そして隼平は、不意に頭のなかに立ち現れた靄《もや》のような思い出から現実に返って、ただただ驚きに包まれていた。

「今のは、俺の前世の……？　いや、そんなことより！」

先ほどのソニアの声は隼平にも聞こえていた。支配の指輪の最上位、真なる王の指輪はメリルも見たことがないらしい。マスター・トリクシーがオリハルコンの指輪に甘んじていてさらにその上に位置する真なる王の指輪を持っていなかったのは、魔王本人にしか生み出せないものだったからだ。

隼平はそう理解しながら、右手を持ちあげてそこに輝く赤い指輪を見た。

「これが、真なる王の指輪……」

そんなものが今この指に輝いている事実に隼平が茫然としていると、怒《いか》り狂《くる》ったギャリックが襲い掛かってきた。

「このクソガキが！　ぶっ殺してやる！」

紅蓮《ぐれん》の炎《ほのお》を纏《まと》ったギャリックの拳が隼平に迫《せま》る。一撃必殺のはずのそれを、隼平は不思議と恐《おそ》れなかった。エイミーから吸ってあった溢れる魔力のなせる業《わざ》か、それとも前世の記憶が蘇《よみがえ》ったのか、こういうときにどうすればいいのかがわかる。本能が命ずるまま、隼平は魔力を高め、エロ魔法を発動させた。

「エターナル・サンクチュアリ」

突如《とつじょ》、ギャリックの足元から白い炎が巻き起こって彼の体を覆《おお》い隠《かく》した。

「な、に！」

そして次の瞬間、ギャリックが炎に呑まれて消える。存在そのものが焼き尽《つ》くされたようにも見えて、隼平は自分でやったことながら恐怖《きょうふ》を覚えた。

「い、今のは……」

まさか、殺してしまったのか。そう思って青い顔をする隼平にソニアが云《い》う。

「安心してくださいまし。エターナル・サンクチュアリは男子禁制の聖域を構築するエロ魔法……自分の周囲にいる、自分以外の男性を全員まとめて遠方へ追放する魔法ですわ。今の白い炎に呑まれたギャリックは、どこかへ空間転移したのでしょう」

「そ、そんな魔法が……」

「要するに男はいらないってこと？　うわー」

ひやかすようにそう云ったエイミーの横をすり抜けて、メリルが軽《かろ》やかに駆けてくる。

「隼平！　やったね、すごいね、イエイ！」

「お、おう」

あれほどの凶悪《きょうあく》な犯罪魔法使いを撃退《げきたい》したのだ。自分にそんなことができたことがまだ信じられなくて茫然としている隼平の前に、ガンスリンガー・メリルが立って云う。

「でもあのプラチナの指輪を壊しちゃったのは減点」

「それは、ついうっかり、勢いで……」

「ふふっ。でもまあ、いいよね。真なる王の指輪ができたんだから、これで全部の指輪を見つけられるはずメリル」

「あ、ああ。そうだ。そうだよな……」

隼平は自分の右手に輝く真なる王の指輪を見ると、左手で屈辱《くつじょく》の首輪を引きちぎって地面に叩きつけ、こちらに歩いてくるソニアに向かって手を振った。

「見てくれ、ソニア。これですべての指輪を探し出せる！　奴隷の刻印はまだ消せないけど、これってすごい前進だよな？」

だとしたら褒《ほ》めてほしい。そう思って期待に胸を膨《ふく》らませる隼平に、しかしソニアはかぶりを振った。

「……いえ、残念ながら、タイムリミットですわ」

えっ、と隼平が声をあげたときだった。右手の輝きが急速に失われていく。見れば、指輪がかたちを失い、消《き》え失《う》せつつあるではないか。

「こ、これは……」

「借り物の魔力で真なる王の指輪を顕現させたところで、それはひとときの夢。これはまだ、あなたの本当の力ではないということです」

「そんな、マジかよ……」

意気阻喪《そそう》したせいだろうか、隼平は気が抜けてしまって、その場に両膝をついた。

がっくりと項垂《うなだ》れる隼平の肩《かた》に手を置いて、ソニアが微笑んで云う。

「でも、よくやりましたわ。とにもかくにも、エイミーさんを救い出したのですから」

「そう、ね。とりあえず、ありがとう、隼平」

疲労《ひろう》の滲《にじ》む顔をしたエイミーがソニアの隣《となり》に立ってそう云った。彼女は十分に傷ついた顔をしていたが、それでも隼平を気遣《きづか》ってか、弾《はず》みをつけた声で云う。

「そんなにがっかりしなくてもいいじゃない。私から魔力を補給すれば、今の真なるなんちゃらって指輪、また顕現だか具現化だか、できるんでしょう？」

その通りだ。だから元気を取《と》り戻《もど》してもいいはずなのに、力が出ない。

「ねえ、しっかりしてよ。もう。私なんか、ああ、夕映さん……」

「死んでないから」

少し離れた場所で仰向《あおむ》けに横たわっていた夕映が息も絶え絶えに声をあげると、エイミーははっとした様子で夕映のところに駆《か》けつけ、ぽろぽろと涙をこぼして跪いた。

「夕映さん、ごめんなさい……」

「泣くな。それより少年の様子がおかしくないかね？」

その会話は聞こえていた。はっとしたソニアが「隼平さん！」と慌《あわ》て始めるのもわかっていた。それなのに隼平は、返事をすることはおろか、指一本動かすことさえできない。

「あらら。これはあれメリル。身の丈《たけ》に合わない力を使った反動が来たメリルよ。隼平、聞いてる？　ねえねえ、隼平ってば！」

その声も次第《しだい》に遠くなっていく。ほどなくして、隼平の意識は闇に呑まれた。

第六話　アイ・キャン・ヒア・ユー！

夢も見ないまどろみの果てに目を醒《さ》ました隼平《じゅんぺい》は、やわらかな温《ぬく》もりに体を包まれているのを感じながら、真っ白な天井《てんじょう》を見上げてしばらくぼうっとしていた。

——今、何時だ？　いや、違う。そうじゃない。

「ここは……」

「ここは例の、近藤《こんどう》先生も入院していた、魔法学校近くの病院の一室ですわ。意識を失ったあなたと重傷を負った夕映さんを運び込みましたの。あれから一晩、経《た》ってますわ」

驚くほど近くでソニアの声がした。横を見ると、もう一つの枕《まくら》にソニアが頭をつけてこちらを見ている。あまりのことに隼平が硬直《こうちょく》していると、ソニアが心配そうな顔をした。

「もしかして記憶に齟齬《そご》が生じていますの？　自分の名前は云えます？」

「一ノ瀬《いちのせ》隼平……記憶は、はっきりしてるよ。状況《じょうきょう》もだいたい理解した。ただわからないのは、どうして俺はあのとき気を失ってしまったんだろう」

そしてどうしてソニアは自分の隣に寝《ね》ているのか？　不思議に思いながら体を起こすと、

掛け布団《ぶとん》が落ちた。自分もソニアも下着一枚しか身に着けていない。

「ちょ、ちょっと！　目を瞑《つぶ》ってくださいまし！」

「わ、わわわ、わかった！」

隼平は慌ててぎゅっと固く目を瞑った。その隙《すき》にソニアがベッドから下り、裸足《はだし》の足音がしたかと思うと、服を着始める衣擦《きぬず》れの音がした。まだ目は開けられない。

「隼平さん、そのまま聞いてください。あなたはエイミーさんから貰《もら》った魔力で、本来ならまだ使えないような魔《ま》法《ほう》を使った結果、体に反動が来て倒《たお》れましたの。それでわたくしが回復魔法を施《ほどこ》しました。近藤先生のときのように体力が十分にある場合は、癒《いや》しの杖《つえ》を用いた本人の自己再生能力を加速させる魔法でよかったのですが、あなたの場合はそれより危ない状態でしたから、命の炎を大きく燃やす魔法で対応しましたの。ただその魔法を使うには、相手をきちんと抱《だ》きしめる必要がありまして……」

そこでソニアの声は蝋燭《ろうそく》の火が消えるように小さくなった。つまりソニアはちょうど冷え切った体を温めるように、隼平を裸《はだか》で抱きしめて癒しの魔法をかけてくれたのだ。そう理解すると、隼平は愛《いと》おしさと感動に包まれて、今すぐソニアを抱きしめたくなった。

「もう目を開けてもよろしくてよ」

そう云われて目を開けると、私服姿のソニアがベッドの傍《そば》に立っていた。

「着替えはメリルさんに頼《たの》んで取ってきてもらいましたの。あなたの服もありますわ。それでどうですの、調子は？」

「ああ、すごくいい。ありがとう……マジでありがとう。助かったよ」

「どういたしまして。それでは今後、他者の魔力を使って真なる王の指輪を顕現させるのは禁止といたします。よろしいですわね？」

「えっ、なんで？」

「あなたが死にかけたからですわ！　まだ未熟な心身で桁違《けたちが》いの魔力を扱《あつか》ったものですから、反動が来て倒れたんでしょう。次に同じことをしたら怒りますわよ？」

「いや、でも真なる王の指輪を顕現できるなら、多少の危険を冒《おか》す価値は――」

「あなたが死んだらわたくしも死ぬのですけれど？」

隼平は調子に乗って高く飛ぼうとして、地面に叩きつけられたような衝撃を味わっていた。指摘《してき》されるまで、そのことを忘れていた自分が恥《は》ずかしい。

「そうか、そうだったな」

あの日、交《か》わした契約《けいやく》の口づけで、自分たちは命を分け合ってしまった。片方が死ねばもう片方も死ぬ。だから自分の命は大切にしなければならない。ソニアのために。

「あーあ。結局、近道はなしか」

隼平は仰向けに倒れると頭を枕にのせ、しばらく天井を眺めたあとで、ソニアとは反対側に顔を向けた。向かいのベッドに、夕映が寝ていてこちらを見ていた。

「えっ！　夕映さん！」

「やあ」

「ええっ！　なんで？　いつからそこに！」

「最初からだ。病床《びょうしょう》の都合で同室だぞ」

隼平は狼狽《ろうばい》しながら体を起こすと、改めて病室のなかを見回した。上等な一室でベッドのほか、ソファセットやバスルームなどもあるようだ。壁《かべ》には絵まで飾《かざ》ってある。

「扉《とびら》が横にスライドするタイプじゃなかったら、病室っていうよりホテルみたいだ……」

「お高い部屋しか空いてなかったのですわ。ちなみにここに入院する上で、あなたの負傷が学校側にばれました。わたくしはのちほど、この件について近藤先生に説明しなくてはなりません。適当なシナリオを作っておきますので、あとで口裏を合わせておくように」

「うん、わかった。その辺は任せる……って、だんだん頭が回り出してきたぞ。ぼやぼやしている場合じゃない！　確認《かくにん》したいことがいっぱいある！」

「あなたの服なら、そこですわ」

ソニアがソファセットを指差すので、隼平はベッドから飛び下り、ソファの上に畳《たた》んで置いてあった自分の服をいそいそと身に着けながら早口で云う。

「夕映さん、怪我《けが》の具合は？　ギャリックは？　メリルは？」

「私は重傷だが、命に別状はない。ギャリックは君の魔法でどこかへ転移させられたまま行方《ゆくえ》不明。メリルちゃんは君らの着替えを持ってきたあと、姿を消してしまった」

「……まあ、あいつはそのうち戻ってくるだろ。それじゃあ、エイミーは？」

それが一番気になることだった。エイミーは無事なのか。意識を失う前の記憶ではひとまず元気そうにしていたが、ここにいないのはどういうことだろう？

「……私も大概《たいがい》重傷だが、エイミーの方がひどいな」

「えっ、それは——エイミーのやつ、怪我をしたんですか？」

「いや、体は無事だ。だが心の方をやられてしまった。ひどく落ち込んでいてな……まあ詳《くわ》しいことは自分の目で確かめるがいいさ。居場所はどうせあそこだろう」

◇

時刻は正午を回ったところだった。九月になって数日経つが今日も暑い。

ソニアに案内されてやってきたのは、病院の裏手にある大きな公園である。一般《いっぱん》の利用者のほか、入院している人がよくリハビリや気分転換《てんかん》で散歩にやってきているらしい。

その公園の遊歩道沿いにあるベンチに、エイミーがしょんぼりと座《すわ》り込んで俯《うつむ》いていた。魔法の眼鏡をかけており、その効果で髪色はありふれたブラウンに装われている。見るからに落ち込んでいたが、ここで回れ右して帰るわけにはゆかない。

「エイミー！」

そう声をかけると、エイミーは顔を上げて隼平をその目に映《えい》じ、ベンチから立ち上がって泣きそうな顔で駆け寄ってきた。

「隼平、よかった。気がついたのね。ごめんなさい、私……」

「君が謝《あやま》ることなんてなにもない。無事でよかった」

隼平は笑って云ったが、エイミーは瞳《ひとみ》を曇《くも》らせたままかぶりを振《ふ》った。

「いえ、私がなにをしたのかは知ってるでしょう？　支配の魔法に抗《あらが》うこともできず、建物を壊すし、夕映さんにあんな大怪我《おおけが》を負わせてしまって、ジャスウィズ失格よ。ギャリックも、私がやっつけてやろうと思ったのに、もう手がかりもない……」

エイミーはそう云うと両手で顔を覆って項垂れてしまった。いつも力強く羽ばたいていた彼女《かのじょ》が、今は傷ついて飛べなくなった鳥のようだ。そのことに隼平が衝撃を受けて絶句していると、背後に控《ひか》えていたソニアが云った。

「ずっとこんな調子なのですわ」

「だって、本当に私の失敗だもの。ネットでめちゃくちゃ云われても仕方ないわ」

「ネット？」

そう繰り返《かえ》した隼平に、エイミーは自嘲《じちょう》の笑《え》みとともに携帯《けいたい》デバイスを取り出した。

「見てよ、これ」

そのデバイスの小さな画面のなかでは、エクセルシアがギャリックに命じられるままコスモフィストで建設中のビルを破壊《はかい》する映像が流れていた。

「ギャリックが最初にアップした動画は削除《さくじょ》されてるけど、コピーが色んなところに上がってるわ。現場に居合わせた人が撮影《さつえい》した映像も、たくさん……」

「なまじ有名人でしたからね。正義のスーパーヒロイン、ジャスウィズ・エクセルシア。それが悪名高いギャリックと手を組んだ動画が世界中に流され、実際に被害《ひがい》も出ているのですから、人々がどんな反応をするかは推《お》して知《し》るべしですわ」

「炎上《えんじょう》ってやつか……」

隼平はエイミーの手から携帯デバイスを受け取り、主なSNSをチェックしたが、これがもう想像を絶するほどひどかった。エクセルシアが裏切ったと素直《すなお》に怒りや悲しみを表しているのはまだいい方で、彼女がギャリックの女になったとかいう中傷から、騒《さわ》ぎに便乗して名前を売る者、グッズを売りに出す者、エクセルシアを信じて擁護《ようご》する者と論争する者などがそこらじゅうにいて、もはやありとあらゆる場所が焦土《しょうど》であり、地獄《じごく》だった。

「……ひでえな、これは。見ない方がいいぞ」

「もう全部見ちゃった」

エイミーが傷ついた微笑《びしょう》を浮《う》かべた。ただでさえ落ち込んでいたところに、これまで自分を応援《おうえん》してくれていた人々の掌《てのひら》返しを目の当《ま》たりにして十倍は傷ついている。これはいけないと思って、隼平は携帯デバイスをソニアに渡《わた》すと、エイミーの両肩《りょうかた》に手を置いた。

「しっかりしろよ。トリクシーのことを思い出せ。いつか彼女が氷の封印《ふういん》から解き放たれたとき、『世界はこんなにも素晴《すば》らしい』と云ってやるために、今日までがんばってきたんだろう？　だったら、こんなことで挫《くじ》けちゃ駄目《だめ》だ」

「でも、じゃあどうすればいいの？　私が不甲斐《ふがい》なくも支配の魔法に屈して悪党の操《あやつ》り人形になったのは事実よ。どう償《つぐな》えばいいのか、わからないの。もう無理よ……」

「エイミー……」

隼平は最初、エイミーがこうも弱音を吐くことが信じられなかった。彼女はアメリカのスーパーヒロイン、ジャスウィズ・エクセルシアではなかったのか。いや、しかし今、隼平の目の前でぽろぽろと涙をこぼしているのは、ただの普通《ふつう》の十六歳《さい》の女の子だ。

「君が、こんなにも傷ついているなんて……」

「なによ、それ。私が無敵だと思った？」

「エクセルシアは無敵に見えたよ。でも、エイミー、君は……」

隼平はそっと手を持ち上げて、エイミーの頬に触《ふ》れた。そして彼女の魂の声に耳を澄《す》ませようとした、そのときである。

「ここにいたか」

耳朶《じだ》に冷気を感じるような声がした。だが彼女はもっと明るいトーンで話すはずだ。隼平がそう戸惑《とまど》いながら振り返ると、そこにはメリルが立っていた。ただし、悪の女幹部衣装を身に着けて。

「メリル、おまえ、今までどこへ？　それにその恰好は――」

隼平の言葉は途中《とちゅう》で途切《とぎ》れた。メリルの瞳が赤い光りを放っていたからだ。

「おまえ、それは、レッドゾーン……」

果たして、悪の女幹部となったメリルは嗤笑《ししょう》を浮かべた。そこにただならぬものを感じ取ったか、ソニアが隼平に身を寄せてくる。

「レッドゾーンと云うと、衣装の力を引き出す代わりに人格が変わるという、例の？」

「ああ。でもなんで、よりによってその衣装で……」

「答えは本来の我に訊《き》くがよい。本当ならレッドゾーンを自ら解除して元の人格に戻ろうなどとは思わないが、今日は特別だ。今の我はとても気分がいいからな」

「な、なに？　なんの話だ？」

そう問いただす隼平を舞台《ぶたい》の観客としか見ていないのか、メリルはなおも語る。

「隼平、ソニア、そしてエイミー、せいぜい右往左往するがよい。貴様ら虫けらどもの抗う姿を、我は向こう側から笑って見ていてやろう」

そしてメリルが目を閉じ、次に目を開いたとき、その瞳は紫色《むらさきいろ》に戻っていた。

「というわけでもう大丈夫《だいじょうぶ》だよ、エイミーちゃん！　メリルに任せて！」

いきなりいつもの明るいメリルが戻ってきて、隼平はびっくりして絶句した。一方、ソニアはほっと安堵《あんど》の吐息《といき》をついている。

「どうやら人格が変わっても記憶は連続しているようですわね」

「そうだよ、当たり前じゃん。記憶は共有してるよ。それでねそれでね、メリルね、エイミーちゃんを元気づけるために、いいこと考えたの！　聞いて！」

「落ち着いて、順序立てて話せよ？」

勢いに任せてぺらぺら喋《しゃべ》られてもついていけそうにないので、隼平は暴れ馬に手綱《たづな》をかけるような気持ちでそう云ったのだが、メリルはちゃんと聞いていただろうか。

「うん、あのね、メリルね、実はギャリックおじさんを探しに行ってたの。指輪の記憶とか消しとかないとまずいかなって。だから記憶消去の魔法が使える悪の女幹部衣装に着替《きが》えてたんだけど、ギャリックおじさんのこと探しながら、エイミーちゃんのことも考えてたの。ネットで叩《たた》かれて落ち込んでたな、大丈夫かな、元気にしてあげたいな、って」

「うん、それはいいことだ。それで？」

「そうしたらね、メリル、いいこと思いついちゃったの。思いついちゃったら、うっかり悪の女幹部衣装のままレッドゾーンに入っちゃったメリル！」

「いや、わからん、わからん。なにを思いついた？」

隼平がそこへ踏《ふ》み込んで訊《たず》ねると、メリルの紫《むらさき》の瞳がきらりと輝《かがや》いた。

「世界のピンチを演出して、エイミーちゃんにそれを解決してもらうの。そしたらみんなエイミーちゃんのこと見直すじゃない？　名付けてエクセルシア・スーパーヒロイン大作戦！」

褒めて褒めてと云わんばかりのメリルに、隼平は早くもうんざりしながら天を仰《あお》いだ。

――太陽が眩《まぶ》しいなあ。もう九月だし、早く涼《すず》しくなってくれないかな。

と、そんな現実逃避《とうひ》もそこそこに切り上げて、隼平はメリルに眼差《まなざ》しを据《す》えた。

「そういうのをマッチポンプって云うと思うんだが……まあいいや、聞いてやる。めちゃくちゃ聞きたくないけど、聞いてやる。具体的になにをやるつもりだ？」

「巨大隕石《きょだいいんせき》を召喚《しょうかん》して地球にぶつける魔法を使うの」

「アウトだよ！」

隼平が全身でそう叫ぶと、メリルはびっくりしたように目を丸くし、それから心外そうに唇《くちびる》を尖《とが》らせた。

「話は最後まで聞いてよ。なにも本当にぶつけようとは思ってないメリル」

「当たり前だよ。で？」

「あのね、隕石《いんせき》が地球にぶつかりそうになって、みんながパニックになるでしょ？　そこへ颯爽《さっそう》と現れたエクセルシアが、コスモフィストで隕石を殴《なぐ》って砕《くだ》くの！　エイミーちゃんの無限に等しい魔力量ならきっとできるメリル。そして世界は救われ、みんながエイミーちゃんに大感謝。エクセルシアの評判も回復してめでたしめでたし」

話を聞いた隼平は盛大にため息をついた。

「あのなあ、メリル。百歩譲《ゆず》ってマッチポンプはいいとしても、それは失敗したら人類が滅亡《めつぼう》するやつだろ。やっていいわけないよな？　絶対だめだ。却下《きゃっか》、却下、却下！」

「えっ？　でももうやっちゃったよ？」

うあっ、と変な声が出て、隼平は固まった。そこへソニアがぎこちない声で云う。

「隼平さん。メリルさんは、悪の女幹部衣装でうっかりレッドゾーンに入ったとおっしゃったではありませんか。そして悪の人格になったメリルさんは、ギャリックの追跡《ついせき》を打ち切り、メリルさんの思い付きを実行したあとで、わたくしたちの前に姿を現した……」

「つまり、もう手遅れってことね」

　エイミーが力なくそう云うと、メリルはうんうんと頷《うなず》いて云う。

「やっぱりソニアちゃんとエイミーちゃんは理解が早いね。それに比べて隼平は残念」

「いやいやいや、俺《おれ》が物分かり悪いみたいに云うなよ。嘘《うそ》だろ？　なんだよ、それ。ありえないぞ。マジでやったの、おまえ？　それマジでやった？　おまえマジ？」

「うん。アルティメット・エンドっていう、悪の女幹部でレッドゾーンに入ったときだけ使えるウルトラスペシャルなとびきり大魔法で隕石を召喚して地球にぶつけるコースに乗せちゃったメリル。そんでもって隕石情報をネットにリークしてきました！」

　うっぷ、と隼平は突然《とつぜん》の吐き気《け》を呑《の》み込むと、震《ふる》える手でソニアに渡したままだったエイミーの携帯デバイスを手にしてネットに繋《つな》ぎ、顔を寄せてきたソニアやエイミーとともに最新のニュースに目を通した。

　米国の大統領がちょうど緊急《きんきゅう》会見をやっていて、地球の近くに突如小惑星《とつじょしょうわくせい》が出現、なぜか今まで発見することができず、十二時間後に地球に直撃《ちょくげき》する計算であること、直撃した場合の被害は想定もできないことなどを、絶望的な表情で語っていた。あまりにも突然で現実感がなく、どのSNSを見ても人々はフェイクニュースを聞かされているような反応だったが、隼平は違《ちが》う。からくりを知っている。これは本当に現実のものとなるのだ。

「お、おお、うおおおおっ！」

隼平はそっくり返って絶叫《ぜっきょう》すると、目に角を立ててメリルに詰《つ》め寄《よ》った。

「アホアホアホアホアホ！　どうするんだよ！」

「砕けばいいじゃん」

「砕けなかったら、どうするんだよ！」

「えっ？　そんなことあるの？」

メリルが無垢《むく》な子供のように問うてくるので、隼平はその場で膝《ひざ》から崩《くず》れ落《お》ちそうになった。それをどうにかこらえると、なおもメリルに食ってかかる。

「なんで最悪の事態を想定しない！」

「えー、だって……失敗したときのことなんか考えたって後ろ向きになるだけじゃん。メリルはいつも大成功することだけ考えて行動するけど……」

隼平のあまりの剣幕《けんまく》を前にして、メリルの言葉がだんだん勢いを失っていく。そんなメリルを、今度はソニアが一喝《いっかつ》した。

「失敗したら地球の生命すべてが死滅《しめつ》するようなことをする人がありますか！」

「えっ？　えっ？　だってメリルはエイミーちゃんのために良かれと思って……」

「今さらおどおどして申し訳なさそうな顔をするなよ！　本当に、マジで、天然でやったのか！　失敗したらみんな死ぬぞ！」

「そのくらいの方がエイミーちゃんもやる気がみなぎるかと……」

そう話しているあいだもメリルの声がどんどん小さくなっていった。隼平とソニアの反応を見て、さすがにまずいと思ったらしい。

「……もしかして、やっちゃ駄目だったメリル？」

それでメリルがまったく無邪気《むじゃき》にこの事態を引き起こしたのだと悟って、隼平はその場に突《つ》っ伏《ぷ》したくなった。

「ああ、もう、マジでどうするんだよ。超《ちょう》やばいやつじゃん……」

そのとき手にした携帯デバイスから最新のニュースが飛び込んできた。アナウンサーが緊迫《きんぱく》した様子で云う。

「直撃するのは東京！　東京です！」

隼平はひやりとしたものを感じながら天を見上げた。自転の関係か、今はまだ隕石の姿はどこにも見えない。平和な空に見える。だが十二時間後には星が落ちてくるのだ。距離《きょり》的に考えても、地球の別の場所にいる人には肉眼で見えているかもしれない。

「今夜、ここに、落ちるのか……」

「うんうん、隕石召喚魔法《いんせきしょうかんまほう》だからね。普通の隕石とはちょっと違う軌道《きどう》を描《えが》いて、ドカンってなる予定メリル」

そう語るメリルの頭を力いっぱい鷲掴《わしづか》みにして、隼平はうっそりと云う。

「落ちる場所は関係ない。直撃すれば地球が終わる。人類も滅《ほろ》ぶ」

さて、どうするか。人類の科学と魔法と叡智《えいち》を総動員しようにも、タイムリミットが十二時間後では結束できる気がしない。となれば、メリルの計画通りにやるしかないのではないか。隼平がそう思ってエイミーを見ると、エイミーは決然と顔を上げて眼鏡を外した。髪《かみ》が生まれ持ったピンク色になり、青い瞳に紫電《しでん》がきらめく。

「いいわ。やるわ。メリルさんの云う通り、たかが隕石なんて私のコスモフィストなら一発よ。人類が滅亡するなんて、そんなの見過ごせない。やってみせる」

そう雄々《おお》しく宣言するエイミーが、隼平の目にはひどく無理をしているように見えた。

「……できるのか、エイミー?」

「私は無敵のエクセルシアよ。任せて」

エイミーは笑顔《えがお》を曇らせはしなかった。さすが根っこがスーパーヒロインである。

◇

かくして隼平たちは、世界の命運をエイミーことエクセルシアに託《たく》すことになった。

最初にやったのは、世界中の混乱を鎮《しず》めるため、インターネットを通じてエクセルシアが世界を救うと宣言することだ。それにはやはり、バニーメリルの電波ジャック魔法を用いるしかなかった。隼平たちの病室を撮影スタジオとして、魔力で具現化させたマジカルカメラを空中に浮かせたメリルが電波ジャックの魔法を発動させる。すると魔力が電波となって飛び、既存《きそん》のネットワークを乗っ取り、放送が始まった。

「世界の危機だから急遽《きゅうきょ》メリルも協力することにしたメリル！」

という前置きをしてから、メリルはエクセルシアによる隕石破《いんせきは》壊《かい》作戦について手際《てぎわ》よくしゃあしゃあと説明を終えた。

「――というわけで、エクセルシアちゃんはギャリックおじさんになんか弱味《よわみ》を握《にぎ》られて脅《おど》されていたの！　ごめんね。そのお詫《わ》びに、今、地球に迫っている隕石はエクセルシアちゃんが責任もって破壊するって云ってるから安心してね。バイバーイ！」

メリルがマジカルカメラに向かって手を振り、魔力で具現化されていたカメラが消えると、隼平の手元の携帯デバイスも正常に戻った。電波ジャックが終わったのだ。ソニアたちとともにソファに座ってテーブルを囲み、緊張《きんちょう》の面持《おもも》ちでメリルの放送を見ていた隼平は、ため息をつくと携帯デバイスをテーブルに置いた。デバイスの示す時刻は午後一時。メリルがとんでもないことをしてくれたと知ってから、まださほど時間は経っていない。テーブルには昼食のサンドウィッチが置いてあったが、手を伸《の》ばす気にはなれなかった。

「こんなんで大丈夫かよ……」

これを受けて人々がどんな反応を示すか、隼平は不安で仕方なかったが、ベッドの上に座椅子《ざいす》を持ち込んで体を起こしている夕映が、差し入れのカフェオレを片手に云った。

「まあ、なんとかなるだろう」

どうだかと隼平は思ったが、それから数時間後、事態は意外にも好転した。あれほどもエクセルシアを叩いていた人々が、一斉《いっせい》に掌を返してエクセルシア万歳《ばんざい》を叫んだのだ。あまりと云えばあまりの変節に隼平は言葉もなかったが、テーブルを挟《はさ》んだ向かいのソファで寛《くつろ》いでいたバニーメリルは脚《あし》を高く組んで得意げである。

「ね？　メリルの云った通りになったでしょ」

「ああ、おまえの企《たくら》んだ通り、マッチポンプが大成功だ……いいのか、これ。本当のことがばれたら大変なことになるぞ」

「ばれなきゃいいんだよ。平気平気、明日はきっと晴れ！」

そのお天気頭な考えを受《う》け容《い》れるしかないこの状況に、隼平がなんとも云えぬ顔をしていると、窓際《まどぎわ》に立って自分の携帯デバイスを見ていたソニアが云う。

「世界中、どこの国でも人類の希望がエクセルシアに向かって束ねられ、ひとまず落ち着いた雰囲気《ふんいき》は出ていますわ」

「暴動とかは、起きてない？」

それが隼平は怖《こわ》かった。メリルは想像もしていないだろうが、この件でもし人々が自棄《やけ》になって暴れ始めたら、これはどう償えばいいのだろう。しかしソニアは微笑んで云う。

「大丈夫。今のところその気配はありません。隕石襲来《いんせきしゅうらい》が突然なら、メリルさんの電波ジャックによる解決案の提示も突然で、世界の終わりだという実感がないのでしょうね」

「まあ、十二時間で世界が滅ぶと云われても、そりゃそうか……」

「それはそうとスターリングシルバーが声明を出しました。エクセルシアが望むなら全面的な支援《しえん》を約束する、と。わたくしたち以外にもこの隕石に対処しようとしている方々はいるでしょうが、ひとまずはエクセルシアに託すようですわね。さすがですわ」

ソニアはエイミーに顔を振り向《む》けて元気づけるようにそう云ったが、隼平が寝ていた空きのベッドに一人ぽつんと腰《こし》かけているエイミーは、憂《うれ》い顔《がお》のまま相槌《あいづち》を打っただけでなにも云わない。心配した隼平は、強《し》いて明るい声で云った。

「ま、状況は最悪だけど、人々がもう一度エクセルシアを信じてくれたのだけはいいことだ。あとはエイミー、メリルの思惑《おもわく》通りってのはちょっとあれだけど、君が落ちてくる隕石をコスモフィストで砕けば、ハッピーエンド……だよな？」

「……そうね」

エイミーは元気なくそう返事をしただけだ。やはり様子がおかしい。

「もしかして、緊張してるのか？」

「ふふっ、そりゃそうよ。この星で生きているすべての生命の命運が私のコスモフィストにかかってるんだから、緊張してなかったら嘘でしょ。でも――」

エイミーは顔を上げ、ベッドから立ち上がると、隼平たちを見回して勇ましく云った。

「私はジャスウィズ・エクセルシアよ。今回のミッション、必ずやり遂《と》げてみせるわ」

エイミーが笑ってそう云ってのけたそのとき、メリルが立ち上がってテーブル越《ご》しにミラー仕様のサングラスを出してきた。陽射《ひざ》しの強い夏に似合いそうな一品である。

「はい、隼平。これかけて。そしたら見た目オッケーかチェックするから立って」

意味がわからなかったが、隼平は云われた通りサングラスをかけてソファから立ち上がった。メリルはそんな隼平を部屋の中央に立たせると、色々な角度から眺《なが》めながら云う。

「隼平、メリルがこのバニースーツでなにができるかはもう知ってるよね？」

「ああ。電波ジャックだよな。ネットワークを介《かい》して、テレビとか携帯デバイスとか、そういうのを全部ハックできるんだろ？」

「うん、そう。さっきやってみせたみたいに魔法のカメラを具現化して、それで撮影して、既存のネットワークを強奪《ごうだつ》して放送するんだけど、実はもっとすごいことができるの。魔法のカメラをね、一つだけじゃなくて、たくさん、たくさーん、作って、ドローンみたいに空に飛ばしたり、海にもぐらせたりも自由自在！　さらには電脳ネットワークを構築して、そこにみんなのパソコンや携帯デバイスをリンクさせて、チャンネルを作ることもできちゃう。そしてそのチャンネルには、メリルのライブ配信を見てくれてる人がコメントすることもできるし、そのコメントをその場で音声として再生させたり、風船みたいなアイコンを物理的に飛ばしてメリルたちが視覚的に見ることもできるんだよ」

「それはつまり、ユニチューブみたいなチャンネルを、魔法で作れるってことか？　飛《と》び交う無数のカメラがあって、ライブ配信もできて、双方向《そうほうこう》でのやり取りも可能な……」

「チャンネルの統括《とうかつ》からステージングまで一手にできるということですわね。視聴者《しちょうしゃ》のメッセージをこちらで確認できるということですが、言語はどうですの？」とソニア。

「もちろん自動で翻訳《ほんやく》されるよ。こっちからの言葉もあっちからの言葉も、何十億人分だろうと同時的に全部多言語翻訳するメリル」

そのスケールの大きさに、隼平は思わずうなった。

「……そいつはやばいな。それがバニースーツのレッドゾーンなのか？」

「ううん、このくらいはメリルのままでもできちゃうよ。バニーでレッドゾーンに入るとねえ、もっとこう、洗脳電波的な……」

「わかった、それは絶対やるな。で、俺にサングラスをさせた理由はなんだ？」

「そんなの決まってるじゃん。エイミーちゃんが世界を救うところをメリルがばっちり撮影するから、隼平にはカメラの前で実況《じっきょう》してほしいの。そのサングラスは顔隠《かく》し」

「ええっ？　俺にユニチューバーみたいなことしろって云《い》うのかよ！」

エクセルシアが世界を救うところを独占生中継《どくせんなまちゅうけい》となれば、その動画は世界中の人が見るだろう。そこへ演者として出て行くなんて、隼平には気後《きおく》れすることだった。しかし。

「エイミーちゃんのためだよ？」

「……だよな」

エイミーが世界を救ってくれる。それをただ黙《だま》って見ているだけでは、自分とエイミーが出会った意味はなんだろう？　隼平はサングラスを外すと、エイミーに笑いかけた。

「エイミー、俺、やるよ。君一人に重荷を背負わせたりしない。一緒《いっしょ》に世界を救おう」

「隼平……」

　エイミーの隼平を見る目がきらきらと光り始めた。彼女が気負っているのはわかる。その重荷を、ほんの少しでも分かち合えたら、それはどれだけ素晴らしいだろう。

　と、窓際にいたソニアが隼平のところまでやってきて、冷たい視線をよこした。

「本当に、エイミーさんとずいぶん仲良くなりましたのね」

「えっ？　うん、いや、まあ、その……怒《おこ》ってる？」

「いいえ、別に。全然、怒っていませんわ。でも頬《ほお》をつねってもよろしくて？」

　そう云ったときには、ソニアはもう隼平の頬を優《やさ》しくつねって微笑《ほほえ》んでいた。

「ふふっ、これで許してあげます。それではわたくし、一度部屋に戻って制服に着替えたあと、学校へ行ってきますわ」

「学校？　こんなときにか？　隕石騒動《いんせきそうどう》のせいで授業は中止になったって連絡《れんらく》が来ただろ。今、学校に行っても先生たちしか……って、もしかして近藤先生か」

「ええ、今回の一件を、虚実《きょじつ》織り交ぜて報告いたします。これは釈明《しゃくめい》ではありません。実際、あなたはエクセルシアとの接触《せっしょく》に成功し、ギャリックの支配からも解放してみせたのですから。エクセルシアの正体や支配の魔法については伏《ふ》せねばなりませんが、あなたの功績自体は真実ですもの。わたくしの助手に相応《ふさわ》しいと、評価されてしかるべきですわ」

その思いがけない朗々たる言葉に、隼平は目を瞠《みは》った。

「……褒《ほ》めてくれるのか？」

「ええ、褒めて差し上げます」

ソニアはそう云うと隼平に身を寄せ、その頬についばむようなキスをした。ドキンと胸を高鳴らせた隼平に、ソニアはちょっと頬を赤らめながら笑って云う。

「これでわたくしの真の恋人《こいびと》に一歩近づきましたわね」

「お、おう」

「……でも、まだ仮恋人ですわよ？」

隼平は黙って頷いた。本当の恋人になるために、あといくつの山を越《こ》えねばならないのだろう。だが試練は乗《の》り越えるためにある。そしていつかソニアに云わせてやるのだ。

——わたくし、あなたのことが好きですわ。

そのときソニアがどんな顔をしているのか想像すると、隼平はそれだけで楽しかった。

「なにか変なこと考えてますわね？」

ソニアは隼平をじろりと睨《にら》んだが、それだけである。すぐにメリルに視線をあてた。

「メリルさん。星が落ちてくる場所は、正確にはどこですの？」

「夕映ちゃんの工房《こうぼう》」

「なぜよりによって私の工房にするんだ……」

ベッドの上から夕映がそう憤慨《ふんがい》した声をあげたが、メリルは笑って取り合わない。

「ふふふっ。移動は夕映ちゃんが車を運転できないから、メリルがどこでもゲートを開いてあげるね。ソニアちゃんはどうするの？」

「わたくしは自力で移動します。でも間に合わないかもしれませんわね」

「隕石が落ちるのって夜中の十二時だろ？　まだ五時前だし、十分間に合うだろう」

その隼平の疑問には、ソニアではなくエイミーが答えた。

「そこまで地球に近づける気はないわ。地表近くで破壊したら、細かい破片《はへん》で周りに被害が出そうだし。大気圏《たいきけん》で燃《も》え尽《つ》きてもらうためにも、隕石を目視で確認次第《かくにんしだい》、コスモフィストを宇宙に飛ばして破壊するわよ。時間的には日が暮れたらすぐね」

「そ、そうか。コスモフィストって大気圏脱出《たいきけんだっしゅつ》できるんだ……」

「そういうことですわ。それでは、わたくしはこれで。エイミーさんのこと、任せましたわよ。支えになってあげなさい」

ソニアはそう云うと隼平の頬を一撫《な》でし、颯爽と病室をあとにした。

◇

そのあと、隼平たちは夕映を病室に残し、メリルのどこでもゲートで例の廃寺《はいじ》まで転移してきた。メリルはバニースーツに着替《きが》え、エイミーはエクセルシアの恰好《かっこう》をしている。隼平は携帯デバイスでソニアや楓《かえで》とメッセージのやり取りをしつつ、ニュースにも目を通していた。恐《おそ》ろしいことに、今夜、地球に落ちる星は月と同サイズであるらしい。大袈裟《おおげさ》だろうと思ったが、太陽が西の山の向こうへ隠れ、夜空に赤い巨大《きょだい》な星が際立《きわだ》って見えるようになると、隼平は本能的な恐ろしさに震え上《あ》がった。

「嘘だろ……燃える月が落ちてくるみたいじゃん……」

「あれをなんとかしないと、ここで世界が終わってしまうのよ」

エイミーがそう云いながら隼平の傍に歩み寄ってきた。ピンクの髪に縁《ふち》どられたその表情は、やはり硬《かた》く強張《こわば》っている。肩《かた》にも力が入り過ぎているようだ。

「エイミー……やっぱり、ちょっと硬いな」

「まあね。でも大丈夫、任せて。私の魔力《まりょく》のありったけをコスモフィストに込めて、超《ちょう》強化《きょうか》・超巨大化《きょだいか》すれば、あんな星なんて一発よ。とんでもないことしてくれたメリルさんだけど、提示した解決方法は間違《まち》ってない。私なら破壊できる」

とは云うものの、人間は心の生き物である。エイミーが少しでも不安や緊張を感じているなら、声をかけて励《はげ》ましてやるのが自分の役目だ。

「大丈夫さ。もししくじったら、俺がなんとかしてやる」

するとエイミーはびっくりしたように目を丸くし、それからやっと笑ってくれた。

「よく云うわ。私は単純な破壊力《はかいりょく》だけなら世界最強の魔法使《まほうつか》いよ、わかってる？」

「最強は盛り過ぎだろ。魔法使いの戦いは工夫《くふう》と相性次第《あいしょうしだい》だって聞くぜ」

たとえば炎《ほのお》の魔法《まほう》は戦闘《せんとう》向きの印象が強いが、実際には戦闘以外の使い道をしている魔法使いが多い。生活魔法や変身魔法だって、使い方次第では戦いに応用できる。

「ええ、だから単純な破壊力だけだってば。まあ見てなさい。トリクシーに選ばれた私たちは、みんな規格外の力を持つ、ぶっちぎりの十人なんだから」

そこでエイミーは唇に指をあて、空の凶星《きょうせい》を見上げた。

「だから、そう。大丈夫、ありがとう。あんな星、ぶっ壊《こわ》してやるわ」

「エイミー……」

「私がやらなくても誰《だれ》かがやってくれるのかもしれない。でもそれはその誰かに、私の運命をゆだねるってこと。そんなの冗談《じょうだん》じゃない。私の運命は私が決める。それだけよ！」

エイミーは輝きを放って一歩を踏み出《だ》した。彼女は戦場へ向かう。そして隼平は。

「エイミー！」

そう声をかけ、振り返った彼女に隼平は親指を立てた。

「かっこよく実況してやる」

「期待してるわ」

ああ、と頷き、隼平はサングラスをかけると、バニーのメリルを軽く睨んだ。

「メリル。おまえのやることは本当にめちゃくちゃで、言葉もないぜ。でも、エイミーを立ち直らせるって意味じゃ、これ以上の舞台はないなって、思ってしまった……」

「でしょでしょ？　メリル、いいことしたよね？」

「いや、全然よくない。おまえは悪いやつじゃないけど、やってることはマジでやばいからな。許してほしかったらエイミーの、いや、エクセルシアの活躍《かつやく》をしっかり撮《と》れよ？」

「了解《りょうかい》メリル」

メリルがそう云った直後、魔力が満《み》ち溢《あふ》れ、バニーメリルの背後に十二のマジカルカメラが出現した。カメラは色、形、大きさ、すべてニンジンのようで、その先端《せんたん》にレンズがあると云ってよい。それらが統率《とうそつ》された動きで空中に展開し、十のカメラがエクセルシアを十の角度から捉《とら》え、一つは落ちてくる星を撮り、最後の一つは隼平を映す。

さらにメリルの背後に半透明《はんとうめい》の銀幕が浮かび上がった。映画のスクリーンのようなそれは、今はまだなにも映してはいない。スクリーンの両サイドにはスピーカーもある。

「この銀幕がメインスクリーンで、コメントも流れるよ。向こうにカメラがあれば視聴者側の映像を出すこともできるメリル。音声も双方向。十二台のフライング・マジカルカメラはメリルが操作するから大丈夫。あと本番が始まったら色んな映像が空中に流れたり、アイコンが風船みたいにポップアップするけど、驚《おどろ》かないでね」

メリルはそう云ってウインクした。ヘッドバンドのうさぎの耳がぴこぴこと動き出す。

「全世界同時配信、同時多言語翻訳……」

そう呪文《じゅもん》を唱えるメリルの顔の周りに無数のウインドウが展開していく。まるでSF作品の、AR技術のようである。浮かび上がる小窓のなかには、隼平やエイミーの姿が映し出されている。視聴者の見ている画面を、メリルの方でも確認《かくにん》するためのものだろう。

「それじゃあ電波ジャックして配信始めるメリル。三、二、一、アクション！」

メインスクリーンに『ON AIR』が表示され、次に隼平を中心に据えた画面が映し出された。今、ライブ配信が始まったのだ。メインスクリーンのこの映像を、世界中の人が見ている。隼平は肌《はだ》の引《ひ》き締《し》まる思いを味わいながら、威儀《いぎ》を正して口を切った。

「どうもこんにちは、ファルコンって云います。今、メリルの力を借りて全世界に向けてライブ配信やってます。僕《ぼく》が何者かっていうのは気にしないでください。それで今日なんですけど、みなさんも知っての通り、もうすぐ地球に隕石が落ちてきます。そうなったら人類が滅ぶので、その前にエクセルシアが隕石を破壊するところを生中継《なまちゅうけい》するっていうのが、この動画の趣旨《しゅし》になります。本当にマジでやばいんで、よろしくお願いします」

語りは少し上擦《うわず》っていた。背中には早くも汗《あせ》を掻《か》いている。隼平だってこんなアナウンサーの真似事《まねごと》をするのは初めてなのだ。せめてカメラワークに徹《てっ》しているメリルが合いの手を入れてくれたら助かるのになと思っていると、メリルの後ろのメインスクリーンの両サイド、空中に魔力で具現化しているスピーカーからいきなり男の声がした。

「おまえはいいからエクセルシアの話が聞きたい！」

それを皮切りに無数の質問や罵倒《ばとう》や揶揄《やゆ》の声が一斉に聞こえてきて、隼平は硬直《こうちょく》してしまった。メインスクリーンにはコメントが文字となって流れ、みるみる埋《う》め尽くされていく。もしこれらの言葉に力があったら、隼平はとっくにノックアウトされていただろう。

絶句して立《た》ち尽くす隼平を見てまずいと思ったのか、バニーメリルが明るく云う。

「ここで補足でーす。ジャックしてるデバイスにマイクがある場合、みんなのお声はこっちに届きますメリル。世界中からコメントが寄せられてるけどファルコンくんが日本人なので、こっちで一括《いっかつ》して日本語に翻訳してます。でもみんなの側にはみんなの国の言語に聞こえるよう、魔法で二重翻訳してるから、言葉の壁《かべ》に跳《は》ね返されることはないよー」

——たしかに双方向とは云ってたけど、動画を見てるやつが全員一斉に喋ったら対話もへったくれも……いや、俺がコメントを取捨選択《しゅしゃせんたく》するのか。

そこに気づいた隼平は、最初のコメント、すなわちエクセルシアの話が聞きたいという声に応《こた》えることにした。

「オーケー。じゃあ、エクセルシアにちょっとインタビューしてみよう」

隼平はそう云うと、夏草の生《お》い茂《しげ》る荒《あ》れた境内《けいだい》を進み、夜空の星を見上げているエイミーに近づいていった。振《ふ》り返った彼女《かのじょ》は、いつもの勝ち気な笑みを浮かべている。

「みんな、聞いてる? 先日はひどいことしちゃってごめんなさい。全部、私が不甲斐なかったからよ。ギャリックに負けたの。それで弱味を握られて云いなりになっていたわ」

するとマジカルスピーカーから大勢の人の声が一斉に溢れてきた。信じてたよ、気にしてないよ、疑ってごめん——そんな優しい言葉と、逆にエイミーをなじる言葉が大波となって押《お》し寄せてくる。人の感情、善意も悪意も好奇心《こうきしん》も、人間の美しさと醜《みにく》さすべてが一緒くたになったものを、胸を張って受け止めたエイミーは、目に涙《なみだ》を浮かべた。

「ギャリックなんかの云いなりになってしまった、その償いを、今日するわ。あの星を砕いて、世界を救ってみせる。それで許されるとは思ってないけど……見ていてね」

エイミーはそう云うと隼平たちに背中を向けた。腰の高さにある右の拳《こぶし》の先に、青白く輝く魔法の拳が生まれる。それを見た隼平は、実況者の役割を果たすべく云った。

「……コスモフィストです。あれにエクセルシアが魔力を込めて、超強化および超巨大化することで、星をワンパンで砕きます」

おおーっ、と人々の声がする。その期待の大きさに、隼平の方が緊張してしまった。果たして世界中の人々が見守るなかで、エイミーはやってのけられるだろうか？　いや、できる。彼女はジャスウィズ・エクセルシア。いつだって人々の期待に応え続けてきた、正義のスーパーヒロインなのだ。今夜もきっと、奇跡《きせき》を起こしてくれるだろう。

――エイミー。がんばれ。

オーディエンスの応援の声が溢れるなか、隼平が心にそう念じたときである。エイミーが星に向かって拳を突きつけ、コスモフィストの狙《ねら》いを定めた。

「私ならできる……きっと、できる……」

そして彼女がコスモフィストに全魔力を注ぎ込もうとした、まさにそのときである。いきなり横から雷光《らいこう》が迸《ほとばし》って、エイミーが数メートル吹《ふ》き飛ばされた。

一瞬《いっしゅん》、隼平にはなにが起こったのかわからなかった。ただ草の上を転がっていくエイミーが手をついて跳ね起《お》きたのを見て、やっと理解する。

――攻撃《こうげき》だ！　誰かがエイミーにアタックした！　いったい、誰が？

雷《かみなり》の矢が放たれた方向を勢いよく振り向いた隼平は、赤い星明かりに照らされて佇《たたず》む一人の男を見た。一目でわかった。

「ギャリック！」

隼平とエイミーの叫《さけ》び声《ごえ》が重なり、ギャリックが嗤笑《ししょう》を浮《う》かべた。

「よお、エクセルシア。ぼっちゃん。この俺が、てめえらに味わわされた屈辱《くつじょく》を、倍返しにしないまま消えると思ったか？　そんなわけねえだろ！」

生きているのはわかっていた。だがまさか、よりによってこのタイミングで逆襲《ぎゃくしゅう》してこようとは！　隼平は愕然《がくぜん》とし、エイミーは腕《うで》を横に振り抜《ぬ》いて叫ぶ。

「邪魔《じゃま》しないで！　人類が滅んだらあなただって困るでしょう！」

「いや、全然困らないぜ。俺は常々、こんなクソッタレな世界は一度滅びちまえばいいと思っていたんだ。これは絶好の機会だぜ」

なっ！　と声をあげた隼平を一睨みして、ギャリックは声高らかに云う。

「俺の魔法は人に嫌《きら》われ、憎《にく》まれ、蔑《さげす》まれるほどに俺を強くする。悪であるのが、俺の天命。なら、いいぜ。やってやる。世界を破滅《はめつ》の危機から救おうとしている正義のヒロイン様を、血祭りにあげてやるぜ！　はーっはっはっは！」

そう哄笑《こうしょう》を放つギャリックを、隼平は悲しそうな目で見た。

――なんて哀《あわ》れで、馬鹿《ばか》なやつ。

落ちこぼれと罵《ののし》られ、踏みつけられて、目醒《めざ》めた力は悪に属するものだった。その力だけが自分の存在価値だと思い込んだその男は、悪であることをやめられないのだ。

——俺も、楓さんやソニアに出会っていなければ、こんな風になっていたんだろうか。

そう思うと、隼平はギャリックが急に魔道に落ちたもう一人の自分のように思えて、サングラスの下で一筋の涙を流した。

「なんてやつなの……！」

エイミーが顔を引きつらせて仰《あお》のいた。バニーメリルの魔力で具現化したスピーカーからも、世界中の人々の悪罵《あくば》が濁流《だくりゅう》のように溢れてくる。銀色のスクリーンに流れるコメントの数々は、彼《かれ》らの怒《いか》りを表すかのように真っ赤だった。その赤い怒りを一身に浴びたギャリックの体が一回り大きくなったように錯覚《さっかく》して、隼平は慌《あわ》てて叫んだ。

「みんな、落ち着いてくれ！　あいつは自分に向けられる負の感情を力に換《か》える魔法使いなんだ！　この動画は世界中でライブ配信してるのに、みんながそんなに怒ったら——」

「ぼっちゃん！　まずおまえから死ね！」

いきなりギャリックの右掌《てのひら》から隼平に向けて雷光が迸った。隼平を黒焦《くろこ》げにするはずだったそれをコスモフィストが握り潰《つぶ》し、エイミーが風のような動きで隼平を守る位置に立つ。雷光が一瞬なら、エイミーが自分を守ってくれたのも一瞬だった。

「じゅん……じゃなくてファルコン、平気?」

「ああ、助かった」

そう礼を云いながらも隼平は、肩越《かたご》しにこちらを振り返《かえ》ったエイミーの表情を見て、胸のあたりが重たくなるのを感じた。

「駄目《だめ》だよ、エイ……いや、エクセルシア。それじゃ勝てない。わかってるだろう?」

「わかってるけど、どうしようもないの。だってあいつは、パパとママの仇《かたき》だもの」

その言葉は、メリルの魔法に乗ってはっきりと全世界に放送された。たちまちオーディエンスの驚きと好奇心が溢れ返る。今のはいったい、どういうことだ。説明しろ、説明しろ。隼平はそのうるささに堪《た》え兼《か》ねて、答えざるをえなかった。

「世間で噂《うわさ》されてる通り、エクセルシアはジャスウィズ・グランディアの娘《むすめ》だ。そしてグランディアとその妻はギャリックに殺されている。そういうことだよ……」

すると今度はオーディエンスからエイミーへの同情と、ギャリックへの怒りが沸《わ》き起こった。それがますますギャリックを強くする。

この圧倒的《あっとうてき》不利のなかで、エイミーはギャリックに面と向かって云った。

「ギャリック。ほかの人に手を出すのは、私を倒《たお》してからにしなさい」

「おお、いい目だ。怒りでぎらぎらしてやがる。俺が憎いよな?」

「ええ、憎いわ。間違いなく世界で一番許せない！」

「オーケー。世界を救いたかったら、俺を殺してみろ！」

そしてエイミーとギャリックは、お互《たが》いを目掛《めが》けて飛び掛《か》かった。エイミーの四つの拳がギャリックを乱打する。ボディブローを決める。だがギャリックはまったく平然としており、距離を取ったエイミーは巨大化したコスモフィストで左右からギャリックを押し潰しにかかった。だがギャリックは両腕《りょううで》を突っ張《ぱ》って、それを楽々と持ちこたえた。

「今、この戦いは世界中に中継《ちゅうけい》されている。くたばれクソ野郎《やろう》って俺を罵る声が、俺を強くしてくれる。断言できるぜ、間違いない。今、俺は、この宇宙で一番強い！」

そしてギャリックがコスモフィストを押し返して死地を脱《だっ》し、直後にギャリックの後ろで勢い余った双《そう》のコスモフィストが合掌《がっしょう》して空気を潰す。息を呑んだのはエイミーだ。

「私が、力比べで負けるなんて……」

「悪であればあるほど強くなるって、そんなのありかよ。まるで悪の化身《けしん》だ……」

だが隼平のギャリックを忌《い》まわしく思う気持ちすら、ギャリックの一助になるのだろう。そしてこの放送を見ている人々の怒りと憎悪《ぞうお》もまた、ギャリックの糧《かて》となってしまう。

「くそっ！」

隼平はサングラス越しにメリルを睨みつけ、強い調子で云った。

「メリル！　放送を切れ！　これ以上は逆効果だ！」

だがメリルにそんな様子はない。魔力を回し、カメラを回し、マジカル・ネットワークを維持《いじ》してこの放送を続けている。隼平の心で苛立《いらだ》ちが起きた。

「聞いてるのか、メリル！」

「大丈夫《だいじょうぶ》、正義は勝つメリル」

「いや、だから……」

勝つために、ここでカメラを置くべきではないのか。しかしメリルは顔を輝《かがや》かせて、一点の曇《くも》りもない目をして云うのだ。

「エクセルシアちゃんはスーパーヒロインなんだよ？　みんな信じてあげないと」

するとオーディエンスが歓声《かんせい》をあげた。そうだそうだの大合唱、カメラを止めるなの一点張り。そんな熱い反応を前にして、隼平もそれ以上は云えなくなった。いや、正直なところ、メリルの言葉に共感していた。

「正義は勝つか……くそっ。普段《ふだん》はやることめちゃくちゃなのに、こういうときばっかりまともなことを云いやがって！」

隼平はそう悪態をついたが、その口元には微笑《びしょう》があった。正義が勝つ。なんと心地《ここち》よい響《ひび》きだろう。だがエイミーたちの戦いに視線を返せば、ギャリックの方が優勢だった。今もなおオーディエンスはエクセルシアを応援《おうえん》するのと同じくらいの熱量で、ギャリックを罵っている。これをなんとかするのが自分の仕事だと、隼平は不意に理解して、飛び交《か》う十二のカメラの一つに向かって声をあげた。

「みんな……みなさん！　ギャリックを罵るんじゃなくてエクセルシアを応援してください！　たぶんその方がいい！」

「とっくに応援してるぞ！」

刺《さ》すような反応が返ってきたが、隼平はこれが自分の戦いと思って叫ぶ。

「エクセルシアへの声援《せいえん》とギャリックへの罵倒が五分五分じゃ駄目なんだ！　エクセルシアの応援だけしてくれ！　あいつは嫌われるほど強くなるっていうふざけた特殊《とくしゅ》能力を持ってる！　ギャリックを不滅《ふめつ》の悪としているのはみんなだ！　わかってくれよ！」

「そんなこと云ったって、あのクソ野郎はむかつくよ」

オーディエンスの一人のその声に、隼平は全く同感だった。自分のギャリックへの悪感情が却《かえ》ってギャリックを強化してしまうとわかっているのに、心は云うことを聞かない。憎しみが生まれ、ギャリックは強くなる。隼平自身ですらこうなのに、何十億という世界中の人々のばらばらな心を一つに束ねるなど夢物語だった。そして人の心から湧き上がる負の感情を問答無用でエネルギーとして貪《むさぼ》るギャリックは、まさに悪魔《あくま》のような男だ。

「はっはっは！　どうした、エクセルシア！　いつになったら俺《おれ》を倒せるんだ！」

その挑発《ちょうはつ》に怒りを巻き起こしたエイミーがコスモフィストでギャリックを乱打するが、ギャリックは小揺《こゆ》るぎもしない。肉体的にも魔力的にも超強化されていて、全力を込めれば星をも砕《くだ》けるはずのコスモフィストがまったく通じていないのだ。それにエイミー自身、頭に血がのぼっているせいか、コスモフィストの応用力を無視して殴《なぐ》ってばかりいる。

――どうすれば。

隼平が途方《とほう》に暮れた、そのときだった。

「エクセルシアさーん！　車から、助けてくれて、ありがとー！」

スピーカーから溢れる無数の人々の声のなかから、つたない女の子の声援が聞こえて、隼平ははっとしてメリルの方を見た。

「メリル！　今の、車から助けてくれてありがとうって声は……」

「この子かな？」

メインスクリーンに赤いリボンをつけた小学一年生くらいの女の子が映し出された。向こうのデバイスのカメラをハックしたのだろう、そしてバニーメリルはどこの誰がなにを云ったかを完璧《かんぺき》に把握《はあく》している。恐るべきネットワーク管理者と云わざるをえない。が、ともかく隼平は女の子を見て目を瞠った。

「君は、あのときの……」

あの日、暴走する車から隼平が助け損《そこ》ない、エクセルシアが二人纏《まと》めて助けてくれたときの、あの女の子だった。彼女は懸命《けんめい》にエクセルシアを、エイミーを応援し続けている。だが肝心《かんじん》のエイミーにはその声が届いていない。そのことが、隼平は急に腹が立った。

「——おい。こんな小さな女の子が、声を振り絞《しぼ》って、君を応援してくれてるんだぞ。正義のヒロインなら、手くらい振ってやったらどうなんだ、エクセルシア！」

そんな隼平の声も届かず、エイミーは怒りの鉄拳《てっけん》をギャリックにぶつけては跳ね返されている。悠々《ゆうゆう》たるギャリックと吠《ほ》え猛《たけ》るエイミーは、もはやお互いしか見えていない。実際、戦場には敵と味方しかいないのかもしれなかった。それでも隼平には我慢《がまん》ならない。

「エクセルシア！　エクセルシア！」

本当はエイミーと云ってやりたいのだが、それをしないのはこの声が世界中に聞こえているという理性のゆえだった。本名を口にするわけにはいかない。それだけだったが、カメラに映り、正義と悪の戦いを見守る人々の代表となっている隼平がエクセルシアと叫ぶ姿は、人々の心になにかを呼び起こしたらしい。

「エクセルシア！　エクセルシア！」

彼ら彼女らは、最初自分の言葉で様々にエクセルシアを応援したりギャリックを罵ったりしていたのが、エクセルシアの名前一つに引きずり込まれていった。

「エクセルシア！　エクセルシア！」

いつしかオーディエンスは、ただ一つの名前を繰《く》り返していた。我らのヒロインの名前を呼んでいる。叫んでいる。多言語同時翻訳はもう必要ない。メリルの魔法を通じて、世界中の人々の声が、今ここで一つになっていた。ロックンロールのライブのように。

「エクセルシア！」

その大合唱の響き渡《わた》るなか、ついにコスモフィストの一撃《いちげき》がギャリックに突《つ》き刺さった。何度殴られても揺《ゆ》らがなかったその体が揺らぎ、顔が痛みを感じて歪《ゆが》んでいる。

——効いてる！

ギャリックへの悪罵が消えて、エクセルシアの応援一色に傾《かたむ》いた結果、負の感情を浴びられなくなった分だけギャリックが弱体化したのだ。

——この瞬間《しゅんかん》は貴重だぞ。

これほど多くの人々が心を一つにしてたった一人の名前を叫び続けるなんていうことが、そう長く続くとは思えない。

——頼《たの》む、エイミー。

人々がエクセルシアを唱えているあいだに、どうにか決着をつけてほしい。隼平はそう心から祈《いの》ったが、エイミーはギャリックの守りに綻《ほころ》びが生《しょう》じたのを見てコスモフィストのラッシュを浴びせた。その一打一打に、怒りと憎しみが込められている。そのせいだろう、くくっと嗤《わら》いながら反撃《はんげき》に出たギャリックの蹴《け》りがエイミーの体を捉えて、応援むなしく彼女は吹き飛ばされて転がった。

大合唱がたちまち瓦解《がかい》し、ばらばらのため息や嘆《なげ》きの声となって散っていく。

「駄目だ、僕らの声なんか届いてない……」

誰かの弱音を、隼平は即座《そくざ》に蹴飛《けと》ばした。そうしなければ終わってしまうと思った。

「そんなことはない！　もっと大きな声で！」

「エクセルシアには僕らの声なんて聞こえてないんだ！」

「俺にはみんなの声が聞こえてる！」

「エクセルシアに聞こえなきゃ意味がない！」

「俺が彼女にみんなの声を届ける！」

その瞬間、人々の声がぴたりと止《や》んだ。かと思うと、突然《とつぜん》、わっと歓声があがって隼平の全身を包み込んだ。それはアーティストがライブでオーディエンスから浴びるような喝采《かっさい》だった。拍手《はくしゅ》と口笛が沸きおこり、隼平は目をぱちくりさせた。

——えっ？　なにこれ？　なんでこいつら、急にテンション上がってるんだ？

外国人のスイッチはよくわからない。そう思って立ち尽くす隼平に、メリルがぶんぶんと腕を回して、なにかをうったえてきた。意味がわからなかったが、止まってはいけないことだけはわかった。なにかを喋《しゃべ》らなければならぬと思い、急いで頭を回し、舌を回す。

「そう、俺にはみんなの声が聞こえてる。それがエクセルシアに聞こえないはずがない。もし聞こえていなかったら、俺が必ず彼女に届ける。俺は現場にいるんだから、任せてくれ！　だからみんなの声を聞かせてくれ。それをエクセルシアに聞かせてやろう！　ギャリックにも聞かせてやろう！　世界中の人に聞こえるように、もう一度、歌ってくれ！」

すると先ほどにも勝《まさ》る大歓声《だいかんせい》が巻き起こり、それはたちまち一つの名前を唱え出した。

「エクセルシア！　エクセルシア！」

諦《あきら》めかけたオーディエンスの心がもう一度結束した瞬間だった。それは奇跡に等しい。

——三度目はないな。

隼平はそう思った。もうどう煽《あお》ったって三度目の奇跡は起きないだろう。だからこの今を逃《のが》さず、エイミーに目を醒ましてほしかった。だのにエイミーはギャリックと激しい肉《にく》弾戦《だんせん》を繰り広《ひろ》げていて、隼平の存在も忘れたかのよう、この戦いを見守るオーディエンスの声もまるで耳に届いていない。それが隼平にはもどかしくてならなかった。

——本当に聞こえていないのか、エイミー。世界中の人が今こんなにも君の名前を呼んでいるのに、応援してくれているのに、目の前の憎しみに囚《とら》われているのか。

それではギャリックに勝てない。エイミーの激しい憎悪がギャリックを無限に強くしてしまう。親の仇だ、憎んで当然。しかし、守るべき人々の存在を思い出してほしかった。

——なにか。なんでもいい。彼女を振り向《む》かせることのできる言葉！

隼平はただただ必死に彼女の心に手を伸《の》ばそうとして、迸るように叫ぶ。

「エクセルシア！　俺と結婚《けっこん》しよう！」

「えっ？」

ギャリックとの闘争《とうそう》に明け暮れていたエイミーが、その瞬間、戦いを忘れて隼平に振り向いた。それは怒りと憎しみに赤く染まっていた彼女の心を、隼平が掴《つか》んだ瞬間だった。

そしてその大きな隙《すき》を、ギャリックが見逃《みのが》すはずもなく、エイミーの側頭部をギャリックの拳が一撃した。

◇

衝撃《しょうげき》と眩暈《めまい》、回転する景色と転がる体。いったいなにが起きたのか。ギャリックと戦っていると、隼平がいきなりプロポーズしてきて、柄《がら》にもなくときめいた。かと思うとひどい衝撃があって、そう、隼平のせいでギャリックに不覚を取ったのだ。

——隼平の馬鹿！　戦闘中にあんなこと云うなんて！　ソニアも楓もいるくせに！

だが不思議とあまり怒る気にはなれない。いや、それどころか嬉《うれ》しい。

——ああ、私、嬉しいんだ。

エイミーはくすりと笑った。仇敵との決戦に臨んでいるときに、こんな気持ちになるのが不思議で仕方がない。そして自分を包み込むような、割れんばかりの人々の声を、このときやっとエイミーは意識した。

「なに？　声が、聞こえる……」

エクセルシア！　エクセルシア！　その声は寄せては返す波のように繰り返されている。

無限の海から押し寄《よ》せてくるようなその声を聴《き》いていると、立ち上がらねばならぬという使命感に駆《か》られてくる。

「がんばれ！　エクセルシア！」

そう声を震《ふる》わせて応援してくれているのは、隼平だけではなかった。メリルの魔法でネットワークに接続された大勢の人々が、エクセルシアと大合唱をしてくれている。

「私の、名前……みんな、呼んでる……いったい、いつから？」

エイミーがそう呟《つぶや》いて頭を起こそうとしたとき、ギャリックがその頭を上から思い切り踏《ふ》みつけた。ギャリックはエイミーの頭を念入りに踏みにじると、ため息をついてカメラの一つに目線をやった。その向こう側にいるオーディエンスを見たのだ。

「おいおい、さっきからうるせえなあ。なにがエクセルシアだ。もっと俺を罵れよ。みんなの大好きなスーパーヒロインちゃんを玩具《おもちゃ》にして、めちゃくちゃにしてやってるこの俺が、憎いだろ？　いつものように云えよ。この悪党、地獄《じごく》に落ちろ、ってな」

だがそんなギャリックの挑発に乗る者は一人もいない。なぜなら今、この場はエクセルシアの大合唱で満ちており、その大合唱でギャリックの言葉が掻き消《け》されていたからだ。

「エクセルシア！」「がんばれ！」「立て！」「好きだ！」「エクセルシア！」

ギャリックへの罵声《ばせい》は一つもない。エクセルシアへの応援だけがある。そのことにギャリックはわずかながら怯《ひる》んだ様子を見せ、逆にエイミーは奮い立った。

——ああ、みんなが私を応援してくれてる。いつから？　いつからみんなこんなに私のことを応援してくれてたの。どうして私はそれにもっと早く気がつかなかったの。

ギャリックの足の下にいるエイミーは、横に伸びている自分の右手をじっと見つめる。その手にコスモフィストが重なって見えたとき、ふと父の言葉を思い出した。

——エイミー。魔法が遺伝するものである以上、おまえにも父さんと同じコスモフィストが使えるだろう。だから覚えておきなさい。この魔法の手は、弱きを守り、悪《あ》しきを打ち砕くためにある。そして私たちに助けを求める人々の手を取るためにあるんだ。

「そうよ、そうだったわ……」

ジャスウィズになりたいと思った原点。父のような、人を守るヒーローになりたいと思った。そこへトリクシーに素晴《すば》らしい世界を見せたいという夢が加わった。さらには今、地球を滅《ほろ》ぼす星が間近に迫《せま》っている。これを砕かねばみんな死んでしまうというのに、自分はいったいなにと戦っていたのだろう。なにを見ていたのだろう。

「そうよ！　私は、ジャスウィズ・エクセルシア！」

エイミーはそう叫ぶと、自分の頭を踏みつけているギャリックの足に逆らって立ち上がった。ギャリックは、それを押さえ込めない。動揺《どうよう》した様子で後ろへ下がり、しかしどうにか優位を取《と》り繕《つくろ》って云《い》った。

「立ち上がってどうしようって云うんだ？　おまえは絶対、俺を憎むことをやめられん」

「そうよ、私は聖人じゃないもの。憎しみは消えない。だから私は、私を捨てる！」

「な、なに！」

ギャリックが愕然と目を見開いたそのとき、エイミーは飛翔《ひしょう》するカメラの一台に向かって雄々《おお》しく指を差した。

「アイ・キャン・ヒア・ユー！」

一瞬ののち、これまでで最大の歓声がエイミーにわっと浴びせられた。それに気をよくしながらエイミーはなおも語る。

「ありがとう、みんな。私にはあなたたちの声が聞こえている。あなたたちの声は世界中の人にも聞こえている。そしてここにいる悪党にも、落ちてくるあの星にさえ、みんなの声を聞かせてやってちょうだい！」

よくぞ云ってくれたとばかりに、三度エクセルシアの大合唱が始まった。三度目はないと隼平が思っていたことが、エイミー本人に煽られたことで現実となった。

そんなオーディエンスの大合唱のなかで、エイミーは夜空をつと見上げた。

「私の心から憎しみが消えないのなら、私は私を捨てる！　そうして今このときだけ、みんなの願いを叶《かな》えるヒロインになるわ！　さあみんな、私になにをしてほしい？」

ぶっ飛ばせ！　ぶっ飛ばせ！　右ストレートでぶっ飛ばせ！

「え、なに？　聞こえないわ！　全世界ライブ配信されてる割には声が小さいぞ！」

そう云いながらもエイミーは右手を高く掲《かか》げた。その先に青白く輝くコスモフィストが生じる。そこにありったけの魔力を注ぎ込むことで、コスモフィストが大きく膨《ふく》れ上がり始めた。それがかつてないほど巨大化し、あっという間にビルほどの高さになる。

それを見上げて、ギャリックがあんぐりと口を開けた。

「おい、おい、おいおいおい！　魔力を注ぎ込むほどに巨大化することは知っていた。だがこれは、なんという……てめえ、いったい、なんのつもりだ！」

エイミーは、ギャリックに答えるというよりは、オーディエンスに向かって叫んだ。

「みんな、私に誰をぶっ飛ばしてほしいって？」

「ギャリック！」

「ギャリックだけでいいの？」

「ノー！　あの星もぶっ飛ばせ！」

「だったらもっと叫んでよ！　あの星に届くくらい歌ってよ！　私に私を捨てさせようって云うんだから、最強のやつが欲《ほ》しいのよ！」

エイミーが気炎《きえん》をあげて、コスモフィストが際限なく巨大化していく。千メートル、二千メートル、五千メートル、一万メートル。青白く輝く手は、もはや天空となって日本の空を覆《おお》わんばかりだ。そして十万メートル、関東一円の空を文字通りに掌握《しょうあく》したコスモフィストは、しかしまだまだこれからだった。

「最強の、最強よ！」

トリクシーをして異端《いたん》と云わしめた桁外《けたはず》れの魔力。世界最強の魔力タンクであり、メリルが正面から戦ったらとても叶わないと白旗《しろはた》を揚《あ》げたエイミーの力が本領を発揮する。コスモフィストは千里を超《こ》え、万里《ばんり》に達し、日本列島を片手で掴めるほどになったかと思うと中国大陸を平手で叩《たた》き潰せるほどになり、太平洋を覆い、シルクロードを越《こ》え、地球の半分を越えて裏側に達し、ついには地球を鷲掴《わしづか》みにするほどの巨大な宇宙の手となった。

当然、全世界の空は昼も夜もなくコスモフィストで覆われ、それはさながら神の手が大地を掴もうとしているかのよう。したがって今や世界中で狂乱《きょうらん》が起こり、こうなった経緯《けいい》がライブ配信されていたことも相まって、人々は必死になって叫び始めた。

ぶっ飛ばせ！　ぶっ飛ばせ！　右ストレートでぶっ飛ばせ！

そこには、荒《あら》ぶる神の怒りを鎮《しず》めようとする祈りすら込められていたのかもしれない。

「ふ、ふふふふふ。いい感じじゃない。そうよ、その調子！　私は必ずみんなの願いを叶えるわ。だからみんなも、本気で祈って、本気で叫べ！　最強なのは？」

「エクセルシア！」

「一番可愛《かわい》いのは？」

「エクセルシア！」

「みんなの愛する？」

「エクセルシア！」

「……オーケー！　アイ・キャン・ヒア・ユー！」

そしてオーディエンスからふたたび割れんばかりの歓声が沸《わ》き起こり、それはやがてエクセルシアの大合唱に取って代わられた。もう誰も、ギャリックを憎んではいない。

「うおお！　馬鹿な！　俺の体に流れ込んでくる力が、消えていく！　エクセルシア、おまえからさえも！」

「最強の応援があるから、私一人のちっぽけな憎しみなんか、吹き飛《と》ばされちゃったわ」

「ちっぽけな憎しみだと？　馬鹿な、憎しみというものは、世界全部を相手にしたって燃え上がるものなんだ！　思い出せ！　俺はおまえの両親を、目の前で殺してやった！」

魂《たましい》を呪《のろ》おうとするようなその言葉で、エイミーの心に地獄が蘇《よみがえ》った。だがそんなエイミーを憎しみの海から引っ張り上げるのは、やはり人々の声だ。エクセルシアの大合唱。

――ありがとう。みんなの声が、ちゃんと聞こえてるわ。

エイミーは澄《す》んだ目をして、微笑《ほほえ》みさえ浮かべて、拳を握《にぎ》りしめた。一方でギャリックはわなないている。

「なぜだ。復讐《ふくしゅう》でないなら、なんのために戦う！」

「自分ではない誰かのためよ！」

エイミーの鉄拳がギャリックの顔面を打ち貫《ぬ》き、ギャリックは鼻血を流しながらその場にがくりと膝《ひざ》をついた。人から負の感情を浴びなければ、人になんとも思われなければ、ギャリックという男は凡夫《ぼんぷ》である。少し体格がいいだけの男、魔法使《まほうつか》いとしては最下級、したがってもうこの男はジャスウィズ・エクセルシアの敵ではない。

「ありえねえ！　俺を憎まないなんて、人間はそんな上等なもんじゃねえ！　この世はクソッタレで、だから俺は強くなれたはずだ！」

「世の中、そんなに捨てたもんじゃない！」

そしてエイミーの想《おも》いのありったけを乗せた左のコスモフィストが、一筋の流れ星となってギャリックの顎《あご》を砕き、その意識と魂までもを打ち砕いた。沸き起こる大歓声のなか、ギャリックが仰《あおむ》向けに倒れていく。やっと勝てた。みんなが勝たせてくれた。

「あなたじゃなくてトリクシーに云うはずだったんだけどな、このセリフ……」

エイミーがそう呟いたときには、スピーカーから溢れる人々の声はもう団結を失ってい た。エクセルシアの勝利を称《たた》える歓声や口笛のなかに、気を失っているギャリックを罵ったり、とどめを刺すよう叫ぶ声がある。音楽が終わるように、夢が終わるように、火が消えるように、人々の心が一つになっていた時間は終わった。

「……やっぱり、こんなものよね。でも、ほんの束《つか》の間《ま》でも、世界が一つになったのだとしたら、それは大したものじゃない？　ねえ、ギャリック」

無論、ギャリックの返事はない。そのとき隼平が快哉《かいさい》を叫びながら駆け寄ってきた。

「やったぜ、エクセルシア！」

エイミーはそんな彼と両手でハイタッチを交わし、そのまま指を絡《から》ませ合うと腕を下ろして見つめ合った。サングラスの奥《おく》の瞳《ひとみ》がわずかに透《す》けて見える。

「ねえ、私ね、自分を捨てて戦ったつもりだったけど、最後の一撃だけは自分の感情が乗っていたと思うのよ。でもそれは、もしかしたら、ギャリックが力にできるような怒りや憎しみといったネガティヴな感情じゃなくて……」

世の中、そんなに捨てたものじゃない。その気持ちは憎しみではなく。

「希望だったんだよ」

隼平が、エイミーの手をぎゅっと握ってそう云ってくれた。

「自分を捨てて戦った果てに希望を掴んだんなら、やっぱり君は正義のスーパーヒロインだ。さすが俺をファンにしただけのことはある。最高だぜ、エクセルシア！」

「ふふっ、ありがと」

エイミーはそう云うと顔を前に持っていき、隼平についばむようなキスをした。途端《とたん》にオーディエンスが悲鳴とも叫びともつかぬ声をあげて大騒《おおさわ》ぎする。エイミーは硬直している隼平を尻目《しりめ》に、カメラの一つに向かってガッツポーズを作ると云った。

「勝てたのはみんなのおかげよ、ありがとう！　心を一つにしてくれて、ありがとう！

私に希望を信じさせてくれて、ありがとう！　でもまだ最後の仕上げが残ってる。そう、地球に向かって落ちてくるあの星を、みんなの願い通り、右ストレートでぶっ飛ばすわ！」

エイミーのその宣言に、オーディエンスはふたたび沸《わ》き上《あ》がり、エクセルシアの大合唱で応えた。それが静まったところを見澄《みす》ましてエイミーは云う。

「それじゃあ、ちゃっちゃとやっちゃいますか！」

エイミーは威勢《いせい》よく叫んで夜空を見上げた。天を覆っていたコスモフィストが凄《すご》い速度で小さくなっていく。込められた魔力量《まりよく》はそのままに、衛星ほどの大きさに凝縮《ぎょうしゅく》されていく。そしてふたたびあらわになった夜空には、赤い月とも見紛《みまが》う星があった。この世界に滅びをもたらすあの凶星《きょうせい》を打ち砕き、世界を救わねば、エイミーたちに明日はない。

「大丈夫、任せて。あんな星くらい、私にかかれば一発よ――いっけええええっ！」

エイミーが昇龍《しょうりゅう》よろしく天に向かって右の拳を突き上げた。それに呼応したコスモフィストが、地球の引力を振り切《き》って加速する。星の海を渡り、世界を滅ぼす凶星に戦いを挑《いど》む、もう一つの星となる。そして多くの人々が祈るように見つめる先で、赤い星がふっとそのまがまがしい光りを失った。あとには、美しい夜空が広がり――。

◇

「というわけで世界救われたっぽいんで、終わりです。御視聴《ごしちょう》ありがとうございました」

隼平がカメラに向かってそう締《し》めの挨拶《あいさつ》を述べると、メリルの魔法《まほう》で具現化されていたカメラやスクリーンやスピーカーといったものが一斉《いっせい》に消失した。

「はい、オッケー。お疲《つか》れさま、隼平」

「おおお……よっしゃあ！　終わったあ！」

隼平は開放的な気分になってサングラスを外すとそれをその場に投げ捨てた。そんな隼平にエイミーが笑いながら駆け寄ってくる。隼平は両手を広げて彼女を迎《むか》え入《い》れようとしたが、直前でエイミーがいきなり膝から崩《くず》れ落《お》ちた。

「エイミー！」

隼平は慌ててエイミーに駆け寄り、倒れそうなその体を抱《だ》き留《と》めた。

「おい、エイミー。どうした、大丈夫か？」

「……うん、平気。たぶん魔力切れ。ちょっと張り切り過ぎたわ」

さもあらん。ギャリックとの激闘《げきとう》に始まり、地球を鷲掴みにするほどコスモフィストを巨大化《きょだいか》させ、月と同等の大きさの星を砕いたのだ。人の身で神の力を振るったに等しい。

「さすがの君も全力を使い果たしたってわけか。まあ、よくやったよ。ありがとう」

隼平はそう云って、感謝を込めてエイミーを抱きしめていた。そのまま静かな時を感じていると、視界の隅《すみ》でメリルがなにかやっている。見れば着替《きが》えの魔法で、バニースーツから猫耳《ねこみみ》衣装に着替《きが》えてギャリックの傍《そば》に立っていた。

「メリル、なにやってるんだ？」

「このギャリックおじさんを、牢屋《ろうや》送りにしようと思って……」

そう云いながら地面にどこでもゲートを開いたメリルは、そこにギャリックを蹴り込んだ。止める間もなかった。ギャリックが消え、ゲートが閉じる。慌てたのは隼平だ。

「えええ！　メリル、おまえ！　えっ？　ギャリックは？」

「セントヘレナ島に、天の牢獄《ろうごく》っていう犯罪魔法使い専用の監獄《かんごく》があるでしょ。トリクシーちゃんもいるところだけど。そこにゲートを繋《つな》いで転移させたメリル。あとは向こうの職員がギャリックおじさんを見つけてくれて、そうしたら封印《ふういん》してくれるよ。たぶん」

「たぶんって、おまえなあ！　だいたい、ギャリックの指輪に関する記憶《きおく》は？」

「あ、消すの忘れてたメリル。てへ」

そう云って可愛く笑うメリルを見て、隼平は思わず天を仰《あお》いだ。

――だめだこいつ。相変わらずやること全部適当だし、絶対反省してない！

隼平は左腕《ひだりうで》でエイミーを抱いたまま、右手で自分の携帯《けいたい》デバイスをメリルに投げた。

「念のため、電話一本くらい入れとけ」

「もう、心配性《しんぱいしょう》だね、隼平は」

メリルはそう云いながらも隼平の携帯デバイスでどこかに電話をかける。それを見てほっとした隼平は、エイミーに手を仮してその場に二人で座《すわ》り込み、メリルの英語の会話を聞き流しつつ、赤い凶星の去った夜空を見上げてぽつりと云う。

「……エクセルシアの評判、回復するといいな。みんなの見てる前で悪党を懲《こ》らしめて世界を救ってみせたんだから、君は本当にスーパーヒロインだよ」

「世界を救った方はマッチポンプだけどね」

「いや、やったのはメリルだから。メリルから世界を救ったと考えれば間違《まちが》いじゃない」

隼平がそう熱弁し、エイミーが目つきを和《なご》ませたそのとき、マッチで火をつけた張本人のメリルが携帯デバイスを片手に歩いてきた。

「隼平、ソニアちゃんからメッセージ来たよ。魔法学校に戻《もど》ってこいって」

「ああ、行く行く。エイミー、立てるか？」

「ええ、大丈夫。それじゃあメリルさん、ゲートを開いて」

「任せてメリル！」

メリルは元気いっぱいに返事をして、どこでもゲートを発動させた。

……。

ゲートを通《とお》り抜《ぬ》けると、そこは夜の魔法学校だった。それもメリルと出会った、あの教会堂然とした建物の前である。今はレッドルームの分室となっているその場所で、制服姿のソニアが隼平たちを待っていた。

「お帰りなさいまし、そしてお疲れさまでした」

「ただいま、ソニア。さっきのライブ配信、見てくれたか？」

「ええ、近藤《こんどう》先生と視聴《しちょう》いたしました。結婚だのキスだの、やりたい放題でしたわね。ですが最大の問題は、近藤先生にファルコンさんが隼平さんだと見抜《みぬ》かれたことですわ」

「げっ……」

隼平は愕然《がくぜん》としたが、考えてみればサングラス一つで友人知人の目はごまかせまい。

「ど、どうしよう？」

「隼平さんが入院することになった顛末《てんまつ》も含《ふく》めてわたくしがシナリオを作っておきましたけれど、明日、隼平さんの口からも釈明《しゃくめい》が必要になるでしょう。しかしその件は後回しですわ。問題が発生しましたの。明日が、来ないかもしれません」

その言葉にエイミーがたちまち真剣《しんけん》な顔をする。

「なにか不手際《ふてぎわ》があったのね？」

「ええ。残念ながら、まだ終わっていませんわ」

そしてソニアが自分の携帯デバイスでニュースのライブ配信を見せながら解説してくれたことによると、たしかにエクセルシアのコスモフィストによって巨大隕石《きょだいいんせき》は砕かれ、人類は滅亡《めつぼう》の危機を免《まぬが》れた。砕かれた隕石の破片《はへん》のほとんどは小さなもので、地球に接近しても大気圏《たいきけん》でほとんど燃《も》え尽《つ》きてしまうから心配はないと云う。だが。

「一つだけ、大きな塊《かたまり》が残ってしまいましたの。それがどういうわけかまっすぐ東京を目指して落ちてくるそうですわ」

「魔法の隕石だからね。ここを目掛けて落ちてくるようになってるメリル」

そうのほほんと述べるメリルを一睨《にら》みしたソニアは、頭痛を堪《こら》えるような表情で続けた。

「もちろん、エイミーさんのおかげでだいぶ小さくはなっていますから、それが落ちたとしても人類が滅ぶようなことはないそうです。ただ東京は吹《ふ》き飛ぶと」

「駄目じゃないか！　エイミー、すまないがもう一度……」

「わかってる。けど魔力が、もう……」

「大丈夫だ。魔力なら……魔力なら、俺がロード・オブ・ハートで補給する！」

隼平が勇気を振《ふ》り絞って云うと、エイミーは絶句し、それから顔を赤らめて下を向いた。

だが肉体的および精神的なつながりによって二人の魔力を行き来させるエロ魔法ロード・

オブ・ハート、これを使って隼平の魔力をエイミーに注ぎ込めば魔力切れの問題は解決するはずである。ただしそのためには。

「そ、それは、つまり、エッチなことを、するってことね……」

エイミーがあんまり恥《は》ずかしそうに云うので、隼平も顔が熱くなってきた。そこへ傍からソニアが皮肉を利《き》かせた声で云う。

「冴《さ》えてますわね、隼平さん。さすがはエロ太郎《たろう》ですわ」

「その呼び名、マジでやめろって」

「つーん」

ソニアは豊かな胸乳《むなち》を下から支えるようにして腕組《うでぐ》みすると、すまし顔をしてそっぽを向いた。そんなソニアに下手《したて》に出るのもなんとなく癪《しゃく》で、隼平は反撃に出た。

「……わかった。じゃあエロ太郎らしく行くぜ。おまえも来いよ」

「えっ？」

意外な攻勢《こうせい》に、ソニアがちょっとたじろいだのを見た隼平は、にやりと笑って云う。

「東京に住むすべての人々の命運がかかってるんだ。ここはひとつ、念には念を入れて、俺を中継しておまえの魔力もエイミーに託《たく》す！　どうだ、つまり……三人でやろう！」

「な、ななな、なんということを、思いつくんですの！」

ソニアは顔を赤らめて仰のき、一方、エイミーは隼平を不機嫌《ふきげん》そうに睨んで云う。

「別にソニアの魔力なんていらないわよ。隼平のだけで十分！　もちろんソニアと別れろとは云わないけどさ、こういうことは、二人きりの方が、私は好きかなーって……」

「そうか？　だったらやっぱり二人で……」

「お待ちなさい！　別にやらないとは云っていませんわ！」

「……どっちなんだよ」

「どっちなのよ」

「どっちメリル？」

隼平、エイミー、メリルからそう次々に問われたソニアは、唇《くちびる》を噛《か》んでやっと云う。

「三人で、いたしましょう。わたくしの魔力をエイミーさんに託します」

「……うん」

自分で煽っておきながら、いざソニアに了承《りょうしょう》されると隼平はやや怯んだ。そんな隼平を、ソニアは勢いよく指差して云う。

「いい、よろしくて？　これは、禍《わざわい》の星からこの地を救うための、致《いた》し方《かた》のない、魔法的儀式《ぎしき》ですわ。理解していますわね？　決して、理性を失ってはいけませんわよ？」

「それは、わかってるよ……これはあくまで儀式！　うん、オーケーだ」

今までずっと我慢をしてきた。まだしばらくは、我慢をできる自信がある。一方、エイミーは軽くため息をついた。

「……結局三人か。まあ仕方ないわね。それで、どこでするの？　外は厭《いや》よ？」

「この建物の鍵《かぎ》ならわたくしが持っていますわ。まったくもう……隼平さんの、ばか」

ソニアは小声でそうぼやくと、レッドルーム分室となった建物の扉《とびら》の鍵を開け、指先に魔法の光りを灯《とも》した。この建物にはまだ電気が来ていないので、照明魔法を使ったのだ。ソニアの指先から離《はな》れた光球が蛍《ほたる》のように飛び、室内を明るく照らす。

「さあ、行きますわよ」

そう云って、ソニアが一足先に建物のなかへ姿を消した。そのあとにエイミーが続き、そしてメリルはなぜか突然、着替えの魔法でプリンセス・ドレスに変身を遂《と》げた。初めて会ったときのあのドレスだ。夜に月明かりの下で見ると、隼平はなぜか胸がどきどきした。そんな隼平の前で、メリルはスカートの裾《すそ》を摘《つま》んで優雅《ゆうが》にカーテシーをする。

「このドレスは幸運アップの効果があるんだよ。上手《うま》くいくようにメリルのお祈り。メリルはここで誰《だれ》にも邪魔《じゃま》されないよう番をしててあげるから、がんばってね」

うんと頷《うなず》きかけた隼平だったが、しかし釈然《しゃくぜん》としないものを感じて眉根《まゆね》を寄せた。

「……いや、待てよ。考えてみれば、おまえが一番責任を取るべきなんじゃないのか？」

「メリルも隼平と？　隼平のえっちー」

そう云われて、隼平の頬《ほお》が赤くなった。そんな隼平をメリルがくすくすと笑う。

「でもそうだねえ……隼平がソニアちゃんだけじゃなくて、楓ちんたちのこともみーんな幸せにしてくれたら、メリルも考えてあげる」

「云ったな？」

「云ったよ」

隼平とメリルの視線が交錯《こうさく》する。どこか得意げな顔で、背は低いくせにこちらを見下ろすような目で見てくるメリルは、天使なのか、それとも悪魔《あくま》なのか。

――俺の運命を変えてくれたメリル。おまえは天真爛漫《てんしんらんまん》で、善良で、ちょっと頭がおかしくて、そしてやばい。でも、そういう危険なところまで全部含めて、俺は。

そんな自分の心に出会ってしまった隼平は、その愚《おろ》かさと無謀《むぼう》さを自分で笑った。

「……メリル。おまえは俺にとって特別な女だ。いなくなったら寂《さび》しいし、野放しにしておいて世界が滅んでも困る。だから俺は、おまえの手をずっと掴んでおくために、最後におまえに戦いを挑む。覚えておけ。おまえは俺の、十二番目の花嫁《ラスボス》だ」

「うん、それでいいよー」

メリルは楽しそうに笑って、隼平の挑戦《プロポーズ》を堂々と受けた。

……。

そのあと、魔法の光源によって照らされた仄明《ほのあか》るい室内で、隼平たち三人はソファの近くに集まって立った。ここにベッドはないから、手頃《てごろ》なものといえばこのソファくらいだ。隼平はそのソファを意識して息苦しさ覚え、ソニアは二人の出方を窺《うかが》うようになにかを待っている。したがって最初に口を切ったのはエイミーだった。

「じゃあ、さっさと始めましょ。ぐずぐずしてたら星が落ちてくるわ」

「エ、エイミー！　そんな簡単に――」

「簡単じゃないわよ、馬鹿《ばか》！」

エイミーがそう叫《さけ》んできた。よく見ればその膝は震えているし、表情もぎこちない。けれどエイミーはちょっと涙目《なみだ》になりながらもソニアに顔を向けた。

「それでもやるしかないじゃない。で、ソニア。どっちから脱《ぬ》ぐ？」

「えっ？　ぬ、脱ぐんですの？」

うろたえるソニアに、エイミーは口元を引きつらせながらも強気に云う。

「そりゃそうでしょ。当然よ。パパッと、脱ぐわよ。でも勇気がないなら、私から――」

「い、いえ。それには及《およ》びませんわ。わたくしが先陣《せんじん》を切ります。年長者ですから！」

ソニアがそう云って胸元《むなもと》の赤いリボンを解《ほど》き始めたので、隼平は土壇場《どたんば》で怖気《おじけ》づいた。

「ちょ、ちょっと待った！　本当に脱ぐ気か！　夏休みにゴッドハンドを試《ため》したとき、云ってただろう。恋人《こいびと》でもない男に肌《はだ》を見せるわけにはいかないって」

「そ、そうですわね。もちろんですわ。でも、今はもう恋人でしょう？」

　もちろんだ、と隼平が思ってしまったとき、ソニアは思い切ってリボンを解き、制服を脱ぎ捨《す》て、あっという間に上半身がブラジャー一枚になった。だが背中のホックを外したところでさすがに手が止まり、隼平を咎《とが》めるような目で見つめてくる。

「い、云っておきますけれど、最後まではしませんわよ？　ですからスカートは脱ぎませんん。あくまで一線は越えないように、節度を守って……守って……」

　そして導火線の火が爆弾《ばくだん》に近づいていくような時間があり。

「てやあっ！」

　そんな掛け声《かごえ》とともにソニアはブラジャーを投げ捨て、その乳房《ちぶさ》が隼平の目に眩《まぶ》しさを伴《ともな》って飛び込んでくる。だがそれも一瞬《いっしゅん》、ソニアは裸《はだか》の胸をふたたびさっと両腕《りょううで》で隠《かく》すと、ちょっと危険な光りを帯びた目でエイミーを見た。

「ふ、ふふふふふ。御覧《ごらん》になりました、エイミーさん？　わたくしは見事にやってのけましたわ。成《な》し遂げたのです。次はあなたの番ですわよ。さあ、脱ぎなさい！」

　ソニアは熱病にでも罹《かか》ったかのような様子だった。頬は燃えるように赤く、声と体は震えている。一方、エイミーは自信たっぷりな表情をして首の後ろに両手を回した。

「ふん。たかが服を脱ぐくらいで、なにを大袈裟《おおげさ》な……」

だがいざバトルレオタードのホルターネックの留め具に指をかけると、そこでエイミーの時間が止まったようになってしまう。

「……あらあら、どうしましたの？」

ソニアがにんまり笑って訊《たず》ねると、動きを止めていたエイミーが苦笑《にがわら》いを浮《う》かべた。

「いざってなると、なんていうか、ためらっちゃうわよね。別に最後までするわけじゃないのに、ちょっと脱ぐだけなのに、手が止まっちゃった……」

「それなら、わたくしが手伝ってさしあげましょうか？」

「その場合、ソニアは両手を使うことになるから、隠してるおっぱいが見えちゃうわよ？」

エイミーの指摘《してき》に、ソニアは「ひきっ」と呻《うめ》いて硬直《こうちょく》する。そんなソニアを鼻で笑って、エイミーは隼平に眼差《まなざ》しを据《す》えた。目と目が合って、隼平は身動きできなくなった。

そしてエイミーは、強気の笑《え》みを浮かべながら震える声で云う。

「ま、なんだかんだ云って、好きよ、隼平」

その飾《かざ》らない告白と同時に、エイミーの胸元を覆っていたレオタードが緩《ゆる》んだかと思うと、形の良い乳房があらわになった。

「うわー！」

「ちょっともう、なによその反応！　綺麗《きれい》とか、素敵《すてき》だとか、ほかに色々あるでしょう！」

エイミーは恥ずかしさを紛《まぎ》らわせるようにそう声を荒らげると、隼平に詰《つ》め寄ってきた。

それが胸を隠しもしない。隼平がそこに視線を釘付《くぎづ》けにされていると、エイミーが隼平の顔を至近距離《きより》から覗《のぞ》き込んできた。その青い瞳には少女の恐《おそ》れがあった。

「私、どう？」

「綺麗だよ」

するとエイミーが安堵《あんど》して微笑んだ。その柔《やわ》らかな笑みに見とれていると、エイミーが顔を赤らめながら云う。

「じゃ、隼平も脱いで」

「あ、ああ……」

ロード・オブ・ハートの特性を考えると、肌が触《ふ》れ合《あ》う面積は大きい方がいい。隼平はそう思って、えいやとばかりにシャツを脱いで上半身裸になった。夏のあいだに鍛《きた》えられた胸筋腹筋があらわになり、エイミーが微笑みながら隼平の裸の胸に手を伸ばしてくる。

隼平がそれをくすぐったく思って笑ったその瞬間《しゅんかん》、エイミーがいきなりがばっと抱き着《つ》いてきた。その乳房が自分の胸板《むないた》で潰《つぶ》れる感触《かんしょく》にぞくぞくしていると、

「隼平さん」

と、ソニアが後ろから隼平の背中に自分の乳房を押《お》し当《あ》ててきた。不意打ちの柔らかさに叫び出しかけた隼平に、ソニアが囁《ささや》いてくる。

「わたくしが先ですわよ？　わたくしの魔力をエイミーさんに補給するのですから」

「わ、わかってるよ。けどおまえ、この状況《じょうきょう》で理性を保てると……」

半裸《はんら》の美少女二人に前後から抱き着かれ、柔らかく張りのある胸乳が前と後ろから押し当てられている。胸と背中を柔らかな女の肉体に挟《はさ》まれて、獣《けもの》が目覚め始めていた。

「俺《おれ》はもう、おかしくなりそうなんだ……」

するとエイミーが強気に笑って云う。

「安心して。獣の心に取り憑《つ》かれたら、私が拳《こぶし》で人間に戻してあげる」

「……冗談《じょうだん》きついぜ」

「いたって本気よ。ほーら！」

エイミーが隼平を引っ張ったのか、それともソニアが押したのか。三人はもつれてソファに倒《たお》れ込み、収まりのいい位置を求めて動いた結果、隼平は右手でソニアの乳房を、左手でエイミーの乳房を、それぞれ腋《わき》の下《した》から手を回して鷲掴みにしていた。二人の女の香《かお》りとぬくもりに挟まれているこの感覚は、汗《あせ》ばむほどの春の日と花々を思わせる。

「それでは隼平さん。まずはわたくしから……」

「ああ、わかってる。やってみせるさ」

獣を理性でねじ伏《ふ》せた隼平は一つ頷き、ソニアの鼓動《こどう》に耳を傾《かたむ》けた。頭がおかしくなりそうだったが、人々を救うために魔法を成功させねばならぬ。互《たが》いの魔力を感じて、それを調和させ、体と心のつながりを通路として循環《じゅんかん》させるための道を創《つく》り出《だ》す。それが。

「ロード・オブ・ハート」

隼平が魔法を発動させると、自分とソニアの魔力が太い通路で繋がった。境界線が取り払《はら》われて、どこまでが自分でどこからがソニアか、わからなかったくらいだ。

「こ、こんなにあっさり、こんなに深いところで繋がるなんて……」

「あう……」

ソニアが顔を赤らめて目を伏せていた。いったいいつの間に、こんなに心を許してくれていたのか。今ならソニアの魔力を自分の魔力として使うのも容易だろう。

隼平がそのことに感動し、震えていると、ソニアが軽く目線を持ち上げた。

「あとはわたくしから吸収した魔力をエイミーさんに注ぐだけですけれど、せっかくですから隼平さんを軸《じく》にして、わたくしたちで三位《さんみ》一体《いったい》の魔力回路を作ってみましょうか。魔《ま》王《おう》も恋人たちと巨大《きょだい》な魔力回路を作って軍勢に立ち向かったという記録がありますし」

「へえ、それは面白《おもしろ》そうだ。なら、やってみようか……」

隼平はどうにかソニアから視線を引《ひ》き剥《は》がすと、反対側にいるエイミーを見た。エイミーは微妙《びみょう》に目を伏せながら、蚊《か》の鳴くような声で云う。

「優《やさ》しく、してね？」

「ああ、そのつもりだけど、なんか緊張《きんちょう》しちゃって……」

隼平は先ほどから膝が震《ふる》えっぱなしだった。ソファに座っていたからいいものの、そうでなければ立っていられなかっただろう。

「はは、かっこ悪いな……」

「ううん。かっこいいわよ、隼平は。私のこと何度も助けてくれたし、いつもずっと優しかった。ありがとう」

エイミーはその瞬間、花が天に向かって咲《さ》くように笑った。望外の言葉に胸を打たれた隼平は、エイミーに見入りながら夢見るように云った。

「エイミー、キスするか？」

するとたちまちエイミーは顔を伏せ、頬を赤らめた。

「ええっ。いや、それは、ちょっと恥ずかしい……けどまあ、しなきゃよね……」

エイミーは隼平から顔を背《そむ》け、片手で顔を覆ってしまう。よほど見られたくないようだが、そんなところが、隼平にとってはたまらなく魅力的《みりょくてき》だった。

　──ああ、こいつ、可愛いな。

　隼平がエイミーに魅了《みりょう》されていると、エイミーがいたずらっぽく笑った。

「……で、本当にキスするの、ダーリン？」

「もちろんだ、ハニー」

　ダーリンとハニー。女の子とそんな風に呼び合う自分を、自分で笑った隼平は、次の瞬間、エイミーの唇を奪《うば》った。エイミーがそれを受け容《うい》れるように目を閉じると、お互いの呼吸と鼓動、そして魔力が一つになる。ソニアも含めて、三人を繋ぐ回路ができる。唇を離しても、エイミーがソファから立ち上がっても、その回路が壊《こわ》れることはなかった。

　エイミーは片腕《かたうで》で胸元を隠しながら、もう片方の手を握ったり開いたりする。

「すごい！　隼平を中継《ちゅうけい》してソニアの魔力を引き出せる！」

「ええ。なんだかおかしな感覚ですわ。しかも今、エイミーさんは隼平さんから離れているのに回路が切断されていない。ということは……」

「心が繋がってるってことだな」

「もう！　真顔で云《い》わないでよ、照れるじゃない！」

　エイミーがそう云いながら、ソファの隼平にのしかかるように抱き着いてくる。ソファが悲鳴をあげ、エイミーの腕《うで》が隼平の首に巻きつき、二人の顔と顔が接近した。

「ねえ、隼平。あなた私に結婚《けっこん》しようと云ったけれど、ソニアや楓にも同じようなこと云ってるんでしょ？　ま、それはいいけど、腹は括《くく》ってるのよね？」

「も、もちろんだ」

するとエイミーはにっこり笑い、そして一言。

「じゃあもう一回キスしようか、ダーリン」

「オーケー、ハニー」

「いえ、お待ちなさい。そう何度もわたくしの前でいちゃつかれるのは……」

「じゃあソニアもすれば？」

……と、そんなひと騒《さわ》ぎのあとで、魔力を回復したエイミーが夜空に向かってコスモフイストを打ち上げた。それが東京を滅《ほろ》ぼそうしていた一個の星を打《う》ち砕《くだ》き、隼平たちの前途《バージンロード》を祝福するかのような星の雨を降らせたのは云うまでもない。

エピローグ　第三の花嫁

翌朝、世界は平和だった。

例の隕石が地球にぶつかると報じられてから十二時間と経《た》たずに砕かれたため、あれだけ騒いだのはいったいなんだったのか、という論調が支配的になっており、社会生活はおおむね平常運転である。魔法学校も通常通り授業が行われることになった。

平和でなによりだが、隼平《じゅんぺい》はソニアとともにいつもより一時間早く学校に登校してレッドルームにいた。二人の目の前には近藤教諭《こんどうきょうゆ》がいて、タブレットを片手に昨日ライブ配信された動画を再生している。そこにはギャリックと戦うエクセルシア、そしてそれを実況《じっきょう》中継《ちゅうけい》したサングラスのファルコンなる少年が声を張り上げる様が映っていた。

「一ノ瀬《いちのせ》君。このファルコンって云うの、君ですよね」

「えっと……」

近藤教諭に諸々《もろもろ》の釈明をしなければならないことはわかっていたから、隼平はソニアと口裏合わせをして口実も考えてあった。そしてエロ魔法の存在、メリルとの関係、エクセルシアの正体がエイミーであること以外は、すべて正直に話すと決めていた。真っ赤な嘘《うそ》ではごまかせない。八割の真実と二割の秘密、その辺りが落としどころなのだ。

「実は、そうなんです。俺は初日でエクセルシアとの接触《せっしょく》に成功していました。彼女《かのじょ》がギャリックに弱味《よわみ》を握られて云いなりになっている状況も把握《はあく》していたので、なんとか助けましたが、魔力を使い果たして倒れてしまって病院に運ばれました。そのあと急にあんな隕石騒動《いんせきそうどう》が起きたので、エクセルシアに協力して動画配信したわけです」

「なるほど、ソニア君の説明とも矛盾《むじゅん》はありませんね。しかしあのライブ配信に魔女《まじょ》メリルの力を借りたことについては、どう説明するのです。電波ジャックは犯罪ですよ？」

「それについては……でも自棄《やけ》を起こした人が暴れ始めたら困るし、手っ取り早く人々を落ち着かせることができるなら、手を組もうと……」

隼平がしどろもどろになったのは、あの隕石騒動を引き起こしたのがメリルだったからだ。それを隠さねばならないのは心苦しい。が、近藤教諭はそんな隼平の苦しみを、メリルの電波ジャックに加担した罪悪感と受け取ったらしい。

「わかりました。緊急《きんきゅう》事態だったのですから、そこは目を瞑《つぶ》りましょう。そしてその上で、一ノ瀬君は評価に値《あたい》します。エクセルシアを見つけ出して友好関係を結び、彼女自身をギャリックから救出し、隕石破《いんせきは》壊《かい》にも一役買っているのですから。しかし……」

近藤教諭の目が鋭《するど》く細められたのを見て、ここまで黙《だま》っていたソニアが口を開いた。

「近藤先生、なにか不審《ふしん》な点でも？」

「……いえ、これといって特には。ただ、なにか、釈然としません。特にエクセルシアの評判が地に落ちていたところに隕石騒動が起きてからの一連の流れは、こんなに都合よくいくものかなあと思ってしまうのですよ。理屈《りくつ》ではなく直感なのですけどね」

隼平は驚《おどろ》き、焦《あせ》ったが、ソニアの方は微笑みさえ浮かべて朗々と云う。

「近藤先生、それは考えすぎですわ。あれは、そう、エクセルシアのヒーロー力というのか、運命力のようなものが働いていたのでしょう。世界で一番人気のあるジャスウィズの彼女に、天祐《てんゆう》があったと、ただそれだけのこと。神の御加護《ごかご》ですわ！」

ソニアのその畳《たた》みかけるような言葉に、近藤教諭はちょっと曰《いわ》くありげな顔をしたけれど、それも仏像のような微笑みによって押し流《なが》されてしまった。

「……そうですね。ま、真実を知ることに大した意味があるとも思えませんし、君たちは良い子です。もしなにか隠していることがあるのだとしても、それは已《や》むに已まれぬ事情があるのでしょう。よろしい、丸く収まったのなら、それでオッケーです！」

「近藤先生……」

隼平の近藤教諭を見る目には、いつしか感謝の色が混ざっていた。もっと厳しく問いただされてもおかしくないのに、雲が流れていくに任せてくれようと云うのだ。

「……ありがとうございます！」

深々と勢いよく一礼した隼平をにこにこと見つめていた近藤教諭は、そこでふと思い出したようにこう付け加えた。

「ところで一ノ瀬君はソニア君と交際しているはずなのに、動画でエクセルシアとキスしていたのは……」

隼平はたちまち凍《こお》りつき、ソニアはそんな隼平に『さあ、どうするんですの？』と云わんばかりの視線をあてる。そんな二人の様子から、近藤教諭はなにかを察したらしい。

「いや、まあいいでしょう。私も若いころは……って、ソニア君の前でする話ではないですね。とにかくそんな私も、今では教職についていますし、結婚して娘《むすめ》もできました。ですから、一ノ瀬君だってきっと大丈夫《だいじょうぶ》。務めを果たしてくれると信じて、君を正式にソニア君の助手として認め、レッドルームへの出入りを認めましょう」

隼平はその一言に胸を打たれて思わず威儀《いぎ》を正した。そこへ椅子《いす》から立ち上がった近藤教諭が、机を回り込んで隼平の前までやってきて、右手を差《さ》し伸《の》べてくる。

「ようこそ、レッドハート・ブレイブへ。まだ見習いですので、これからも精進《しょうじん》してください。あと魔法、もっと上手くなるといいですね」

「……はい。ありがとうございます！」

隼平はそう云って堂々と近藤教諭と握手《あくしゅ》を交《か》わした。大きく、分厚く、温かい、仏さまのような手であった。

そのあと、ふたたび椅子に腰《こし》を落ち着けた近藤教諭は、ふと物憂《ものう》げに眉宇《びう》を曇《くも》らせた。

「さて、そろそろ沖田《おきた》君と永倉《ながくら》君が来るころです。あの二人が楓《かえで》君の跡目《あとめ》を争って揉《も》めてるのは知ってますか？　幼馴染《おさななじみ》でライバルらしいですが、なんであ張り合うんでしょうねえ……楓君が戻ってきてくれれば、ガツンと云ってもらえるんですけど」

その一言に、隼平はたちまち寂しげな顔をした。

「楓さんは、辞《や》めちゃいましたし」

「いえ、実は辞めてないんですよ」

それには隼平だけでなくソニアまでもが「えっ？」と目を丸くした。

「近藤先生、それはどういうことですの？」

「いえね、夏休みの終わりごろに楓君が一人で私の見舞《みま》いに来て、その場で私に退学届を出したんです。私の手で学校に出しておいてほしい、と。それを私の方で休学届に差し替《か》えておきました。だって卒業させてあげたいじゃないですか。ねえ？」

隼平は口をぽかんと開けたまま、目を動かしてソニアを見た。

——おまえ、知ってたのか？

以心伝心、ソニアが首を横に振る。そうだろう、これは近藤教諭の独断だ。楓自身、本当に学校を辞めた気でいるに違《ちが》いない。

「まあ、このまま戻って来なかったら本当に退学扱《あつか》いになっちゃうんですけどね」

そう付け加えた近藤教諭に、隼平は勢いよく頭を下げていた。

「近藤先生、マジでありがとうございます！　楓さんにチャンスを残しておいてくれて……俺がレッドハート・ブレイブになれるより嬉《うれ》しいです！」

「ふふ。そう云ってもらえると、私もやった甲斐《かい》がありました」

そのとき近藤教諭が浮かべたアルカイック・スマイルは、まさに仏像のようであった。

……。

レッドルームを退室してみると、廊下《ろうか》や校庭は生徒たちの話し声で賑《にぎ》わいつつあった。

そんな廊下を歩きながら、隼平はソニアに興奮した面持《おもも》ちで話しかけた。

「びっくりしたよな。まさか楓さんが、休学扱いになっていたなんて」

「ええ、さすが近藤先生ですわ。あとは楓さんの抱《かか》えている問題さえ片付けば、また一緒《いっしょ》にこの学校で過ごすことができるかも……そして隼平さんは晴れてレッドハート・ブレイブですわね。まだ助手扱いの見習いですが、ステップアップ、おめでとうございます」

「ありがとう。でも、ラッキーだった」

「あなたが頑張《がんば》ったからですわ」

ソニアは咲《わら》ってそう云うと、優しく隼平の手を取った。

「さ、急ぎますわよ。授業が始まる前に、最後の案件を片付けませんと」

そしてソニアが隼平の手を引いて廊下を歩き出したそのとき、向こうから永倉愛と沖田刃那代が連れ立って歩いてきた。愛が隼平たちに気づいて元気よく手を振ってくる。

「おはよー。お、どうしたどうした、手なんか繋いじゃってどこ行くの？」

「ちょっとした野暮用《やぼよう》ですわ。愛さんたちこそ、近藤先生がお待ちですわよ」

歩みを止めずにそう答えたソニアが、愛と刃那代の傍を通り抜けていく。ソニアに手を引かれている隼平もまた同様で、刃那代が眼鏡越《ご》しに面白くなさそうな目を向けてきた。

「朝から、お熱いですね」

「いや、別にそういうわけじゃ……」

隼平は気恥《きは》ずかしくなって云い訳しようとしたが、ソニアが足を止めないので結局なにも云えずにその場をあとにした。

そうしてやってきたのは、例の元倉庫にして現レッドルーム分室である。

鍵を開けて中に入ると、ソファでメリルとエイミーが寛《くつろ》いでいた。メリルは猫耳衣装で、エイミーは私服姿である。ただし眼鏡はかけておらず、髪色《かみ》は生来のピンク色だ。エイミーは隼平を見るなり、ぱっと顔を輝《かがや》かせて立ち上がった。

「隼平、どうだった?」

「なんとかお咎めなしで終わったよ」

「よかった。ちなみに夕映さんは近日中に退院できそうよ。スターリングシルバーの日本支部で保護されてた奥村《おくむら》って人は、情緒《じょうちょ》不安定気味だったけどカウンセリングを受けてるそうだから、そのうち仕事に戻るんじゃない? そしてギャリックだけど、無事にセントヘレナ島の天の牢獄に繋がれたって話」

「天の牢獄……対魔法使《まほうつか》い用の最強監獄で、氷漬《づ》けのトリクシーがいるところだよな」

隼平がその名を出すと、エイミーは寂しそうな顔をして一つ頷いた。

「この世界をよくして、いつか彼女をあの氷の棺《ひつぎ》から出してあげて、この世界は素晴《すば》らしく、人々は美しいってことを証明するのが私の夢。だから、まだやることがあるから、ひとまずアメリカに帰ることにするわ」

「うん、わかってた」

隼平はまだ学生、エイミーは帰国し、楓の償《つぐな》いはいつ終わるのかわからない。ソニアの留学期間だって期限が決まっているはずだ。このままなにも手を打たず、なりゆきに任せていたら、全員の人生はいつまで経っても一箇所《かしょ》には集まらないだろう。

「……俺たちは国籍《こくせき》が違うんだ。そこは、なんとかしないと、いけないな」

「そうね。だからすぐ戻ってくるから、少しだけ待ってて」

エイミーはそう云いながら隼平の前に立ち、隼平の右手を両手でぎゅっと握《にぎ》りしめた。

そのことに隼平がどきどきしていると、ソニアが張り合うように云う。

「わたくしの留学期間のことでしたら心配いりませんわ。あなたと少しでも長く一緒にいるために、調整してさしあげます」

「ありがとう。でも、どうしてもロンドンに戻らなきゃならなくなったら、そのときは俺もおまえと一緒に行くよ。今度は俺がイギリスに留学する」

その力強い返事が意外だったのか、ソニアは吐胸を衝《つ》かれて黙ってしまう。隼平はふっと笑って、エイミーに視線を戻した。

「だけどそうなったらそうなったで、今度は君を振り回《まわ》してしまうな」

「気にしなくていいわよ。どこまでだってついていくから」

エイミーがそう強気に宣言したところで、今度はメリルがソファから立ち上がった。

「はいはーい。ここでメリルから報告でーす。あのね、夕映ちゃんから残り八人の刻印持ちの子の情報をもらったんだけどね、メリル思い出しちゃった。そのなかの一人に、楓ちんに意識不明にさせられた人を回復できそうな魔法《まほう》を使える子がいたような……」

それは隼平の頭上を覆《おお》っていた雲が、晴れ晴れと吹き飛《と》ばされたような一瞬だった。

「ほ、本当か！　本当に本当か！」

「本当に本当メリル」

顔を輝かせてそう請《う》け合《あ》うメリルに詰め寄《よ》った隼平は、その華奢《きゃしゃ》な肩《かた》に両手を置いた。

「だったら頼《たの》む、探してくれ！　あの意識不明になってる人たちが救われないと、本人たちはもちろん、楓さんも救われないんだ！」

そして叶《かな》うなら、ちゃんと卒業していく楓を見送ってやりたい。果たして。

「うん、いいよ」

輝くような笑顔《えがお》で頷いてくれたメリルは、そこで上目遣《うわめづか》いをした。

「でもその代わり、その子のことも、ちゃんと幸せにしてあげてね」

隼平は咄嗟《とっさ》に返事ができなかった。女性にとって、花嫁になることが幸せのすべてだとは思わない。しかし花嫁になりたいのなら、彼女たちの相手は隼平しかいないのだ。

「……わかったよ。幸せの定義が結婚なのかどうかはさておき、やるだけやってみる。力を尽くして、みんなを幸せにする道を探す。約束だ」

「はい決まりー」

メリルは明るく笑うと空間にどこでもゲートを開いた。光りの輪の向こう側に見たことのない景色が見える。

「じゃあエイミーちゃん、帰ろ」

「そうね。アメリカでやり残したこと、パパッと片づけてくるわ。そうしたら……」

エイミーはそこで言葉を切ると、隼平にいたずらっぽい眼差しを注いだ。

「この学校に転校して来ちゃおうかな。次の子が来たら、忘れられちゃいそうだし」

「忘れないよ」

それだけはすぐに云わねばならぬと思って、隼平は早口でもう一度繰《く》り返《かえ》した。

「絶対に忘れない。いつになるかわからないけど、待ってる」

「ええ、待ってて。すぐに戻《もど》ってくるから。昨日も云ったけれど、好きよ、隼平」

エイミーはそう云ってウインクをすると、メリルのどこでもゲートの向こうに広がるニューヨークの夜景へと飛び込んでいった。

「じゃねー、隼平。また来週ねー」

メリルがそんなことを云ってゲートの向こうに姿を消し、ゲートは閉じて、室内には隼平とソニアの二人きりとなった。

「……また来週、か」

そう、メリルは長所も短所も行動力《スピード》の女だ。残り八人の花嫁候補をどんどん見つけ出しては、隼平のところへ送り込んでくるだろう。そして彼女たち全員を花嫁としたとき、自分はきっと最後の一人に恋《こい》の戦いを挑《いど》む。どうしようもなく挑んでしまう。彼女とずっと一緒にいるために。彼女のスピードは、危険であると同時に魅力《みりょく》だった。

——ああ、やばい。なんてことだ、俺。あいつは絶対やばいのに！

隼平がメリルに惹《ひ》かれていく自分に自分でひやひやしていると、後ろからソニアにそっと抱《だ》きしめられた。気高い香気《こうき》とぬくもりに隼平は思わず息を呑《の》む。

「ソニア？」

「……三人目の恋人ができた気分はいかがですの？」

その声に含《ふく》まれた棘《とげ》を敏感《びんかん》に感じ取った隼平は、表情をちょっと強張《こわば》らせながら云った。

「……しょうがないじゃん、メリルが外堀埋《そとぼりう》めてくるんだから」

「そうですわね。ところで隼平さんは、焼《や》き餅《もち》を焼く女の子はお好きですか？」

「それは……まあ、度が過ぎると勘弁《かんべん》だけど、まったく焼かれないのも寂しいよな」

「……そうですの。よかったですわ。それはつまり、焼いてもいいと云うことですわね」

ソニアの全身から炎《ほのお》の魔力《まりょく》が巻き起こるのを感じて、隼平は一気に慌《あわ》てた。

「いや、待て待て。熱くなってきた！　物理的に熱くなってきたって！」

「物理的などということはありえません。なぜならこれは、幻《まぼろし》の炎ですもの！　ですから安心して焼かれてくださいまし。隼平さんの、えろえろえろ、エロ太郎《たろう》！」

そして乙女心《おとめごころ》が、恋の魔法が、炎となって燃え上がる。その熱さと激しさに、隼平が喜んでいたのか苦しんでいたのか、それは本人にもわからない。

◇

そしてそれから数日が過ぎた月曜日のことだ。

ざわめきに満ちた教室の、窓際《まどぎわ》一番後ろの席に座《すわ》っていた隼平は、朝のホームルームの開始を待ちながら、最近ニューヨークに現れたというレディ・ムラサメなるジャスウィズを撮影《さつえい》した動画を携帯《けいたい》デバイスで見ていた。

――これ絶対、楓さんだよな。エイミーの代わりにがんばってたんだなあ。

だがやはりスーパーヒロイン活動など恥《は》ずかしかったのか、レディ・ムラサメについて訊ねても楓はなにも教えてくれなかった。その楓も今はメリルとともにニューヨークを離《はな》れ、三人目の刻印の少女に接触すべく別の国に向かっているという話である。

――次の子は、どこの国のどんな子だろうな。

隼平がまだ見ぬ少女を漠然《ばくぜん》と思《おも》い描《えが》きながら、今度は楓がアップしてくれたニューヨークでの写真や動画を眺《なが》めていると、教室の扉が開いて、猫背《ねこぜ》の若い女性教師が入ってきた。彼女が隼平のクラスの担任である。一般《いっぱん》教科担当なので、魔法使いではない。その女性教師は教壇《きょうだん》に立つと、生来のか細い声を張り上げて云った。

「えー、聴《き》いてください。突然《とつぜん》なんですけど、今日はアメリカからの転校生を……転校生を、転校生を紹介《しょうかい》します！」

生徒たちがなかなか静かにならなかったので、担任は珍《めずら》しく大声を張り上げた。けほっ、と彼女が咳《せき》をしたときには、もうみんな黙っている。隼平もまた携帯デバイスを片手に固まっていた。

——アメリカからの転校生だって？

全員の視線が集まるなか、扉から堂々と教室に入ってきたのは、ブラウンヘアに眼鏡をかけた巨乳の美少女だ。魔法学校の制服に袖《そで》を通しており、胸元を飾るリボンの色は一年生を示す緑色。その姿を一目見た瞬間、隼平は椅子を蹴立《けた》てて立ち上がっていた。

「もうかよ！　早いよ！　半年くらい空くかと思ってた！」

「そんなにもたもたしてるわけないじゃない。私は行動がクイックなのよ」

「ニューヨークの平和は？」

「それはラファエルの息子《むすこ》に託《たく》したわ」

「息子？　それって、離婚《りこん》した奥《おく》さんに親権を持ってかれたっていう？」

「そう。私たちがこっちで色々やってるあいだに、レディ・ムラサメが一肌脱《ひとはだぬ》いでくれたらしくてね、ラファエル、別れた奥さんとよりを戻したのよ。そして今度、彼《かれ》の息子が新たなヒーローとしてデビューするわ。だから私の役目は終わったの。それにこの先、あなたの周りで事件が多くなりそうな予感がするのよね。だから世界の平和を守るためにも、これからはずっとあなたの傍《そば》にいてあげる。嬉しいでしょ？」

そう笑ってウインクをする転校生の彼女を見て、隼平はハートを撃《う》ち貫《ぬ》かれていた。

「……うん、嬉しい」

と、少し離《はな》れた席に座っていた男子生徒、かつてもっとも親しかった友人であり、メリルと出会った日に喧嘩《けんか》をしたクラスメイトであり、今はちょっと疎遠《そえん》になっている二宮《にのみや》翔輝《しょうき》が、隼平と話すきっかけを掴《つか》んだとばかりに訊ねてきた。

「隼平、色々と話が見えないんだけど……知り合いなのか？」

それには隼平ではなく、転校生の方が溌剌《はつらつ》として答えた。

「私は隼平のフィアンセよ！」

フィアンセ、すなわち婚約者《こんやくしゃ》。その事実に教室は静まり返り、次の瞬間に全員が一斉《いっせい》に騒ぎ始めた。蜂《はち》の巣をつついたような騒ぎのなかで、担任の女性教師はおろおろし、隼平は得意満面の転校生を信じられないとばかりにじっと見つめている。

「なんてことしてくれたんだよ！」

「だって堂々としていたいじゃない」

と、転校生が顔を輝かせてそう云ったところで、ようやく騒ぎが収まってきて、担任が転校生に恐る恐る声をかける。

「それでその、自己紹介《しようかい》を……」

すると転校生の彼女は一つ頷《うなず》き、教室全体を見回して勝ち気な笑みを浮かべた。

「エイミー・マックイーンです。よろしくね！」

こうして、第三の花嫁《はなよめ》はやってきた。

（了《りよう》）

あとがき

みなさん、こんにちは。あるいは初めまして。太陽ひかるです！

このたびこうして『エロティカル・ウィザードと12人の花嫁』の第二巻を上梓することができました。これも読者の皆様の応援あってのことです。誠にありがとうございます。おかげさまで第三の花嫁であるエイミーを世に出すことができまして、私はとても嬉しいです！　十二人の花嫁が揃うまで、まだまだ遠い道のりですが、読者の皆様の支えがあれば辿り着けるはずなので、どうぞよろしくお願いします。

ちなみにまだ登場していないヒロインズのほかにも、メリルへの挑戦（と書いてプロポーズと読む）、楓との再会、ソニアの留学期間終了問題、隼平の家族関係、レッドハート・ブレイブのみなさんとの交流、氷漬けの状態で牢屋にいるトリクシーなどなど、回収したいエピソードがいっぱいあります。全部書きたい。

それから今回、名前だけ登場したサブキャラが何人かおります。その一人、永倉愛ちゃん先輩はエロウィズ（これが公式略称になります）一巻発売時の店舗特典SSが初登場になりまして、こちらで隼平をからかったり、楓さんに紫の下着を買わせたり、楓さんに叱られたりしておりました。本当に短いショートストーリーだったので、未読の方でも大丈夫なように書いておりますが、もし永倉ちゃんを覚えてくださっている方がいらっしゃいましたら、作者としてはとても嬉しいです。ありがとうございます。

もう一人、最後の方でいきなり名前が出てきたクラスメイトの二宮翔輝くんは、HJ文庫さんが運営している小説投稿サイト『ノベルアップ+』の公式コンテンツで公開しているエロウィズ前日談にちょっとだけ登場します。彼はいわゆるギャルゲーの親友ポジション的キャラなのですが、隼平とは今ちょっと喧嘩中でして、彼と仲直りするエピソードもどこかにねじ込めたらいいですね（完全に余談ですが、隼平の名前は一式戦闘機・隼から、翔輝の名前は二式戦闘機・鍾馗《しょうき》からです）。

またノベプラではエロウィズの一巻にあたる物語が全文公開中です。まだ一巻を読んでいないという方はそちらから入っていただいても全然構わないので、アクセスしてみてください。それで気に入ってくださったら、一巻の方もお買い上げいただけると本当に嬉しいです。

さらに今後、ノベプラでなにかしらのショートストーリーを公開することがあるかもしれません。このあとがきを書いている時点では完全に内容未定なので、必ずやるとお約束できるものではないのですが、読者の皆様に楽しんでいただけるものをと考えております。よろしくお願いいたします。

ここからは謝辞です。

まずはイラストを担当してくださった真早先生、今回も素晴らしい絵をありがとうございました。大変お忙しいなか、かなり無茶なスケジュールでエイミーのキャラクターデザインをし、さらにはカバーイラストを描いてくださったと担当さんから伺っております。真早先生の御尽力なくしては、この物語は書籍というかたちにはなりませんでした。この御恩は忘れません。本当にありがとうございます！

思い返せばエイミーという女の子が私のなかにひょっこり姿を現したのは昨年の八月二日のことでした（だからエイミーの誕生日は八月二日という設定なのです）。そのときはまだ二巻の話などまったくなかったのですが、いつでも行けるよう準備だけはしておこうと思って、ストーリーを練り始めました。それからおよそ一年後、エイミーのキャラクターデザインを拝見したときは、やっとエイミーに会えたと思って本当に嬉しかったです。次の機会がありましたら、またよろしくお願いします。

担当編集者様。今回もお世話になりました。エロウィズの二巻を出すために、私の知らないところできちんと動いてくださっていたと知ったときは本当にありがたかったです。

マジでありがとうございます。まだまだ至らぬ点も多い私ですが、これからも、引き続き、どうぞよろしくお願いします！

校正様を始め、この物語が本になるまでに尽力してくださったすべての方、ツイッターで私の宣伝ツイートをリツイートしてくださった方々にも、この場をお借りして感謝申し上げます。ありがとうございました。

そして読者の皆様。一巻からお付き合いくださった方も、二巻から読み始めたという方も、誠にありがとうございます。この本で少しでもお楽しみいただけたのなら、作者としてはそれが一番嬉しく、ありがたいです。

それでは、エロウィズ三巻でまたお会いできる日を祈って。

グッドラック、カウボーイ！

令和二年七月吉日　太陽ひかる　拝

HJ文庫
897
http://www.hobbyjapan.co.jp/hjbunko/

エロティカル・ウィザードと12人の花嫁 2

2020年9月1日　初版発行

著者――太陽ひかる

発行者―松下大介
発行所―株式会社ホビージャパン

〒151-0053
東京都渋谷区代々木2-15-8
電話　03(5304)7604（編集）
　　　03(5304)9112（営業）

印刷所――大日本印刷株式会社
装丁――BELL'S／株式会社エストール

ISBN978-4-7986-2290-3　C0193

ファンレター、作品のご感想
お待ちしております
〒151－0053　東京都渋谷区代々木2－15－8
(株)ホビージャパン HJ文庫編集部 気付
太陽ひかる 先生／真早(RED FLAGSHIP) 先生

時給12億円のニート参上！ 使っても無くならない財布を拾ったけど、お金の使い方が分かりません 1

著者／天野優志
イラスト／黒獅子

めくるめく人生大逆転の「現金無双」ストーリー！

貧乏ニート青年・悠斗《はると》は、ある日、渋谷で奇妙な財布を拾う。なんとそれは、1時間で12億円もの現金がタダで取り出せる「チート財布」だった！　キャバクラ豪遊に超高級マンション購入、美女たちとの恋愛……悠人は次第に人の縁を広げ、己と周囲の夢を次々とかなえていく！